Jasmin Romana Welsch

Vincent

Vincent: Schwarz ohne Weiß

›Vincent ist still‹, sagen sie über mich.
Ein Satz, der über meinem Leben schwebt, obwohl er mich falsch beschreibt. An der Privatschule habe ich keine Freunde, aber mein großer Bruder ist der coolste Typ, den man kennen kann, sein fester Freund ist der beliebteste Junge der Schule und meistens haben die beiden auch noch das schönste Mädchen der Welt im Schlepptau.
Wenn mich die drei in ihre Welt mitnehmen, wird aus einem Dachboden der Teenagerhimmel und aus Tanzen im Neonlicht der 90er Jahre wird Freiheit. In ihrer Gegenwart bin ich glücklich. Und grenzenlos dumm, weil ich ihnen jede gefährliche Lüge glaube.

Ich erzähle eine Geschichte über Freundschaft, Drogen, Liebe, Sex, den Tod und das Erwachsenwerden in einer Welt ohne Helden. In der man trotzdem glücklich sein kann. Selbst dann noch, wenn sich alles schwarz gefärbt hat.

Die Autorin

Jasmin Romana Welsch wurde 1989 in Graz geboren und lebt auch heute noch mit ihrem Mann und ihrer Hündin Yuki in der Steiermark. Obwohl sie bereits im Teenageralter das Schreiben für sich entdeckte, begann sie ein Jurastudium. Erst nach der Veröffentlichung ihres ersten Romans widmete sich die junge Autorin gänzlich der Schriftstellerei. Aus ihrer Feder stammen mehrere Jugendbücher, in denen sich fast immer humoristische, aber auch dramatische Akzente wiederfinden.

JASMIN ROMANA WELSCH

Vincent

SCHWARZ OHNE WEISS

STERNENSAND

www.sternensand-verlag.ch | info@sternensand-verlag.ch

Hinweis zu sensiblen Inhalten:
Dieser Roman setzt sich mit folgenden sensiblen Themen auseinander, die eventuell außerordentlich belastend auf manche LeserInnen wirken könnten: Drogensucht, Homophobie, Tod, Suizid.

1. Auflage, Januar 2023

Umschlaggestaltung: Jasmin Romana Welsch
Korrektorat: Sternensand Verlag GmbH
Satz: Sternensand Verlag GmbH
Druck und Bindung: Smilkov Print Ltd.

ISBN-13: 978-3-03896-267-0
ISBN-10: 3-03896-267-0

INHALTSVERZEICHNIS

STILL

Vincent

›***Vincent ist still***‹,

steht in dem Brief, den ich in der Tasche habe. Mein Lehrer hat ihn mit einem Klebesiegel geschlossen, damit ich ihn nicht lese. Die drei Worte haben sich aber durch das Papier gedrückt – der Füller hat an dieser Stelle besonders viel Tinte verloren, als wollte er die Bedeutung hervorheben.

Mir wurde aufgetragen, den Brief unverzüglich an meinen Vater weiterzugeben. Als ich meinen Lehrer darauf hingewiesen habe, dass ich den Brief als Eilschreiben an einen Friedhof in

Odense in Dänemark sende, wenn er das so von mir verlangt, hätte er gerne noch etwas ergänzt:

›Vincents Existenz ist mir unangenehm‹

Da der Brief schon versiegelt war, konnte er das nur noch in seinen verurteilenden Blick legen, nicht mehr niederschreiben.

Er müsste sich längst gemerkt haben, dass meine Mutter uns allein großzieht. Er hat schon meinen Bruder unterrichtet, bevor er von der Privatschule geflogen ist. Daran, was damals passiert ist, erinnert sich mein Lehrer aber auch nicht mehr. Zumindest gleichen sich unsere Erinnerungen kein Stück.

Mein Lehrer formt sich die Wahrheit so, wie er sie haben möchte. Deshalb hat er schlichtweg immer recht, egal was er sagt.

Mein Bruder ist gefährlich offen, ich bin bedenklich verschlossen; unser toter Vater sollte endlich ein Machtwort sprechen und etwas an seinem Erziehungsstil ändern.

Das ist die Wahrheit meines Lehrers.

Es ist nur fair, dass dieser Mann einen Brief über *mein* seltsames Verhalten verfassen darf.

Unser Vater starb, bevor ich sprechen konnte. Lange bevor ich versprechen konnte ›still‹ zu sein. Die Privatschule, auf die ich gehe, ist nur für Jungen. Keine Mädchen, keine Frauen nur Lehrer, die nicht verstehen, dass es Familien gibt, die ohne männliche Autoritätsperson auskommen. Ohne Vater, Stiefvater, nur mit einer Mutter. Mein Klassenvorstand findet das merkwürdig und dumm, deshalb vergisst er es immer wieder. Wenn ich dieser Logik folge, dürfte ich ihn auch vergessen. Aber wenn ich im

Unterricht durch ihn hindurchsehe und mich weigere mich dem Schulclub der klugscheißenden Oberpetzen anzuschließen, schreibt er einen Brief. Dabei sollte er froh sein, dass mein Bruder mir dieses Versprechen abgerungen hat. Still bleiben. Würde ich in der Schule regelmäßig den Mund aufmachen, würden sich die Lehrer disziplinare Prügelstrafen zurückwünschen. Meine Mitschüler würden versuchen, mich aus dem Fenster zu werfen.

Ich mag keinen von ihnen.

Nicht einen.

Meine Wahrheit ist, dass ich das recht habe, sie so lange zu verachten, wie ich möchte. Weil sie lügende Tyrannen voller dummer Vorurteile sind.

›*Vincent ist still*‹, ist etwas Gutes. Sie wissen es aber nicht zu schätzen.

Unsere Haustür steht offen. Sie schließt nicht mehr, seit Lorens um drei Uhr morgens nach dem Ausgehen dagegen gefallen ist und mich beinahe zu Tode erschreckt hat. Ich dachte jemand würde einbrechen. Ich bin mit zitternden Knien die Treppen hinuntergelaufen und war bereit, mich beim Versuch meinen Walkman zu verteidigen, von Kriminellen verprügeln zu lassen. Da waren aber keine Einbrecher. Nur mein großer Bruder und sein Freund, die betrunken über ihre Tollpatschigkeit gelacht haben.

Mama habe ich erzählt, dass ich beim Schlafwandeln gegen die Tür gefallen bin. Damit sie sich nicht mit den Sorgen rumschlagen muss, dass Lorens etwas passieren könnte, weil er dumme Dinge tut wenn er ausgeht.

Wir schieben jetzt nachts einen großen Blumentopf aus dem Garten vor den Eingang, damit die Tür zumindest geschlossen aussieht. Uns fehlt nicht das Geld, um sie reparieren zu lassen, Mama fehlt die Zeit.

Sie redet seit Tagen davon, einen Termin mit dem Tischler zu vereinbaren, sie kommt aber nicht dazu. Sie kommt auch nicht dazu, zum Friseur zu gehen oder sich mit ihrer Freundin auf einen Kaffee zu treffen. Das hat sie vor, seit Lorens in der Oberstufe ist – er macht bald seinen Abschluss.

Mama hat meistens Zeitnot und nie Hilfe von anderen Erwachsenen, aber sie improvisiert gut. Keines der Bilder in unserem Haus hängt auf derselben Höhe oder in einer Flucht mit den anderen. Gemälde in schweren Rahmen hängen tief, weil lange niemand hier groß oder stark genug war sie höher zu heben. Unsere Wände waren trotzdem nie kahl. Unser Haus ist schön, alt, aber bunt. Mama hat keine Zeit sich den Haarschnitt zu holen, den sie hübsch finden würde oder mit jemanden in ihrem Alter befreundet zu sein, aber sie macht, dass sich Nachhausekommen gut anfühlt. Und, dass es nach Bratkartoffeln riecht. Knusprig und noch nicht angebrannt. Meistens.

Ich schiebe den Terrakottatopf vor die Tür, damit der Wind draußen bleibt und falle eine Sekunde später über Lorens Rucksack.

»Scheiße!«, platzt es aus mir heraus.

Ich will mir ertappt die Hände auf den Mund drücken, aber bevor ich das tun kann, stolpere ich auch schon über Mamas Jacke, die neben ihrer Tasche am Boden liegt.

Ich rudere mit den Armen und finde im letzten Moment Halt an der Wand, bevor mich mein Kopf an der leeren Garderobe ausbremsen kann.

Eigentlich will ich mich ärgern, weil ich so laut geflucht habe, aber mich überkommt der unmittelbare Drang Lorens Zigaretten, die mir vor die Füße geschlittert sind, zu verstecken. Und zwar besser, als sie in einen halb offenen Rucksack zu stopfen, den man nach dem Reinkommen in den Flur wirft.

Ich greife mir die Packung und drücke sie tief in den Schirmständer, den sowieso nie jemand benutzt.

Nachdem ich fertig bin, laufe ich dem Bratkartoffelduft entgegen.

»Ich habe mir fast den Kopf gebrochen, weil ich über eure Sachen gestolpert bin«, beschwere ich mich, als ich in die Küche komme.

Mama steht am Herd, Lorens sitzt an dem kleinen Esstisch, der mit einer Seite an der Wand steht und nur Platz für drei bietet. Die Küche ist schmal geschnitten. Das Haus ist groß, aber manche Räume wurden einfach von einem Architekten-Kobold verwunschen.

»Ist das dein neues ›Hallo‹? Reinkommen und vorwurfsvoll vor dich hin schimpfen?«, will Mama wissen, dreht sich von der Bratpfanne weg und zieht warnend eine Braue nach oben. »Ich glaube nicht, dass sich das durchsetzen sollte. Lass uns bei den alten Manieren bleiben.«

»Entschuldige. Hallo«, entgegne ich, senke den Blick und bleibe neben ihr stehen.

Sie schmunzelt schief. »Alles noch heil?«, fragt sie und legt mir die Hand auf den Kopf.

Ich nicke. »Ja. Aber wenn niemand die Garderobe benutzt, wieso haben wir sie dann? Ein Bild würde dort schöner aussehen. Was Modernes, das zu den Taschen und Jacken am Boden passt.«

Mama lacht zum Glück, anstatt sauer zu werden.

»Du klingst manchmal genauso hoheitsvoll frech beim Tadeln, wie dein Vater geklungen hat, obwohl du gar nicht wissen kannst, wie er war. Da sagt mir noch einmal einer, Charakter läge nicht auch in den Genen. Derselbe Ton!«

»Wirklich? Papa hat sich wie ein Mädchen angehört?«, murmle ich und weiche ihrem Blick diesmal aus. Ich weiß, wie sie das gemeint hat, trotzdem muss ich den Finger in meine eigene Wunde legen.

Sie seufzt, verzichtet darauf, mich für meinen patzigen Ton zu rügen, weil ich mich manchmal selbst genug bestrafe.

»Vini, du bist noch …«

»Ein Kind«, vervollständige ich ihren Satz und sehe finster zur Seite.

So genannt zu werden macht mich wütend. Ich weiß nicht warum. Ich klinge wie ein Kind. Ich bin ein Kind. Ich will keines sein, aber mir ist klar, dass es nicht so läuft. Nur weil ich mir wünsche, erwachsen zu sein, wache ich morgen nicht auf und bin fünfundvierzig.

»Fall mir nicht ins Wort«, ermahnt Mama mich. Diesmal klingt sie gefährlich ernst. Zumindest kurz, dann wird ihr Tonfall wieder wärmer.

»Du klingst ganz normal für jemanden in deinem Alter. Ich verspreche dir, du bist noch für den größten, längsten Teil deines Lebens ein erwachsener Mann.« Ihre Hand drückt sich an meine Wange. »Und du wirst nicht nur so charismatisch wie dein Vater sein, du wirst auch wie er klingen. Er hatte die schönste, tiefste Männerstimme, die ich jemals gehört habe. Du hast jetzt schon seine Klugheit, du bekommst auch seine Stimme, Vincent. Versprochen.«

Ich nicke still. Ich kann mich nicht an Papa erinnern, aber ich weiß, dass er toll war, weil sich alles über ihn besonders und groß anhört.

»Hey, was ist mit mir? Klinge ich auch so cool wie Papa?«, tönt es, mit deutlich erwachsenerer Stimme als meiner, vom Tisch.

Mein Bruder schiebt sich ein Stück Apfel in den Mund und grinst. Ich finde er klingt schön. Nicht wie ein Kind. Auch wenn seine Stimme die besonders tiefen, brummigen Töne vermissen lässt. Ich mag sie.

Mama dreht sich zu Lorens und zeigt mit dem Kochlöffel auf ihn. »Nein. Du kommst nach mir, Lori.«

Er verzieht den Mund.

Mama stemmt eine Hand an die Hüfte. »Hey! Kein Grund für die Grimasse. Wir klingen vielleicht nicht so ›cool‹.« Sie zeigt Gänsefüßchen, weil sie das Wort lächerlich findet. »Aber unsere Mitmenschen mögen uns trotzdem sehr! Euer Vater war ein unheimlich beeindruckender Mann, den man weder übersehen noch vergessen konnte. Aber er war auch …« Sie sieht zu mir, schmunzelt. Manchmal fällt mir noch auf, wie müde sie ist.

Obwohl sie immer müde ist. »Er war … unnahbar. Für die meisten blieb er das auch. Schwer zu durchschauen. Schwer zu erreichen. Leute wurden leicht nervös, wenn sie ihm gegenübergestanden haben.«

Das könnte furchteinflößend klingen, aber sie sagt es nicht so. Sie sagt es lieb und sanft. Mit einem Schmunzeln.

»Lori, du und ich sind wie Lagerfeuer. Leute kommen uns gerne nahe, weil es gemütlich in unserer Nähe ist. Euer Vater war … ich weiß nicht. Ein stilles Inferno. Alle haben ihn mit offenem Mund aus der Ferne beobachtet. Aber niemand traute sich ran.«

»Feuer«, sagt Lorens und mustert Mama mit großen Augen. Sie wird rot und winkt verlegen ab.

»Ach, ich rede Mumpitz, nicht wahr? Der Dienst von letzter Nacht steckt mir noch in den Knochen und …«

»Nein! Ich meine dort am Herd, Mama! Feuer!«, ruft Lorens, springt auf die Beine und reißt das Fenster auf, während Mama die brennende Pfanne mit einem erschrockenen Schrei vom Herd zieht. Sie erstickt die kleine Flamme, indem sie ein Geschirrtuch darüber wirft.

»Ach herrje! Wie ist das denn jetzt so schnell passiert?!«, ruft sie und wirft mir ein zweites Geschirrtuch zu, mit dem ich nichts anzufangen weiß.

»Wedeln! Du superschlaues kleines Inferno!«, erklärt Lorens und lacht über meine Planlosigkeit.

Ich stimme ein, obwohl ich mir dumm vorkommen wollte.

Sein Lachen ist die ansteckendste Sache der Welt für mich. Schon immer.

Er macht übertrieben große Gesten, als wäre die kleine Rauchwolke, die sich über dem Herd verfangen hat, ein Raubtier, das er dazu bringen will durch das Fenster zu hüpfen. Ihn rumalbern zu sehen kann mich vergessen lassen, dass ich wütend sein oder mich schämen wollte. Ich weiß nicht, wieso das passiert, aber es ist toll. Ich dachte früher alle Brüder haben das, aber das stimmt nicht. Wir haben das.

Ich gluckse vor mich hin, während ich die letzte kleine Rauchschwade mit dem Geschirrtuch zum Fenster wedle.

»Na großartig. Ganz verschmort. Ich wollte die uralte Pfanne schon längst mal ersetzen, aber ich … ach herrje, was esst ihr denn jetzt zu Mittag?«

Mama seufzt herzzerreißend vor sich hin und stützt sich mit hängendem Kopf am Küchentresen über der knisternden Pfanne ab. Einerseits will ich nicht, dass sie so niedergeschlagen ist, andererseits habe ich Hunger. Ich weiß nicht was ich tun oder sagen soll, um zu helfen. Lorens schon.

»Ist doch alles gut. Lass mich mal.« Er packt sie an den Oberarmen und drückt sie sanft zur Seite.

Nachdem er sich eine Gabel gegriffen hat, beginnt er die schwarz gebrannten Stellen an den Kartoffeln abzukratzen.

»Das geht noch! Schmeckt doch geiler, wenn sie kross sind, oder?«, fragt er und zwinkert mir zu.

»Ja! Schmeckt viel geiler so!«, pflichte ich ihm bei.

Mama streichelt Lorens über die Schulter, dann kneift sie ihm in die Seite und bringt ihn dazu sich kichernd von ihr wegzukrümmen.

»Geil?«, wiederholt sie vorwurfsvoll. »Was haben wir für Regeln hier bezüglich solcher Ausdrücke?«, fragt sie und hält die Hand vor ihm auf.

Lorens rollt mit den Augen, grinst aber, während er in seine Hosentasche fasst und einen glänzenden Franken hervorkramt.

Mama schüttelt den Kopf. »Leg mal lieber noch einen halben Franken drauf, dafür, dass du deinen kleinen Bruder zu dem Ausdruck inspiriert hast!«

Lorens zieht eine Braue nach oben und zeigt mit dem Finger auf mich.

»Hey, ich hab nicht mit den verbotenen Wörtern angefangen! Vincent kam hier rein und hat ›Scheiße‹-Brüllen zum neuen ›Hallo‹ erklärt!«

»Hab ich gar nicht!«, platzt es nervös aus mir heraus, weil ich Mamas Blick auf mir spüre. Sie hatte garantiert schon vergessen, dass ich geflucht habe.

»Ach, hast du nicht?«, triezt Lorens mich und gestikuliert mit der Gabel rum. »Hab ich mich verhört? Was hast du denn dann gerufen, als du über den Boden geschlittert bist?«

»Na … Sch…«, das Unbehagen pocht mir im Hals, während ich krampfhaft darüber nachdenke, was ich gesagt haben könnte.

»Scheide.«

Ich habe keine Ahnung, wieso mir nur dieses Wort einfällt, aber wenn ich Zeit- und Erklärungsnot habe, fällt mir das Nachdenken gleich schwer wie das Lügen.

»Okay, dann hab ich dich echt falsch verstanden!«, gibt er zu und verbietet sich das Prusten, weil er seine Anschuldigung zuerst nachbessern will. »Hey Mama, Vincent hat ›Scheide‹ Brüllen zum neuen ›Hallo‹ erklärt! Wie viele Franken in die ›Ausdruckskasse‹, macht das?«, will er wissen, dann lacht er los.

Lorens schmeißt sich weg. Diesmal stimme ich nicht ein. Die Sache mit dem Anstecken funktioniert meistens, aber nicht immer.

Ich sehe Mamas Mundwinkel kurz zucken, aber sie behält die strenge Miene bei und hält die Hand auf.

»Das macht für dich auch eins fünfzig!«

»Wieso das denn?! ›Sch…‹ hat immer einen Franken gekostet!«, beschwere ich mich über die gestiegenen Fluchpreise.

Sie seufzt. »Ja, aber das vor der offenen Haustür zu rufen, kostet extra! Vini, was sollen denn die Nachbarn denken?«

Lorens dreht sich zu ihr und klopft ihr auf die Schulter. »Mach dir keinen Kopf wegen der Nachbarn, Mama. Die sind erleichtert, dass zumindest einer deiner Söhne ›Scheide‹ brüllt.«

Ich verstehe Lorens Witz im ersten Moment nicht und warum Mamas Blick sich verändert. Dann schon. Ihre Miene wird weich. Sie stellt sich auf die Zehenspitzen und drückt Lorens einen Kuss an die Schläfe.

»Mach dir nichts draus, wenn sie reden«, sagt sie zu ihm.

»Du aber auch nicht«, entgegnet er und zuckt mit den Schultern. Dann dreht er sich zu mir.

»Was guckst du denn so blöd, Lys?«, fragt er mich.

»Petze«, brumme ich zu ihm rüber.

Lorens grinst mich an. »Hey, ich dachte du wolltest unbedingt schnell ins Kino und HOOK sehen. Ich wollte nur nachhelfen, damit die Kasse schneller voll wird!«

Jetzt muss ich doch grinsen. »DU wolltest in den Peter Pan Film! Ich wollte in ›Wolfsblut‹«, erinnere ich ihn.

Lorens zwinkert. »Stimmt ja. Ich bin der, der schon immer krass fasziniert von der Vorstellung war, dass nachts ein fremder, frecher Junge zum Spielen durch mein Fenster schwebt. Das macht Sinn!«

Ich verziehe das Gesicht, weil Peter Pan in meiner Vorstellung immer ein nerviger analphabetischer Störenfried mit ungewaschenen Haaren war. Aber Lorens und meine Vorstellungen sind verschieden. Schon immer. Das ist okay.

Trotzdem schiele ich prüfend zu Mama, weil ich sehen will, ob sie seufzt. Sie tut das manchmal, wenn Lorens zu viele scherzhafte Anspielungen in dieser Art macht. Nicht, weil sie findet, dass er so wie er ist, nicht in Ordnung ist, sondern weil sie weiß, was manchmal mit ihm passiert, wenn er kein Blatt vor den Mund nimmt. Nicht hier. Zu Hause ist er sicher, aber er ist überall so ehrlich. Wenn man ihn fragt, lügt er nicht.

Ich wünschte, er würde lügen. Mama auch. Sie musste im letzten Jahr dreimal mit ihm in die Notaufnahme fahren, weil irgendjemand so fest auf ihn eingeschlagen hat, dass er kaum noch richtig atmen konnte oder er so viel Blut gespuckt hat, dass das Badezimmer nach Metall gerochen hat.

Und das waren nur die Male, in denen er es nicht geschafft hat, zu verheimlichen, dass ihm wehgetan wurde. Lorens ist schlecht darin sich die Wahrheit über das Leben, das er führen möchte, zu verkneifen, aber er ist gut darin die Wunden still und leise ausheilen zu lassen, die er deshalb zugefügt bekommt.

Ich kann mich nicht erinnern, wann ich meinen großen Bruder zum letzten Mal ohne Schrammen oder blaue Flecken gesehen habe. Ihm tut immer etwas weh, weil irgendjemand sich das Recht nimmt, ihn zu schlagen bis er blutet, nur weil Peter Pan in seiner Vorstellung anders aussieht, wenn er die Augen schließt.

Manche Leute werden aggressiv, wenn sie herausfinden, mit wem man am liebsten zusammen allein ist. Selbst wenn sie nicht daran beteiligt sind.

Ich weiß nicht, warum. Wieso das andere etwas angeht. Ich habe auch keine Ahnung, wer abends neben unserem Postboten auf dem Sofa sitzt oder wie die Person aussieht, neben der sich mein Lehrer schlafen legt.

Darf ich ihnen ins Gesicht schlagen, wenn ich herausfinde, dass mir die Menschen, die sie geheiratet haben, überhaupt nicht gefallen? Wenn ich die Vorstellung widerlich fände sie zu küssen, obwohl mich niemand zwingt das zu tun?

Ich sehe keinen Unterschied. Ob Lorens nachts ein Mädchen bei sich hat oder einen Jungen, er bleibt Lorens. Deshalb ist er am nächsten Morgen nicht anders; gemeiner oder weniger lustig. Seine Persönlichkeit ändert sich nicht. Zumindest habe ich das immer auf diese Art empfunden.

Vielleicht denkt so auch nur der Bruder einer Schwuchtel.

Das ist das, was sie in der Schule sagen. Hinter meinem Rücken, manchmal in mein Gesicht. Dafür würde ich sie gerne fertigmachen. Weil sie Arschlöcher sind, die sich herausnehmen über das Leben von anderen zu urteilen, obwohl sie keine Ahnung haben. Im Gegensatz zu ihnen, hasse ich Leute nicht dafür, wen sie küssen wollen, sondern für die dummen, gehässigen Dinge, die sie sagen und anderen antun.

Ich bin mir sicher, ich habe den besseren Grund für Hass. Wenn es so etwas gibt. Aber ich habe Lorens versprochen gut sein zu lassen, wenn sie reden. Lästern. Sich das Maul zerreißen. Ich bleibe still. Er sagt, es bringt nichts, wenn ich wütend auf sie werde. Wut haben sie schon selbst genug. Die habe ich auch, aber ich liebe meinen Bruder mehr als ich die anderen hasse, also halte ich mich an mein Versprechen.

Vincent ist still …

Mamas Blick füllt sich diesmal nicht mit schlimmen Erinnerungen und Sorgen. Sie schmunzelt über Lorens Spruch und holt das große Einmachglas, das neben den Haferflocken im Küchenregal steht, um das Geld einzuwerfen, das sie von uns kassiert hat. Sie hat immer behauptet, sie würde es an eine Organisation spenden, die logopädisches Training für Kinder anbietet. Damit unsere schlechten Ausdrucksangewohnheiten andere Kinder besser sprechen lassen. Bisher waren wir aber jedes Mal zusammen im Kino, sobald das Glas voll genug war. Beim letzten Mal haben wir ›Edward mit den Scherenhänden‹ gesehen. Lorens fand ihn großartig, Mama und ich merkwürdig. Der Abend war schön.

Noch nicht ein Kind wurde das Lispeln los, weil ich beim ›Scheiße‹ sagen erwischt wurde oder Lorens gerne ›geil‹ statt ›toll‹ benutzt. Aber die anderen Kinder sind mir sowieso egal. Ich würde mich immer wieder für Zeit mit Lorens und Mama entscheiden und nicht dafür, die Spontanheilung eines stotternden Zehnjährigen zu erleben, den ich nicht kenne.

Wahrscheinlich bin ich ein Egoist. Aber wieso sollte ich lieber Fremde glücklich machen als mich selbst und die Leute, die mir wichtig sind? Das erscheint mir dumm.

»*Du* möchtest also in den Peter Pan Film und *du* möchtest in den Wolf Film«, stellt Mama fest und blickt auffallend vorwurfsvoll zwischen Lorens und mir hin und her. Ich denke sie erinnert uns gleich daran, dass das Geld in eine Spende fließen soll, aber sie grinst ganz breit.

»Whitney Huston soll toll in diesem neuen Liebesstreifen sein!«, Sie zieht eine Münze aus der Tasche. »Scheiße nochmal, Mama will ›Bodyguard‹ sehen!«, ruft sie und füllt das Glas um einen weiteren Franken auf.

Lorens Lachen schallt lauter durch die Küche als meines. Nicht, weil ich es nicht sehr witzig finde, Mama mal fluchen zu hören, obwohl sie sich so große Mühe gibt, aus jedem ›Scheiße‹ ein ›Scheibenkleister‹ zu machen, sondern weil es sich plötzlich anfühlt, als hätte ich einen Stein in der Hosentasche, der nicht nur schwerer, sondern auch heißer wird.

Mein Blick springt von der Uhr an der Wand zurück zu Mama. Sie hat die Haare schon sorgfältig nach hinten geflochten, unter der Küchenschürze trägt sie ein schneeweißes Oberteil.

Ich will nicht, aber ich muss. Lieber jetzt als morgen Früh nach dem Nachtdienst, der sie so müde macht, dass sie vergisst zu essen, bevor sie ins Bett fällt. Ich will ihr nicht die wenigen Stunden Schlaf rauben, die sie hat, weil sie sie damit verbringen muss, über mich nachzudenken. Ich will sie nicht traurig machen, ihr keine Sorgen bereiten. Manchmal passiert mir aber genau das.

»Kannst du das noch unterschreiben, bevor du gehst?«, sage ich, ohne zu ihr zu sehen. Ich lege den Brief nur auf den Tisch, neben mich, behalte den Blick im Nichts.

»Was ist das?«, höre ich sie fragen.

Ich will nicht antworten. Sie liest es gleich selbst nach.

Aus dem Augenwinkel nehme ich wahr, wie Lorens sich hinter sie stellt und ihr über die Schulter sieht. Alle sind still. Bis Mama seufzt.

»Vincent, du kannst doch nicht einfach ... du musst doch ...«

Sie weiß nicht, was sie mir sagen möchte. Seufzt immer wieder und bricht ihren Satz ab.

»Sieh mich an, wenn ich mit dir spreche«, verlangt sie. Ich sehe zu ihr auf.

Mein Blick springt zwischen Mamas und Lorens Gesicht hin und her. Er überfliegt noch immer die Zeilen des Briefs in ihrer Hand.

»Vincent, das geht so nicht weiter. Wir hatten darüber gesprochen, dass du dir Anschluss suchen musst. Du musst dich mit den anderen Kindern anfreunden. Du kannst doch nicht ...«

»Ich kann die Jungen in meiner Schule nicht leiden«, erkläre ich und blicke wieder stur an ihr vorbei.

»Nicht einen einzigen? Du möchtest dich nicht mit einem einzigen Jungen an der Schule anfreunden?«, fragt sie. Ich höre die Verzweiflung in ihrer bemüht streng gestellten Frage mitschwingen.

»Ich habe Freunde an der Schule«, versichere ich ihr und sehe, wie Lorens den Blick hebt. Mama schüttelt den Kopf.

»Freunde in deinem Alter, Vincent«, stellt sie klar, weil sie weiß, wen ich vorschieben wollte, um sie zu beruhigen.

Ich wünschte, ich könnte lügen. Ich weiß nicht, wieso ich ehrlich sein und sie verletzen muss.

»Jeder in meiner Stufe ist ein dummer Idiot! Ich will nichts mit ihnen zu tun haben! Ich brauche keine Freunde! Ich …«

»Doch, du brauchst Freunde! Jeder braucht Freunde!«, erhebt Mama die Stimme. Ich zucke zusammen, weil ich das traurige Nachbeben ihrer Worte kaum aushalte.

Sie schließt kurz die Augen. Es wirkt, als würden ihre Gedanken sie stechen. Als sie die Augen wieder aufmacht, brennt mir ihre Sorge ein Loch ins Herz.

»Das geht so nicht weiter. Du musst dir etwas aussuchen, Vincent. So wie wir es schon vor Monaten besprochen hatten. Wenn du die Schule wirklich nur zum Lernen besuchen willst, und dort niemanden findest, mit dem du dich austauschen kannst, dann musst du dir in einem Verein Gleichgesinnte suchen. Fußball, Orchester, Chor, es gibt ein neues Kindertheater gegenüber dem Spital. Würdest du vielleicht gerne Theater …« Sie stoppt ihren Satz. Um zu seufzen, weil sie selbst hört, dass sie Dinge aufzählt, die ich furchtbar finde.

»Weißt du was? Vielleicht könntest du ein Instrument …«, setzt sie an. Und verstummt wieder.

Ich will kein Instrument spielen. Ich will keine Freunde die Instrumente spielen. Mama tut sich schwer, Hobbies für mich aufzuzählen, weil ich nichts von diesen Dingen will. Ich bin kein Fußballer, kein Gitarrist, kein Chorknabe. Ich will nichts davon sein, ich will nur *ich* sein, aber anscheinend bin ich nicht normal genug, um in Ruhe gelassen zu werden.

»Zwing mich nicht mit anderen Kindern Theaterstücke aufzuführen. Das halte ich nicht aus. Dann nimm mich von der Schule und lass mich Arbeit suchen. Wenn mich Lehrer so nicht unterrichten wollen.«

»Ach, Vini …«, höre ich sie verzweifelt flüstern, weil wir wieder in derselben Ecke landen, wie vor ein paar Monaten, nachdem ich darum gebeten hatte, das Gruppenprojekt für meinen Physikunterricht allein auszuarbeiten.

Ich wünschte sie hätte ›Vincent‹ gesagt. In einem anderen Ton. Strenger. Wütend. Wut kann ich gut aushalten. Ihre Sorge tut mir weh.

»Ich weiß nicht, was ich machen soll, … wenn du nicht …«

»Schon gut. Mama. Ist gut«, unterbricht Lorens ihr Hadern und legt ihr einen Arm um die Schulter. »Er sucht sich etwas aus. In den nächsten Tagen. Etwas, das ihm gefällt. Versprochen«, meint er und deutet dann auf die Uhr. »Du musst los, wenn du nicht zu spät kommen willst«, erinnert er sie.

Sie zuckt zusammen, nachdem sie die Uhrzeit abgelesen hat.

»Scheibenkleister! Ich muss noch …!«

»Vincent und ich besorgen morgen eine neue Pfanne«, verspricht er.

»Sehr gut! Dann kann ich nach meinem Dienst zum Tischler und … Gott, ich muss noch meine Fahrkarte erneuern und …«

»Wir suchen auch gerne eine neue Tür aus, mach dir keinen Kopf!«

Sie dreht sich zu Lorens, legt ihm beide Hände an die Schultern und schüttelt ihn sanft.

»Danke. Lori. Aber der Knauf soll bitte kein Totenkopf sein, Schatz, ja?«

»Ist doch klar! Aber wie aufgeschlossen bist du gegenüber Pentagrammen?«

Er lacht über seine Frage, dann zeigt er nochmal auf die Uhr. »Du musst los!«

Mama nickt, zieht sich die Schürze über den Kopf und legt sie über den Stuhl. Gleich läuft sie zum Bus, danach zum Zug, der sie ins Krankenhaus bringt, in dem sie zwölf Stunden lang ›Schwester Christensen‹ ist. Danach darf sie nach Hause und ist dort die Mutter eines Jungen den andere meiden und die Mutter eines Jungen den andere schlagen.

Ich weiß nicht mehr, wann mir Mama zum ersten Mal leidgetan hat, aber ich glaube ich war sechs, als ich sie über einen Haufen Briefe zusammengesackt am Küchentisch gesehen habe und dachte, sie wäre tot. Nachdem ich panisch zu Lorens gerannt war, hat er mir erklärt, dass Mama nur manchmal an seltsamen Orten einschläft, weil sie müde von der Arbeit ist.

Bevor sie lossprintet, unterschreibt sie den Brief meines Lehrers. Sie seufz noch einmal leise.

»Vini …«

Ich behalte den Blick auf der Tischplatte und stupse den Apfelgrips herum, den Lorens liegengelassen hat. Im Gegensatz zu ihm, weiß ich nicht, was ich ihr sagen oder wie ich sie ansehen soll.

»Seid brav. Schlaft gut. Schiebt den Topf dicht vor die Tür, wenn es dunkel wird, ja? Ich hab euch lieb.«

»Machen wir! Bis morgen, Mama.«

»Bis morgen«, murmle ich ihr verstohlen hinterher. Nachdem sie verschwunden ist, mustere ich Lorens, der sich neben mich an den Tisch setzt.

»Ist sie jetzt traurig?«

Er zuckt mit den Schultern. »Ja, klar. Wahrscheinlich.«

»Das wollte ich nicht«, versichere ich.

»Echt? Dann solltest du vielleicht aufhören, ihr damit zu drohen, dass du die Schule abbrichst und mit dem Zirkus davonläufst, wenn nochmal jemand wagt dir vorzuschlagen ›Den Zauberer von Oz‹ mit ein paar Gleichaltrigen aufzuführen. Dafür, dass du kein Theater spielen möchtest, bist du ganz schön theatralisch, Lys.«

»Was soll ich denn beim Zirkus machen?«, lenke ich eingeschnappt ab und funkle Lorens an.

»Na dein Leben lang Tigerscheiße schaufeln, wenn du überhaupt keinen Abschluss machst. Oder dachtest du, die nehmen dich als Clown mit? Ich sage dazu nur eines: Neben dem Wort ›Ulkig‹ klebt dein Foto im Wörterbuch und darunter steht ›Das Gegenteil von …‹. Nein, warte, ich sage noch was: Weinende Kinder! So, jetzt bin ich fertig. Gib mal den Ketchup.«

Ich lache, weil Lorens recht mit den bescheuert formulierten Unterstellungen hat.

Ich wäre ein furchtbarer Clown.

Der personifizierte Anti-Ulk.

»Denkst du, sie ist morgen noch immer besorgt deshalb?«, will ich wissen und sehe seine Miene neutraler werden.

»Ja, klar. Wahrscheinlich.«

Er zuckt mit den Schultern. »Wir machen Leute alle mal traurig, auch wenn wir das nicht wollen. Zeig den scheiß Brief das nächste Mal vorher einfach mir. Du weißt, wie viel Mama um die Ohren hat.«

»Ja. Aber du bist doch mindestens so scheiße darin sie anzulügen wie ich, bringt doch nichts«, unterstelle ich ihm.

Lorens lacht. Ich weiß nicht warum, aber er steckt mich an.

»Du denkst wirklich, ich lüge *schlecht*?«, will er wissen.

»Ja, total!«

»Das ist schön.«

»Wieso?«

»Nur so. Iss auf, ich brauche Hilfe beim Haarefärben.«

»Beim was?«

LAUT

Vincent

»Hast du einen offenen Schädelbruch?«

»Fragst du, ob ich ein Loch im Kopf habe und mir trotzdem die Haare färben will?«

»Da steht: ›Nicht anwenden bei offenem Schädelbruch.‹«, lese ich vor.

»Und gebrochener, aber geschlossener Schädel wäre voll okay?«, will Lorens wissen und zieht ungläubig eine Augenbraue nach oben.

»Das führen sie hier nicht auf.«

»Aha. Und was steht da noch?«

»Dass du eine Frau sein solltest, damit die Farbe hält.«

»Wie? Das steht da so?«

»Na ja, das steht: ›Hält farbecht in *IHREM* Haar und verzaubert *IHN* bis zu zehn Wochen lang mit einem glänzenden Anblick‹. Ich denke, du darfst nur verzaubert sein, nicht farbecht. Haben Frauen eine andere Haarstruktur als Männer?«

»Ich will mir die Haare am Kopf färben, nicht an der Muschi! Gib mal her!«

Lorens zupft mir die Gebrauchsanleitung der Drogeriemarkt Haarfarbe aus der Hand. Ich drehe meinen Kopf nach links und verstecke mein Gesicht in dem Handtuch, das über der Badewanne liegt, neben der ich sitze.

»Lachst du jetzt so doll, weil ich ›Muschi‹ gesagt habe?«, fragt Lorens amüsiert.

»Nein!«

»Dann hör mal auf in das Handtuch zu husten, das brauche ich noch. Ist das einzige dunkle. Mama bringt mich um, wenn ich die Handtücher versaue.«

»Sie bringt dich auch um, wenn du dir die Haare färbst! Was soll das eigentlich? Wir haben doch schon schwarze Haare!«, rufe ich und halte ihm die Verpackung vor die Nase. »Wir sind doch schon ›Schwarzkopf-Nachthimmel‹!«

Lorens zwinkert. »Ja, aber du kennst noch nicht die geheime Zutat!«

Er kramt in seinem Rucksack, den er vorhin in die Badewanne geworfen hat und zieht eine Plastiktüte raus.

»Was ist das?«

»Na wie sieht es denn aus?«

»Wie tote Schlümpfe«, stelle ich fest und verziehe den Mund, weil die tiefblaue Matsche der Inbegriff von Ekel ist.

Lorens nickt. »Ganz genau, Lys! Das sind tote Schlümpfe, die ich abgemurkst habe, um schön zu sein. Wer bin ich? Gargamel?«

»Zeig mal«, verlange ich und bekomme die Tüte mit dem glitschigen Inhalt auf den Schoß geworfen.

»Das Zeug benutzen sie beim Friseur. Eigentlich nur in kleinen Mengen, um das Orange nach einer Blondierung auszugleichen. Aber wenn man es in großen Mengen zu Farbe mischt, bekommt man ein richtig geiles Nachtblau!«

»Woher weißt du sowas?«, will ich wissen und sehe Lorens grinsen, während er in seinem Rucksack kramt.

»Ich hab's an einem Punkjungen gesehen, mit dem ich manchmal im Park nach der Schule quatsche. Sieht krass gut aus! Er meinte man kann Tinte nehmen, aber ich kenne da so einen anderen Jungen, der in einem Friseursalon arbeitet und der war mir noch einen Gefallen schuldig.«

Manchmal glaube ich, Lorens kennt jeden zwischen 15 und 21 in der Stadt. Und jeder kennt ihn. Wir haben die gleiche Haarfarbe, die gleiche Augenfarbe, sogar genau gleich viele Muttermale im Gesicht – trotzdem sind wir uns so unähnlich, wie man sich nur sein kann.

Lorens ist immer beliebt oder verhasst, wird für saucool oder sauseltsam befunden, aber mein großer Bruder ist nie jemanden egal.

Ich bin den anderen gleichgültig, aber ich darf es nicht genießen, weil ich sonst ›sozialer Problemfall‹ genannt werde.

Es ist fast ein Jahr her, seit Lorens die Privatschule verlassen musste, trotzdem kennen noch immer alle seinen Namen oder ihr liebstes Schimpfwort für ihn. Ich bin für die meisten ›Der Bruder von …‹. Nie Vincent.

Das ist in Ordnung. Lorens genießt das Rampenlicht – schon immer.

Er ist gut darin sich Freunde zu machen, beliebt zu sein und die Idioten zu ignorieren.

Es macht mir nichts aus, dass ich nie der Christensen sein werde, über den alle reden, den alle kennen und zu dem jeder eine spannende Geschichte oder ein Gerücht auf Lager hat.

Ich denke ich wäre nicht gut darin beliebt zu sein. Dafür sollte man netter sein als ich es bin. Zugänglicher.

»Hier, mach mal alles da rein und rühr um«, sagt Lorens und reicht mir den alten Plastikbecher in dem Mama manchmal Bleiche mischt, wenn ihr Krankenhauskittel Flecken abbekommen hat, die sie beim nach Hause kommen vor uns versteckt. Ich rümpfe die Nase. Die Paste sieht aus wie Teer und riecht nach Scheuermittel.

»Und das sollen wir jetzt auf deine Haare machen?«, frage ich und erwarte mehr als das beiläufige Schulterzucken, das Lorens zum Besten gibt, während er damit beschäftigt ist, in seinem Rucksack zu wühlen.

»Klar! Klatsch drauf! Was soll denn schon passieren? Hey, Tom diese verstohlene Mistsau! Hat mir schon wieder die Zigaretten geklaut! Nämlich ALLE! Wie gierig kann man eigentlich sein? Man klaut EINE! Das gebietet doch die Höflichkeit, oder?«

Ich ignoriere Lorens Gemaule über seine verschwundenen Zigaretten und bleibe bei dem Thema, das sich um die nach Chemikalien stinkenden Paste dreht, die ich auf seinem Kopf verteilen soll.

»Dass dir die Haare ausfallen. Das könnte passieren«, mache ich ihn aufmerksam und höre ihn lachen.

»Na, dann weiß ich ab heute, wer nur gerne mit mir zusammen war, weil ich geil ausgesehen habe und wer mich noch immer lieb hat, wenn ich kahl wie eine Glühbirne bin! Dann ist das eine mega Lektion darüber, dass Charakter mehr bedeutet als Schönheit.«

Ich schnaube ungläubig und rufe Lorens in den Flur nach, den er entlanggelaufen ist, während er den Stuss von wegen; ›Seine Optik wäre ihm egal‹ vom Stapel gelassen hat.

»Du bist so eitel, du würdest heulen, wenn dir die Haare ausfallen!«, unterstelle ich ihm lautstark.

»Ich? Eitel?«, brüllt er durchs Haus. Ich denke, er ist in sein Zimmer gelaufen. »Wie kannst du Quen kennen und MIR unterstellen, ICH wäre eitel?«

»Was ist denn das für ein leeres Argument? Ich kann doch Jack the Ripper kennen und Charles Manson trotzdem wahnsinnig nennen«, rechtfertige ich mich.

Ich warte darauf, dass er auflacht, aber Lorens ist eine Weile still. Ich höre ihn erst wieder, als er den Flur zurückläuft.

Er bleibt im Türrahmen stehen, hat eine selbstgedrehte Zigarette in der Hand. Ich kann nicht einschätzen, wie das Seufzen aus seiner Kehle gemeint ist. Eigentlich war ich stolz auf meinen düsteren Vergleich. Lorens mag dunklen Humor, ich habe ihn schon über makabrere Vergleiche lachen hören. Aber Quentin erzählt sie cooler.

»Weißt du, Lys«, setzt er an und schüttelt den Kopf. »Du hast schon mit elf wie ein Vierzehnjähriger geklungen, wenn du dich darüber beschwert hast, dass die Jungs in deiner Klasse kindische Idioten sind; eben weil sie Elfjährige waren. Jetzt haust du manchmal Sachen raus, die klingen, als würde ich mit einem dieser Erstsemester Philosophie Studenten rumhängen, die immer im Kunst-Café im Stadtpark Rum-Eistee saufen.«

Ich wende den verfinsterten Blick ab, weil ich nicht will, dass Lorens sieht, dass es in mir sticht.

»Sag doch gleich; ›nervender Klugscheißer‹ zu mir, dann sparst du dir den Atem für die lange Beschreibung, wieso du mich scheiße findest«, brumme ich und fixierte den weißen Plastikbecher, der neben mir am Boden steht. So vorwurfsvoll und durchdringend, als wäre er dafür verantwortlich, dass ich mir manchmal so schwer damit tue zu sein wie ich bin.

»Lys?«, sagt Lorens. Ganz freundlich. Ganz ruhig. Irgendwie klingt er überrascht von meiner Reaktion. »Guckst du mich bitte wieder an?«

Ich reagiere nicht, weil ich irgendwo zwischen Trotz und der Angst, mein Bruder könnte irgendwann aufhören mich gerne um sich zu haben, festgefroren bin.

»Vincent«, tönt es plötzlich aus seinem Mund.

Ich blicke doch zu ihm, bin überrascht, weil es ungewohnt ist, dass er mich mit meinem echten Namen anspricht. Wenn er mit anderen über mich redet, nennt er mich zwar ›Vincent‹ oder vor Mama auch mal ›Vini‹, aber wenn wir allein sind, bin ich für ihn ›Lys‹ seit ich gelernt habe zu sprechen.

Lorens schmunzelt mild. »Ich wollte nur sagen; du bist klüger als du in deinem Alter sein solltest. Das war eine Feststellung. Keine Kritik. Ich weiß, wie du bist, Lys. Manchmal überrascht es mich trotzdem noch, dich reden oder laut denken zu hören. Das ist schon besonders. Das weißt du aber selbst«, unterstellt er mir.

Ich zucke nur mit den Schultern. Ich weiß nicht, was ich darauf erwidern soll.

Er setzt sich zu mir, an den Rand der Badewanne. Der lange Spiegel an der Schranktür zeigt mir, wie seine Finger in meinen Haaren verschwinden, dann fühle ich die Hand mit den silbernen Ringen auf meinem Kopf ruhen.

»Die wenigsten sind so, Lys. Markant im Charakter. Ist 'ne geile Sache. Ganz speziell zu sein. Jemand den man nicht mit anderen vergleichen oder verwechseln kann. Das tut aber auch oft weh. Ist quasi garantiert.«

Ich reagiere nicht auf seine Feststellung, aber er rechnet auch nicht mit einer Reaktion.

Er lässt nur ein paar Sekunden verstreichen, in denen ich mich ein kleines Stück weiter zu ihm neigen kann.

Nah genug, um seine Gegenwart zu genießen, weit genug entfernt, damit ich mir nicht endlos dumm und kindlich verweichlicht vorkomme.

»Ist in Ordnung«, sagt er. »Wenn es manchmal weh tut. Es ist nicht fair, wenn du das Gefühl haben musst, dass du dafür bestraft wirst zu sein, wie du bist, aber du hältst es aus. Das Unfaire am Leben. Das wird nie ganz verschwinden. Weißt du?«

Eigentlich will ich still bleiben. Was er zu mir sagt, treibt aber die Sache in mir hoch, die ich unter drei dick geschriebenen Worten und Schweigen begraben wollte.

»Professor Schwarz hat diesen Brief geschrieben …« setze ich an und fixiere den Plastikbecher mit finsterem Blick. »Nachdem ich mich geweigert habe dem Schachclub in der Schule beizutreten.«

»Verstehe. Klingt ja auch scheiße langweilig«, entgegnet Lorens.

»Ist es nicht«, widerspreche ich. »Ich habe dieses Turnier in meiner Stufe gewonnen, danach wollte Professor Schwarz, dass ich mich dafür verpflichte jeden Tag nach dem Unterricht mit diesen Idioten aus dem Club zu trainieren, damit ich die Schule offiziell in Wettbewerben vertreten kann.«

»Na ja. Du bist klug. Das macht schon Sinn. Dass sie wollen, dass du irgendwelche Pokale für den Schrank in der Aula gewinnst. Die rühmen sich gerne mit Goldjungen, solange sie brav im Schrank bleiben«, meint Lorens grinsend und neigt dann fragend den Kopf, weil er die Wut, die er in meiner Miene ablesen kann, nicht versteht.

»Ich habe keine Lust jeden Nachmittag mit diesen selbstverliebten Akademiker Söhnen abzuhängen!«, knurre ich. »Die halten sich alle, wegen eines dummen Geburtsrechts, für besser als andere, obwohl ihre einzige Leistung im Leben bisher ist, dass sie trotz Schielpflaster am Auge dreidimensional sehen!

Eingebildete Idioten, die glauben sie könnten jedes Argument mit dem Satz ›Mein Papa ist Anwalt‹ gewinnen! Ich scheiße auf die! Was soll ich dort?! Jungen mit hässlichem Charakter dabei zusehen, wie sie zu hässlichen Erwachsenen werden?! Außerdem sind die alle nicht nur Charakterschweine sondern auch äußerlich Rindviecher! Was ist das mit Streber-Bonzen-Kindern?! Sind deren Eltern Geschwister?! Wieso haben die schon Geheimratsecken bevor sie Haare am Sack haben?! Ich trete doch nicht dem Club der klugscheißenden Hackfressen bei, nur weil sie noch jemanden brauchen, der mit ihnen zu irgendeinem Turnier fährt, um dort mit Hackfressen aus anderen Schulen auf Schachbretter zu wichsen, weil ihnen einer abgeht, nachdem sie sich gegenseitig erzählt haben, was ihr Papa beruflich macht!!«

Ich merke erst, wie sehr ich mich in meinen Monolog hineingesteigert habe, als ich feststelle, dass mir der Hals vom Fluchen und Fauchen wehtut. Das brannte mir auf der Seele. Jetzt geht es mir irgendwie besser.

›*Vincent ist still*‹ ist etwas Gutes. Ja. Für die anderen. Für mich ist es manchmal wie Luftanhalten, aber mein Atem besteht nicht nur aus Luft, sondern auch aus Feuer.

Lorens lacht auf und fängt an den Kopf zu schütteln.

»Du kriegst mich immer wieder, Lys«, sagt er. Ich blinzle ihn irritiert an. Während er sich erklärt, hört er nicht auf zu grinsen.

»Für einen Moment dachte ich, da hält ein kleiner Engel mit ganz viel Revolution im Herzen eine total feurige Rede über die Chancenungleichheit, die schon bei Bonzenkindern in den Schulen anfängt.«

Ich verziehe den Mund, weil ich langsam verstehe auf was er hinauswill.

»Und dann …« Er zündet sich die selbstgedrehte Zigarette an. Der herbe Geruch überschattet sogar den chemischen Geruch des Färbemittels. »Und dann kamst du mit den Inzest-Rindviechern um die Ecke«, platzt es amüsiert aus ihm heraus. Mein Bruder verpasst mir einen Klaps auf den Hinterkopf.

»Lys! Du kleiner Dämon! Du kannst doch nicht … ich meine, klar kannst du, aber du sollst doch nicht!«, tadelt Lorens und muss sich sichtlich anstrengen zumindest ein bisschen belehrend zu klingend, während er sich verbietet, beim Lachen zu vibrieren. »Du kannst andere Kinder nicht einfach als schielende Rindviecher bezeichnen«, sagt er und schnippt mir mit den Fingern ans Ohr.

Ich zische gegen den kurzen Schmerzimpuls an und reibe mir dann murrend über die pochende Stelle. »Aber wenn ich recht habe mit dem, was ich sage?«

»Wie? Wenn du recht hast? Spielen bei euch jetzt *echte* Rinder Schach, die von Anwählten adoptiert und mit Schielpflastern versehen wurden?«

»Ja«, maule ich penetrant vor mich hin und verziehe das Gesicht zur genervten Grimasse.

»Lys, das kannst du trotzdem nicht sagen.«

»Habe ich auch nicht!«, fauche ich und würde gerne gegen die schwarze Paste treten, einfach weil ich sauer bin. »Ich habe gar nichts gesagt! Nur abgelehnt in einem Schulclub mitzumachen! Daraufhin hat Professor Schwarz den Brief über mein Verhalten geschrieben und mir vorgeworfen, dass ich wie du ende, wenn ich mich weiterhin so asozial verhalte!«

Lorens ist kurz still.

In mir brennt es, weil ich diesen Teil der Geschichte nicht erzählen wollte. Ich wollte ihn nicht an etwas erinnern, über das er nicht nachdenken will. Jetzt denken wir beide daran. Lorens wirkt trotzdem unbeschwert.

»Wie ich enden? Schach abzulehnen, macht dich schwul? Scheiße, da könnte der alte Schwarz recht haben! Ich weiß nicht mal wie alle Figuren heißen, deshalb bin ich so krass in Jungs verschossen! Hätten die mir damals aber verraten, dass die auf Turnieren gemeinsam wichsen, hätte ich mich bestimmt mehr für den Club interessiert!«

Ich kann nicht über den Spruch lachen, auch wenn ich ihn witzig finde. Mir ist nicht nach Lachen zumute.

Lorens stoßt mich an der Schulter an. »Du bist nicht asozial, du bist nur überdurchschnittlich wählerisch mit Leuten, mit denen du Zeit verbringen willst. Das ist okay. Aber du musst bald mal ein bisschen über deinen Schatten springen. Mama zuliebe. Nicht für den alten, biederen Sack der mich für ansteckend hält. Nimm dir nichts, was Professor Schwarz sagt zu Herzen. Du weißt, ich bin nicht rausgeflogen, weil ich asozial war. Eigentlich im Gegenteil. Er weiß das auch, er lügt nur, damit es in sein Weltbild passt.«

»Ich weiß. Aber ich hasse es. Wieso dürfen sie einfach lügen und Dinge behaupten und engstirnig sein und ich muss still bleiben? Quentin musste still sein. Wieso verlangst du das von uns?

Wieso dürfen nur die reden? Es kommt doch nur gelogene Scheiße aus ihren Mündern!«

»Schon gut, Lys, beruhig dich«, entgegnet Lorens und macht eine beschwichtigende Geste mit der Hand, die in mir nur den Drang auslöst, ihm die stinkende Zigarette wegzuschlagen.

»Nein!«, rufe ich und unterdrücke das Husten, weil mir der Rauch im Hals kratzt. »Sag mir, warum Quentin damals nichts sagen durfte! Wieso ich still bleiben soll! Wieso lässt du uns so einen Mist versprechen?!«

Ich zucke zusammen als Lorens aufspringt.

Meine innere Unruhe hat mich in eine Art von Alarmbereitschaft versetzt, die unnötig ist. Lorens wird nicht ungehalten, nicht so laut wie ich und er springt auch nicht auf mich zu. Er hüpft nur auf, weil ihm ein Stück Glut ein Loch in die schwarze Jeans brennt.

Während er sich auf den Oberschenkel klopft, schäme ich mich für meine Reaktion. Mein Bruder hat mir noch nie wehgetan oder die Nerven verloren, egal weshalb wir gestritten haben. Lorens hat mich noch nie verletzt, aber ich denke manchmal, dass ich eine kräftige Schelle für meine Penetranz verdiene. Vielleicht zucke ich deshalb zusammen.

»Du willst wissen, warum ich euch gebeten habe, nicht mit Wut um euch zu werfen?«, wiederholt er meine Frage viel ruhiger als ich und zuckt dann mit den Schultern. »Weil man Hass nicht mit Hass löschen kann, Lys. Ihr würdet gegen Wände anschreien, mit alten, stoischen Mauern über Dinge diskutieren, die euch im Herzen wehtun, während die alten stoischen Mauern, einfach …

Mauern bleiben. Ich will nicht, dass ihr euch diesen sinnlosen Schmerz antut. Quen wäre auch von der Privatschule geflogen, hätte er damals etwas gesagt. Mama stand hinter mir, aber sein Vater hätte ihm die Hölle heiß gemacht. Wofür? Er wäre für uns nur gegen eine Wand gelaufen, die niemals nachgegeben hätte. Nur Schmerzen. Nichts weiter.«

»Das stimmt nicht. Wände lassen sich einreißen! Wenn man fest genug dagegen schlägt …«, murmle ich und funkle zu Lorens hoch.

Er lacht tonlos. Dann nickt er.

»Ja. Aber ich will meinen kleinen Bruder nicht mit dem Kopf gegen Wände donnern sehen, nur damit er meine Wege freimacht. Du sollst nicht meine Kämpfe ausfechten, Lys. Schon gar nicht Kämpfe, die ich nicht mal führe, weil ich um die Idioten, die mir im Weg stehen, problemlos herumlaufen kann. Professor Schwarz, der Direktor, die ganze Sache mit der Privatschule; Es juckt mich nicht, ich mag die öffentliche Schule unheimlich gerne. Dass sie mich rausgeworfen haben, fühlt sich für die Idioten vielleicht wie ein Sieg an, aber sie haben gar nichts gewonnen. Sie tragen nur weiter all diesen Hass und die Angst vor der Veränderung, die sie mit der neuen Generation kommen fühlen, mit sich rum. Da kannst du nichts machen, sie halten sich einfach daran fest, bis ins Grab, egal ob du brillant argumentierst, schreist oder tobst«, erklärt Lorens, was er mir schon oft in ähnlicher Form klarmachen wollte.

Ich kenne seine Einstellung, aber es fällt mir schwer sie zu teilen.

»Also haben Arschlöcher mit Vorurteilen und veralteten Weltanschauungen einfach das Recht beschissen zu anderen zu sein? Und ich soll das akzeptieren. Einfach so?!«

»Manchmal musst du das. Ja. Irgendwo wird es immer Idioten geben, die damit beschäftigt sein werden Idioten zu sein, Lys. Das ist, als wolltest du gegen schlechtes Wetter ankämpfen. Manchmal regnet es einfach. Und wenn es Idioten regnet, kannst du in den Himmel brüllen oder einfach einen Schirm aufspannen und deinen Weg fortsetzen. Weißt du, was ich meine?«

»Ja! Das ist eine beschissene, saudumme Philosophie, und ein Szenario, in dem die Idioten irgendwann einfach gewinnen, weil wir in ihnen ersaufen!«, entgegne ich lautstark und wedle aufgebracht mit der Hand vor meiner Nase »Und deine Zigarette stinkt wie der Arsch einer blöden Ziege!«

Lorens lacht auf und zeigt auf mich. »Schön! Jetzt klingst du endlich mal wie ein bockiges Kind! Aber fass meine Ziegenarsch-Kippe nicht an, die war sauteuer. Vielleicht machen wir lieber ein Fenster auf, eigentlich will ich nicht, dass du das einatmest.«

Während Lorens das Fenster kippt, rühre ich in der schwarzblauen Pampe herum, die langsam andickt.

»Willst du dir die scheiß Haare also heute noch wegätzen oder nicht?«, frage ich, noch immer missgelaunt und mit dem unguten Gefühl im Bauch, ich sollte all mein Taschengeld in die Ausdruckkasse stecken, weil ich wie ein Ghettojunge klinge, wenn ich Mamas gute Erziehung vergesse.

Sie kann nichts dafür. Sie gibt sich Mühe.

Ich bin einfach so.

Im Gegenzug bemühe ich mich aber, sie nicht wissen zu lassen, dass ich manchmal Feuer spucke, anstatt Luft zu holen.

Lorens schwingt sich zu mir auf den Boden, zieht sich den dünnen Rollkragenpullover über den Kopf und legt sich das dunkle Handtuch um die Schultern.

»Legen wir los! Mach drauf! Ich will heute gut aussehen. Da öffnet ein neuer Club und die veranstalten einen riesen Rave.«

An seinem Hals prangt ein dunkelblauer Kreis. Ich weiß nicht, ob das ein Knutschfleck ist oder ob ihn jemand wehgetan hat, aber ich frage nicht nach. Allein das Nachdenken darüber ist seltsam beklemmend. Trotzdem ist mir die Spekulation oft lieber als die Antwort. Sie lässt mir immer eine Erklärung offen, die ich aushalte.

Die blauen Flecke stammen vielleicht vom Turnunterricht. Oder vom vielen Tanzen zwischen betrunkenen Ravern.

Die komische Schramme an seinem Arm, die er seit zwei Wochen unter langen Ärmeln versteckt, war ein Japffka-Vorfall. Das ist dann, wenn Lorens auf die Frage nach einer Blessur mit:

›Das? ***Ja! Pff … keine Ahnung***, wie das passiert ist, aber ist halb so schlimm!‹, antwortet und abwinkt.

Japffka-Vorfälle reichen von komischen kleinen Halbmondabdrücken an seinem Nacken über übel aussehende Stellen an seinem Hüftknochen bis hin zu eiternden Sicherheitsnadeln, die in seinem Ohr stecken.

Ich weiß nicht, wie es einem so gleichgültig sein kann, wie man zu einem neuen Loch im Körper gekommen ist, dass man ›keine Ahnung hat‹ wie es dazu gekommen ist, aber ich habe gelernt

Lorens mit solchen Fragen in Ruhe zu lassen. Meistens. Höre ich keine Antwort, kann ich sie nicht zerdenken.

Japffka ist wahrscheinlich etwas Gutes. Ich weiß es nur nicht immer zu schätzen.

»Ihr geht heute wieder aus«, murmle ich feststellend vor mich hin, weil Lorens etwas von einem Rave gesagt hat.

»Klar«, lautet die beschwingte Antwort.

Er mag die Nacht lieber als den Tag. Schon immer. Als er jünger war, hat er oft Decken-Forts gebaut und darin Kinderkrimis gelesen oder Hörspiele gehört, bis es fast schon wieder Morgen wurde.

Dumpfes oranges Licht und das Rauschen des Kassettenrekorders: in seinem Zimmer, in seiner Nähe einzuschlafen, war die schönste Sache der Welt für mich. Selbst wenn Mama arbeiten musste.

Seit Lorens an der Oberstufe ist sind Clubs und Discos seine Forts, laute Rhythmen seine Geschichtenerzähler. Für mich ist Techno Krach im Neonlicht, für Lorens ist elektronische Musik eine ganze Welt abseits des Alltags.

»Wann kommst du nach Hause?«, frage ich.

Er dreht sich um und mustert mich nachdenklich.

»Wieso willst du das wissen? Hast du Angst allein, seit die Tür kaputt ist?«

Er wirkt nicht, als wollte er mich deshalb aufziehen, nur als wollte er Bescheid wissen.

Ich klinge trotzdem patzig beim Antworten. »Nein! Habe ich nicht! Ich will nur wissen, ob ihr wieder um drei Uhr morgens hier reingedonnert kommt. Du läufst wie eine Ente, wenn du betrunken bist! Dann kann ich dich auslachen!«

»Ich komme heute gar nicht mehr nach Hause, Lys. Wir übernachten bei Quen.«

»Okay! Auch egal!«, entgegne ich und klatsche ihm die Farbe auf den Kopf.

Zu viel auf einmal. Vielleicht versuche ich ihm ein Loch in den Schädel zu brennen, damit er nicht merkt, dass sein kleiner Bruder ein Weichei ist.

Lorens wirkt kurz nachdenklich, dann dreht er sich zu mir um. »Ich will nicht, dass du Angst hast, wenn du allein bist.«

»Schön! Hab ich auch nicht! Dann weckt mich zum Glück niemand mitten in der Nacht auf und ich kann endlich durchschlafen!«

»Willst du mitkommen?«

»Zu Quentin?«

»Ja.«

»Ihr geht zu einem bescheuerten Rave. Ich hasse die Musik dort.«

»Ich weiß. Aber du wärst nicht allein.«

»Ich bin gern allein«, entgegne ich, will mit den Augen rollen, aber meine Gedanken sind schon woanders. »Stört es Quentin oder seine Eltern nicht, wenn ich auch bei ihm übernachte?«

Wahrscheinlich habe ich das zu schnell und zu eindringlich gefragt, um noch gleichgültig zu wirken.

Lorens zuckt mit den Schultern. »Quen weiß, dass ich dich nicht allein lassen würde, wenn du ein Problem damit hast.«

»Ich habe kein Problem damit!!«, knurre ich. So tief ich mit der ätzend hellen Stimme kann.

»Ja doch!«, brummt Lorens zurück, lacht im nächsten Moment. »Vini, du klingst süß, wenn du so schlecht lügst wie die dummen Kinder, die du nicht leiden kannst!«

»Ich hoffe dir fallen ALLE Haare aus und du erstickst an den Dämpfen des Ziegenarschs, den du rauchst!«, fauche ich, weil er mich diesmal sehr wohl, sehr doll aufziehen wollte. Mit Erfolg.

»Alles klar, du kleiner Dämon!«, entgegnet er.

Sein Lachen wird von einem Husten durchbrochen. Das Rauchen lässt er trotzdem nicht sein. Er äschert ins Waschbecken, zieht so lange an dem kleinen Stumpf, bis seine Finger so heiß werden, dass es wehtun muss.

Er dämpft nie aus, bevor er nicht einmal scharf die Luft eingesogen und sich verbrannt hat. Die Spitze des Zeigefingers seiner rechten Hand ist so gut wie immer verletzt. Wieso er so dumm ist, nicht schon vorher auszudämpfen, weiß ich nicht. Ich frage nicht nach.

Lorens hält die verbrannten Fingerspitzen kurz unters kalte Wasser, dann höre ich ihn amüsiert schnauben.

»Mach dir keine Sorgen, Quen mag dich gern. Wahrscheinlich, weil er ein Teufelsjunge ist. Ihr kommt also aus derselben Ecke, kleiner Dämon«, verschaukelt Lorens mich. Grinsen muss ich trotzdem. Peinlich doll, aber ich kann nichts dagegen tun, außer mich dafür schämen, während ich mich gleichzeitig freue. Ich bin erleichtert, dass Lorens mir den Hinterkopf zugewandt hat. Zumindest kurz, dann fällt mir auf, dass er mein Gesicht durch den

Spiegel sehen kann. Während mein Grinsen ertappt abflacht, wird seines wieder breiter.

»Hör zu, wir machen einen Deal«, schlägt er vor und zwinkert mir zu. »Du erzählst Quen nicht, dass ich noch mit dem Punkjungen aus dem Park quatsche, der mich zu der Haarfarbe inspiriert hat und am besten erzählst du ihm auch nichts von dem Friseurjungen und ich erzähle Quen im Gegenzug nicht, dass du rot wie eine Tomate geworden bist, als ich dir verraten habe, dass er dich gern mag. Was sagst du? Haben wir einen Deal, Lys?«

Ich hole zwar umgehend zu viel Luft, um etwas Energisches zu erwidern, aber ich lasse dann doch gut sein und spucke kein Feuer. Diesmal erspare ich Lorens und mir meine Sturheit und akzeptiere das Schamgefühl, das mich überkommt, weil meine peinlich hohe Stimme so lächerlich sanft klingt, wenn ich glücklich bin und sich das Gefühl mit Vorfreude mischt. Ich sage einfach; »Deal«, und bleibe dann still und aufgeregt.

DUNKEL

Vincent

»Das ist ein riesengroßes Haus«, stelle ich fest, während mein Blick über die graue Backsteinmauer gleitet, an der sich das Efeu in fast schon gemalt aussehenden Schwüngen bis hoch in den dritten Stock rankt.

»Ja. Und krass düster, oder?«, entgegnet Lorens, klingt, als wollte er ein bedrohliches ›Muhaha‹ folgen lassen, das er sich gerade so verkneifen kann.

Ich weiß, was er meint. Der Stil des Hauses erinnert an eine Villa aus einem Vampir Film aber das ausgerechnet *er* das Wort ›düster‹ so unheilvoll ausspricht, bringt mich dazu, ihn ungläubig anzuschnauben.

Schwarzer Pullover, schwarze Hose, schwarzer Mantel, schwarze Boots, das einzig ›Helle‹ an meinem Bruder sind seine bleiche Haut, die schmalen Silberringe und das kleine Kreuz an seinem Hals, das er heute mal seitwärts und nicht verkehrt trägt. Ich dachte, die stundenlange Prozedur im Badezimmer, die nicht nur Färben sondern auch Putzen beinhaltet hat, wäre umsonst gewesen, aber im schwachen Restlicht der Abendsonne schimmern seine Haare jetzt tatsächlich in einem dunklen Blauton.

»*Das* findest *du* düster? Wirklich?«, frage ich nach und sehe ihn grinsen.

»Hey, das war total nicht abwertend gemeint!«, rechtfertigt er sich. »Düster ist geil. Das Haus sieht aus, als wären all meine Klamotten da drin geboren worden! Ich wollte dir nur Zeit geben und etwas Smalltalk reinquetschen. Du wirkst nervös.«

»Wieso sollte ich denn nervös sein?! Ich kenne Quentin genauso lange wie du! Ich habe ihn erst heute Vormittag im Schulhof am Springbrunnen gesehen! Da war ich auch nicht ›nervös‹«, töne ich und marschiere so zielsicher auf den Eingang zu, als wäre ich mutig genug, um zu klingeln. Lorens lässt mich kurz so tun, als ob mein Selbstbewusstsein bis zum Himmel reichen würde. Er verarscht mich nicht, als ich die Hände wieder in den Hosentaschen vergrabe, ohne zu klingen. Er stellt sich zu mir.

»Wohnen hier echt nur vier Leute?«, frage ich und beginne die Fenster an der Front zu zählen. Ich stoppe bei zwölf. Unser Haus hat fünf.

»Ja. Quen, sein Bruder und ihre Eltern. Sein Vater ist aber selten zu Hause – er reist geschäftlich viel rum.«

Ich nicke, frage nicht weiter nach, auch weil ich weiß, dass Lorens nur dann zu Quentin nach Hause darf, wenn sein Vater verreist ist. Wenn nicht, übernachten sie bei uns. Mama hat das immer erlaubt, obwohl sie bestimmt weiß, dass Quentin sie anlügt, wenn er behauptet, er hätte seinen Eltern Bescheid gegeben, bei wem er die Nacht verbringt.

Sie weiß bestimmt auch, dass er gelogen hat, als er damals zu der Sache in der Schulbibliothek befragt worden ist, die zu Lorens Rausschmiss geführt hat, aber sie war ihm nie böse deshalb. Ich auch nicht. Ich weiß, wie sehr er darunter gelitten hat, alles in Schweigen zu ersticken – ich habe es ihm angesehen, im Gegensatz zu den Idioten an der Schule.

Lorens fährt sich nochmal durch die frisch gefärbten Haare und rümpft dann abschätzend die Nase.

»Hab *ich* zu viel Parfum erwischt oder *du*, Lys?«

»Kannst du bitte darauf achten, mich nicht ›Lys‹ zu nennen? Vor Quentin«, flüstere ich eindringlich, aber auch verlegen, weil ich mir bereits bei der Vorstellung blöd vorkomme.

›Lys‹ ist nicht mal ein richtiger Name, nur ein Wort, das für Leute, die kein Dänisch sprechen, bestimmt komisch klingt. Es macht auch nur für mich und Lorens Sinn, weil nur wir die Entstehungsgeschichte des Spitznamens kennen, den er mir verpasst hat, als ich ein Kleinkind war. Für andere klingt es wahrscheinlich so, als würde mein Bruder mich ›Lüs‹ rufen, weil ihm ›Elisabeth‹ zu lang ist.

»Bitte«, brumme ich, funkle ihn an, damit er weiß, dass es mir todernst ist.

Lorens schmunzelt. »Schon gut. Versprochen. Das bleibt eine Sache zwischen uns beiden, das geht niemanden etwas an. Ich bin der Einzige, der dich ›Lys‹ nennen darf.«

Er legt mir die Hand auf den Kopf, rubbelt durch meine Frisur, bevor ich mich knurrend winde und das Gesicht verziehe.

Auch wenn ich es nicht zeige, ich freue mich über seine Reaktion. Ich finde unser Abkommen schön. ›Lys‹ ist ein dummer Name für eine Person, aber für Lorens nehme ich in Kauf manchmal dumm zu klingen. Ich weiß, dass er sein Versprechen nicht brechen wird, das hat er nie getan.

Er hebt die rechte Hand und drückt die Klingel mit dem Zeigefinger, den er sich immer an den Zigaretten verbrennt. Der Ärmel seines Mantels rutscht nach hinten und legt die komische Japffka-Schramme an seinem Unterarm frei. Seine Augen werden größer, als sein eigener Blick darauf fällt, dann fischt er schnell nach dem Ärmel seines Pullovers und zieht ihn sich bis zu den Fingerknöcheln. Mama klagt manchmal darüber, dass er all seine Pullover ausleiert, aber sie lässt ihn trotzdem so rumlaufen, wie er sich wohlfühlt.

Lorens modifiziert Kleidung gerne. Alles wird ausgeleiert, mit Löchern versehen, mit Sicherheitsnadeln bestückt.

Seit er an der öffentlichen Schule ist, bekommt er dafür kaum noch Ärger. Mode ist ihm wichtig. Die Sachen müssen sauber sein, dürfen aber nicht so aussehen.

Ich verstehe das Prinzip nicht, aber Lorens sagt es heißt Gothic-Grunge und es macht ihm Spaß aufzufallen. Junge Leute finden meistens, dass er cool aussieht, ältere Menschen halten ihn manchmal für ein ungebildetes Problemkind mit schlechten Manieren, ohne jemals ein Wort mit ihm gewechselt zu haben. All das macht ihm nichts aus. Mir schon. Aber ich weiß nicht, wie ich ihm helfen kann, nicht immer und immer wieder mit Vorurteilen erschlagen zu werden.

Als die hohe Haustür mit den dunklen Glaseinsätzen sich öffnet, schwebt uns der Geruch von geöltem Holz und geputzten Böden entgegen. Lorens lächelt die Frau, die vor uns steht, freundlich an.

»Guten Abend, Frau Noack. Ich habe gerade mit meinem Bruder Ihr Haus bewundert. Das ist Vincent. Ich weiß nicht, ob Quentin Ihnen vielleicht schon mal von ihm erzählt hat? Er geht auch auf die Sacré Frères.«

Mein Bruder ist alles andere als unhöflich. Das war er nie. Mama hat uns gut erzogen, daran ändern ausgeleierte Ärmel nichts. Oder eben doch. Manchmal wird er angesehen, als hätte er ein gezücktes Taschenmesser in der Hand und Hörner an der Stirn. Dabei macht er alles richtig. Ist so freundlich und höflich, wie man sein soll. Was scheißegal ist, solange es Menschen gibt, denen das nicht reicht, weil sie auch noch mitbestimmen wollen, was man anzieht und wie man aussieht bevor sie überhaupt daran denken, Höflichkeit zu erwidern.

Lorens war schon immer der Nettere von uns beiden. Der mit den besseren Manieren und der Geduld für Arschlöcher. Ich kann mir die stechenden Blicke und die Verachtung nicht verkneifen. Ich versuche es auch gar nicht. Mama zuliebe halte ich aber den Mund und behalte meine Gedanken für mich. In der

Schule bin ich still, weil ich es Lorens versprochen habe. Außerhalb der Schule will ich Mama keine Sorgen bereiten. Die beiden machen mich zu einem viel besseren Menschen als ich bin.

Die Frau, die uns die Tür geöffnet hat, wirkt kantig in dem olivgrünen Kostüm, obwohl sie ganz schlank und eher klein ist. Dunkle kurze Haare, braune Augen, die eine seltsame Art von Skepsis versprühen. Strenge gepaart mit Unsicherheit wirkt merkwürdig, aber sie strahlt genau das aus.

»Dürfen wir reinkommen?«, fragt Lorens und behält das freundliche Lächeln bei.

Sie tritt ein Stück zur Seite und nickt.

»Hmm«, summt sie tonlos. »Quentin ist oben.«

Ihre Stimme passt zu ihrem Auftreten. Sie klingt anklagend und gleichzeitig misstrauisch leise.

Wir gehen trotzdem durch die Tür. Sie starrt, als wäre ich nicht Lorens kleiner Bruder, sondern der rote Hund der Christensen. Noch bevor ich ein intensives ›Was stimmt mit Ihnen nicht?!‹ in meinen Blick legen kann, greift Lorens mein Handgelenk und zieht mich weiter.

»Komm«, höre ich ihn flüstern, dann laufen wir auch schon eine dunkel geflieste Treppe hoch.

Ich habe kaum Zeit mich umzusehen, weil wir dieselbe Geschwindigkeit an den Tag legen wie damals, als wir das Eichhörnchen im Garten stellen wollten, das Lorens Stimmungsring gestohlen hat. Ich nehme nur wahr, dass es hier teuer und akademisch riecht – nicht nach Schule, ein wenig nach Museum. Und, dass die mit Stuck verzierten Wände alle in kräftigen, aber doch dunklen Farben gestrichen sind; Marineblau, Moosgrün, Weinrot.

»Das war Quentins Mutter?«, flüstere ich Lorens zu, während wir den ersten Stock hinter uns lassen.

»Ja.«

»Aha. Und seid ihr euch schon mal *vor* heute begegnet? Oder starrt sie dich jedes Mal so an, als würdest du hier klingeln und fragen, ob du zum Stehlen und Abfackeln reinkommen darfst?«

»Sie hat nicht *mich* angestarrt, sondern *dich*. Hab ich doch gesagt; Du hast zu viel Parfum drauf«, verschaukelt Lorens mich.

Er sieht zu mir rüber, um meine Reaktion an meiner Miene abzulesen, dann bleibt er plötzlich stehen und beginnt den Kopf zu schütteln. »Denk nicht darüber nach, wie sie geguckt hat, Vincent. Und warum. Lass uns Spaß haben. Heute. Immer. Niemand verbietet dir eine geile Zeit zu haben, außer du lässt es dir verbieten. Guck mal, eine Nackte!«

Meine Gedanken werden durcheinandergewirbelt als mein Blick Lorens Fingerzeig folgt. Mir fällt zuallererst auf, dass ihre Nippel zwei unterschiedliche Farben haben – hellrosa und lichtorange – aber trotzdem wunderschön sind.

Dann fällt mir auf, dass sie einen Schwanz hat. Also einen Schwanz-Schwanz. Ich meine … für im Wasser, zum Schwimmen. Mein Verstand fühlt sich stehengeblieben an. Flosse. Sie hat eine Flosse. Flossen?

Sie ist eine Meerjungfrau. Gefangen in einem breiten goldenen Rahmen, gestrandet auf einem Felsen, umringt von tosenden Wellen für die Ewigkeit. Das Gemälde sieht teuer aus – vielleicht weil es in Öl gemalt wurde und riesengroß ist oder weil das Mädchen – die Meerjungfrau – so wunderschön ist. Ihre Brüste wirken samtweich und trotzdem … fest. So echt.

»Na? Geht es dir gut, Vini?«, höre ich Lorens amüsiert fragen.

»Ja! Danke!«, fauche ich zurück, was ich nicht mal ironisch meine, aber ich weiß gerade nicht, wie ich mich verhalten soll, also stelle ich den Tonfall auf ›sauer‹.

Eigentlich will ich das Gemälde anstarren, aber dabei komme ich mir blöd vor. Ein halbnacktes Mädchen mit langen roten Haaren anzuhimmeln ist ziemlich bescheuert – wenn sie fiktiv ist.

»Schon gut«, meint Lorens hörbar amüsiert und klopft mir auf die Schulter. »Du musst dir niemals wieder Sorgen machen, wenn Professor Schwarz behauptet, du wärst wie ich. Du bist sowas von nicht ich! Ich denke nur darüber nach, ob sie mir Seegras besorgen könnte, du willst andere Dinge mit ihr machen. Oder?«

Das Zwinkern am Ende macht das seltsame Gefühl in mir nicht besser. Ich will Lorens Frage nicht beantworten, er kennt die blöde Antwort selbst und weiß, wo ich hinstarre. Mich überkommt der Drang, aus dem Flur zu verschwinden, weil ich Angst habe, erwischt zu werden. Bei was auch immer. Von wem auch immer. Das rothaarige Mädchen macht mich ganz schön dumm.

»Das da drüben, ist das Quentins Zimmer?«, frage ich und zeige auf die Tür neben dem Gemälde, die halb offensteht. Der Raum wirft das orange Licht einer Schreibtischlampe in den Flur. Ich kann ein Bücherregal erkennen, einen Stapel Magazine und einen Stuhl. Das dunkelblaue Hemd und die Krawatte, die über den Schreibtischstuhl gelegt wurden, fallen unter unsere Kleidervorschrift. Die Privatschule lässt uns wahlweise blaue oder weiße Hemden tragen. Es gibt seit ein paar Jahren keinen Krawattenzwang mehr, aber viele tragen trotzdem gerne eine. Lorens hat sie sich immer absichtlich schlampig gebunden. Quentins Krawatte würde ich unter allen anderen Krawatten der Welt wiedererkennen. Sie ist bestickt. Am unteren Ende verzieren rankenartige Schnörkel den Stoff, die nur einen unauffälligen Farbton heller sind als das dunkelgrau der Krawatte. An der Schule behaupten manche, Quentin gibt damit an, dass seine Familie Geld hat, indem er jemanden dafür bezahlt hat, seine Krawatte in aufwändiger Handarbeit zu einem Einzelstück zu machen. Das stimmt aber nicht. Ich weiß, dass Quentin das selbst gemacht hat – in mühevoll vielen Stunden, in denen er sich die Finger zerstochen hat, um seinem Perfektionismus gerecht zu werden. Er bindet es nur nicht jedem auf die Nase, sondern lässt sie einfach glauben, was sie wollen. Das ist cool.

Quentin hat beim Sticken oft in Lorens Zimmer gesessen, meistens auf dem breiten Fenstersims über dem Bett, während mein Bruder in Magazinen geblättert hat. Manchmal konnte man am nächsten Tag noch kleine Bluttropfen auf der Bettdecke oder am Fenstersims entdecken. Manche sind nie ganz verschwunden, nicht mal, wenn Lorens Zimmer am nächsten Tag nach Bleiche gerochen hat.

»Ja, das ist Quens Zimmer«, antwortet Lorens und zieht mich weiter. »Aber ich war noch nie da drin«, sagt er etwas, das mich irritiert, weil es ernstgemeint klingt.

»Aber du warst doch schon mal über Nacht hier. Ich meine, schlaft ihr im Flur … miteinander?«

Ich würde mich gerne für das überflüssige ›miteinander‹ ohrfeigen. Die Frage hätte auch ihren Zweck erfüllt, ohne dieses Fass aufzumachen, aber ich muss mich offensichtlich gerade wie ein Idiot verhalten.

»Klar! Im Flur vor der kleinen geilen Meerjungfrau!«, entgegnet Lorens lachend und legt mir den Arm auf die Schulter. »Nochmal durchatmen? Oder bist du schon ganz cool? Noch Fragen zum Ficken oder stellst du die lieber Quen?«

»Das sieht aus, wie der Aufgang zu einem Dachboden«, ignoriere ich Lorens Verarsche vehement und behalte den finsteren Blick auf den noch finsteren Treppenaufgang. Ich weiß, dass ich manchmal peinlich bin, er weiß, dass ich manchmal peinlich bin – wir tun so, als hätte ich nichts gesagt und er nichts gehört.

Die Treppe ist viel schmäler und unscheinbarer als die, die uns in den obersten Stock des Hauses geführt hat. Da brennt nur eine warmweiße Lichterkette, die die schlichte Holztür rahmt, keine andere Lichtquelle.

»Ja, das ist ein Dachboden«, bestätigt Lorens meine Vermutung.

Ich verziehe den Mund.

»Gibt es da oben Spinnen?«

»Nur eine. Aber sie besteht darauf, dass wir sie ›Nathalie‹ nennen.«

Lorens klingt selten genervt, das leidige Seufzen aus seiner Kehle ist ungewohnt, er hält aber nicht lange an der Gefühlsregung fest. Noch während ich ›Nathalie‹ vor mich hin murmle, weil der Name Bilder für mein geistiges Auge malt, winkt Lorens grinsend ab und öffnet dann die Holztür.

HELL

Vincent

Auf unserem Dachboden leben wirklich Spinnen. Sie haben sich zu einer Kolonie zusammengeschlossen und benutzen eines von Mamas alten Büchern aus der Krankenschwesterschule als Marktplatz. Staub, Wollmäuse, der Geruch von einsamen Holzbalken die nie das Sonnenlicht sehen – all das gibt es unter unserem Dach, aber nicht unter diesem.

Das Staunen vereinnahmt mich sofort und ganz. Es fühlt sich an, als wären wir in einer Kulisse gelandet. Die Räume von Teen-agern in Filmen sind immer viel aufwändiger gestaltet als jedes normale Zimmer, das ich jemals betreten habe. Bis heute.

Dieser Dachboden ist sagenhaft sauber und saucool!

Ein weitläufiger Raum mit nur einem Fenster – eine runde Buntglasscheibe im Zentrum der Wand. Die letzten Sonnenstrahlen des Tages brechen sich durch das gefärbte Glas in unwirklich geile Farben.

Der erste Eindruck, der mich überkommt, besteht aus dem einfachen, aber einnehmenden Gefühl hier Zeit verbringen zu wollen.

Ich verstehe ohne weitere Erklärungen, warum Quentin sein Zimmer kaum nutzt. Ich würde auch immer wieder hierherkommen. Zu den vielen Büchern, Comics und den Magazinen in den Regalen, die im großen Halbkreis um einen Teppich stehen, der mit Sitzpolstern gepflastert ist.

Eine Staffelei mit einer weißen Leinwand, die darauf wartet zu einem Gemälde zu werden.

Ein cooler alter Werktisch, hinter dem ein Setzkasten voller Bastelutensilien angebracht wurde. Gegenüber davon prangt ein Wandregal bestückt mit Kassetten und Platten, neben einer Anlage, die mich endgültig vermuten lässt, dass ich tot bin.

Ich bin tot und das hier ist ein Stück Himmel.

Warum ausgerechnet ich an einem Ort gelandet bin, an den ich nicht mal glaube, weiß ich nicht, aber anscheinend gibt es Gott doch, er lebt auf einem Dachboden und er hat Sinn für Ironie.

»Stören wir? Braucht ihr noch Zeit, um euch gegen den Rest der miesen Welt zu verschwören?«, höre ich Lorens etwas sagen, das ich nicht verstehe.

Mir fällt auf, dass ich beim Staunen versteinert bin, als ich der Stimme meines Bruders mit dem Blick folge und realisiere, dass er schon längst auf eine Ecke des Raums zuhält, die mir noch nicht ins Auge gesprungen ist.

Unter einer dunkelgrauen Decke und schwarzen Kissen liegt eine Matratze, die auf Holzpaletten platziert wurde.

Die violette Lavalampe auf der Kommode daneben taucht die eigentlich düstere Ecke in unwirklich cooles Licht. Die Spiegelung der träge schwebenden Blasen lassen die Haut übernatürlich glühen. Das fällt mir auf, weil da plötzlich ein nackter Rücken ist.

Als er den Oberkörper anhebt, sieht Quentin aus wie ein Vampirjunge, der sich zuerst durch die aschblonden Haare fährt und dann auf die Beine springt. Er dreht sich kurz um, schmunzelt Lorens schief an und greift nach dem moosgrünen Shirt neben dem Bett.

»Gegen die miese Welt verschwören?«, fragt er mit der leicht beschlagenen Stimme, die sonst eigentlich so klar wie die eines Erzählers in Hörspielen klingt.

Es ist mir unangenehm, dass wir ihn geweckt haben. Lorens überhaupt nicht.

»Mephistophelische Pläne schmiede ich nur mit dir, mit jedem anderen würden sie keinen Sinn machen«, meint Quentin.

Ich beneide ihn für seine Stimme.

Für den Tonfall.

Er klingt nicht nur erwachsen, er schafft es auch immer etwas Dunkles in seinen Worten mitschwingen zu lassen, vielleicht auch einen Hauch Arroganz, aber Quentin ist wirklich klug, das stellt er nicht einfach anderen zu liebe ab.

Lorens lacht. »Ich bin zehn Sekunden hier, die Sonne ist noch nicht mal ganz verschwunden und du redest vom Fisten? Ganz schön hart drauf heute.«

Ich sehe wie Quentin die grünen Augen verdreht und stoße Lorens in die Seite.

»Er meint ›mephistophelisch‹ von Mephistopheles«, sage ich. Mein Bruder hebt die Brauen und neigt den Kopf, während er mir zuhört.

»Wie in Mephisto. Das hat nichts mit Fäusten zu tun. Ich meine mit Faust, ja. Aber von Goethe. Johann Wolfgang …« Meine Stimme wird am Ende leise, weil ich langsam mitbekomme, wie ich klinge.

Lorens mustert mich eindringlich und legt mir eine Hand auf die Schulter. »Hör mal, Vincent; Wenn du einen Typen namens Wolfgang triffst, ist das cool, aber lass dich von niemanden dazu zwingen irgendetwas Krasses zu tun, das dir unangenehm ist. Ein Finger im Arsch ersetzt kein ›Ich liebe dich‹, hat mir mal jemand ganz eindringlich gesagt, das gilt auch allemal für Wolfgangs Faust!«

»Haha«, blaffe ich zurück, weil ich längst begriffen habe, dass Lorens mich fürs Klugscheißen verschaukelt.

Eigentlich wollte ich das gar nicht. Ich wollte nur etwas Kluges sagen, ohne das Scheißesein. Quentin gelingt der Spagat besser als mir. Niemand hält ihn für einen Idioten.

Leute werden regelmäßig ganz aufgeregt, hibbelig oder einfach dumm, wenn er mit ihnen spricht. Das gilt nicht nur für Mädchen, auch für Jungs, Erwachsene, Lehrer – alle sehen ihn an, als wäre er ein mystisches Wesen, wenn er vor ihnen steht. Er ist in der Schule nie sehr gesprächig. Das war er auch nicht, als Lorens noch da war, aber jetzt ignoriert er die meisten.

Quentin ist still. Wie ich. Aber anders. Ich kann mich zurückziehen, allein essen, ohne angestarrt zu werden. Er ist … einfach zu außergewöhnlich, um für sich sein zu können. Außergewöhnlich hübsch. Es ist genauso dumm wie es klingt. Aber Schönheit beeindruckt die meisten mehr als alles, was man jemals leisten könnte. Er hat nie Ruhe, obwohl er versucht Leute auf Abstand zu halten.

Ich mag Quentin. Nicht weil er wie gemalt aussieht, sondern weil er so ist, wie er ist. Kompliziert. Ein wenig exzentrisch. Klug. Ganz speziell.

Quentin ist weder offen noch freundlich noch bemüht darum, nett zu den Idioten zu sein. Sie himmeln ihn trotzdem an.

Ich glaube, ich sehe manchmal, dass es in ihm brennt. Wenn sie ihm ein Ohr abkauen, wenn sie ihn beeindrucken wollen oder ihm Bewunderung schenken, nach der er gar nicht verlangt. Ich glaube, er hasst das. Deshalb spreche ich ihn in der Schule fast nie an. Ich lasse ihn in Ruhe, weil ich ihm nicht auf die Nerven gehen will, wie die anderen.

Das Quentin mich nicht scheiße findet, ist mir wichtig. Eigentlich mag er niemanden. Er geizt so sehr mit seiner Aufmerksamkeit und seiner Freundschaft, dass es fast dumm ist, überhaupt zu versuchen ihm näher zu kommen. Alle scheitern daran. Außer mein Bruder. Lorens hat einen Draht zu Quentin und umgekehrt. Darauf bin ich stolz – warum auch immer, es ist nicht mein

Verdienst. Ich will trotzdem auf keinen Fall, dass Lorens bereut mich mitgebracht zu haben, weil ich ihm peinlich bin.

Ich schäme mich für den Goethe Vortrag, nach dem keiner gefragt hat. Vielleicht bin ich doch nervös. Und hätte mich lieber zu Hause mit meinem Walkman ins Bad sperren und in der Badewanne schlafen sollen.

»Ich halte die Klappe«, murmle ich ein Versprechen vor mich hin, das mich hoffentlich davor bewahrt Lorens zu blamieren.

»Ach was, musst du nicht«, versichert mein Bruder mir und stößt mir in die Seite.

Ich behalte den finsteren Blick am Boden. Als ich Quentin etwas sagen höre, hebe ich den Kopf doch.

»Ich bin der Geist, der stets verneint …«, setzt er zu einem Zitat an, schmunzelt dabei ganz leicht und kommt auf mich zu. »Und das mit Recht; denn alles, was entsteht, ist wert, dass es zugrunde geht. Drum besser wärs, dass nichts entstünde. So ist denn alles, was ihr Sünde, Zerstörung, kurz das ›Böse‹ nennt …«

»Mein eigentliches Element«, vervollständige ich das Zitat von Mephisto aus Faust.

Quentin nickt mir zu, streift sich das Shirt über den Kopf und bleibt dann vor mir stehen.

»Du hast Faust in den Pausen gelesen. Vor zwei Wochen. Drei Wochen«, korrigiert er am Ende richtig.

Ich nicke und versuche mir nicht anmerken zu lassen, dass es mich überrascht, dass er mich überhaupt gesehen hat. Und weiß, was ich gelesen habe.

Lorens tritt ein Stück näher an ihn heran.

»Ich wollte ihn nicht allein zu Hause lassen. Unsere Tür ist noch immer kaputt«, erklärt er und stützt sich mit dem Unterarm an Quentins Schulter ab.

»Geht doch klar. Dass er mitkommt. Oder?«, fragt mein Bruder.

Ich will stur zur Seite blicken, weil ich gefasst auf jede Antwort reagieren möchte und mir das am besten gelingt, wenn ich überhaupt keine Gefühle zeige.

Aber Quentins Blick sucht wieder meinen.

Er lächelt schief. Nicht sehr breit oder besonders fröhlich, aber das tut er nie.

»Ist dir das nicht zu laut? Die Musik, der Bass. Du magst Techno nicht, oder?«, will er wissen.

Ich zucke mit den Schultern und ringe mir ein »Ist okay« ab. Quentins Blick schweift von mir weg, hin zu Lorens, der ihm gegen den Hals gepustet hat.

»Sind deine Haare blau oder meine Augen müde?«, will er von meinem Bruder wissen.

»Wahrscheinlich beides. Magst du es?«

»Die Müdigkeit? Fühlt sich manchmal nach krank sein an, aber ich mag, wenn meine Gedanken stiller werden.«

Lorens boxt ihm in die Seite. Mit einem verschmitzten Grinsen auf dem Gesicht, aber ziemlich fest. Es wundert mich, dass Quentin das aushält. Irgendwie sieht er manchmal zerbrechlich aus, obwohl er nicht mager oder besonders klein ist. Er steckt den Schlag auffallend gut weg, schmunzelt sogar.

»Du siehst aus, als wäre deine Mutter eine Nymphe und dein Vater ein Satyr.«

»Kannst du kurz mal normal reden und mir sagen, ob ich dir gefalle?«

»Tu ich doch.«

»Quen, ich boxe dich gleich richtig doll«, droht Lorens.

»Wieso?«

»Weil du in anderen Sphären rumschwebst. Das nervt krass. Nimm mal ganz kurz das Hirn aus dem Einmachglas voller Fabel-Pampe und Philosophie-Pisse, tropf es ab und benutz es normal.«

Quentin rümpft die Nase.

»Das war die ekelhafteste Analogie, die jemals jemand für den menschlichen Geist benutzt hat. Hirn im Einmachglas ...«, wiederholt er angewidert. Dann schmunzelt er doch. »Treffend ekelhaft. Ich mag, wie du das siehst.«

»Quen! Haue!«

»Ja doch! Du bist ein wunderschön düsterer Gothic-Gott. Den ich tanzen und genusssüchtig sein sehen möchte!« Quentin geht so nah an Lorens Ohr, dass er kurz zusammenzuckt, weil das bestimmt kitzelt. Er sagt es betont leise, aber ich kann ihn trotzdem hören.

»Ich will dich ganz, ganz, ganz unbedingt ficken. Immer und immer wieder. So siehst du für mich aus. Gut. Geil. Wunderschön. Schon immer. Die Farbe steht dir.«

Während ich versuche das Gefühl hochrot werden zu müssen wegzuatmen, weil ich nicht wie ein überfordertes Kind wirken will, lasse ich den Blick auf der Suche nach Ablenkung zu dem Regal mit den Musikkassetten schweifen.

Ich höre die beiden eigentlich gerne miteinander reden. Sie sind immer unterhaltsam. Aber bei uns zu Hause reden sie anders.

Mein Zimmer liegt gegenüber von Lorens Zimmer. Wenn die Tür offen ist, kann ich alles hören. Sie unterhalten sich oft übers Reisen, über berühmte Clubs im Ausland von denen sie gehört haben und die sie besuchen wollen, sobald sie ihren Abschluss haben. Manchmal reden sie auch über die Schule oder streiten über Filme, weil sie überhaupt nicht denselben Geschmack haben. Quentin war schon immer ein wenig exzentrisch – auf keine bunte Art, eher irgendwie melancholisch. Lorens ist bunter – innerlich. Das zwischen ihnen funktioniert trotzdem.

Sobald sie die Tür zu machen, reden sie sicher über andere Dinge. Oder sie reden überhaupt nicht mehr. Ich weiß es nicht, weil ich dann Kopfhörer aufsetze und die Musik anmache.

Heute geht das nicht.

»Danke, das wollte ich hören«, sagt Lorens, zieht Quentin zu sich und drückt ihm einen Kuss auf die Schläfe.

Ich muss hinsehen. Ich bin zu neugierig.

»Gut«, antwortet Quentin, zuckt mit den Schultern, versteinert dann aber in seiner Bewegung und verengt die grünen Augen. »Sag mal, hast du die Idee mit der Farbe von … wie heißt dieser dumme Punk mit den blauen Haaren?! Seht ihr euch noch?!«

»Nein!«

»Lügst du?!«

»Ja!«, knickt Lorens lachend ein.

Er lügt so schlecht, dass es schon witzig ist. Ich muss auch lachen, weil er manchmal ein Idiot ist.

»Aber ich schwöre dir, ich hab' nur mit ihm gequatscht! Über diesen neuen Underground-Club, ein paar DJs und so Zeug. Wir verstehen uns einfach gut, mehr läuft da nicht«, versichert Lorens und klingt dabei sehr ehrlich.

Auf Quentins Nase bilden sich trotzdem Zornesfalten.

»Ist dir klar, dass es mir tausendmal lieber wäre, wenn du nur mit ihm geschlafen hättest? Ohne herauszufinden, wie gut du dich mit ihm verstehst!«

»Nein. Echt jetzt?«, nuschelt Lorens hörbar irritiert.

Quentin schnaubt. »Es ist mir lieber er weiß nur, wie du nackt aussiehst, als ertragen zu müssen, dass er weiß, welcher Song dich glücklich macht. Traurig. Vor was du Angst hast oder was dich zum Lachen bringt. Ich hasse die Vorstellung, dass dich jemand besser kennt als ich. Was daran ist schwer zu verstehen?«

Nichts daran ist schwer zu verstehen. Für mich.

Was Quentin sagt, klingt logisch in meinen Ohren, auch wenn es sich befremdlich anhört, weil man sowas nie von anderen hört. So steht es nicht in Liebesgeschichten, so zeigen sie es nicht in Filmen.

Aber es macht Sinn für mich, das Liebe so sein könnte. Ich glaube ich verstehe Quentin.

Lorens seufzt ausgiebig, schließt für einen Moment die Augen und greift dann nach Quentins Gesicht. Er tritt einen Schritt zurück, aber Lorens packt ihn am Kragen seines Shirts und zieht ihn zu sich.

»Wir haben über David Bowies Augenbrauen geredet. Und über Tinte. Er weiß gar nichts über mich. Außer, dass ich auf

Musik stehe, aber das tut jeder der nicht gehörlos ist. Also weiß er nur, dass meine Ohren funktionieren. Okay? Hör auf alles zu zerdenken. Du kluger Trottel. Und sag es einfach, wenn du mich für dich haben willst.«

»Ich will nicht, dass du ständig mit anderen Jungs redest«, entgegnet Quentin, ohne lange zu fackeln.

Lorens schnippt ihm gegen die Stirn. »Nein, das meinte ich nicht, mit ›sag es‹. Du weißt, was ich hören will«, unterstellt er Quentin, der nur stolz das Kinn hebt und einen Schritt von ihm weg macht.

»Du riechst, als hättest du vergessen, dass du nur eine Person bist, die du parfümieren musst. Bist in die Flasche gesprungen, was?«

»Ja, genau das wollte ich hören! Danke! Ich dich auch!«, blafft Lorens zurück und seufzt ein ›Scheiß drauf‹ an die Decke.

Ich kann mir die Reaktion nicht verkneifen.

»Da! Hab ich doch gesagt! Dass DU zu viel Parfum erwischt hast, nicht ich!«, rufe ich und zeige mit dem Finger auf Lorens.

Er grinst. »Hast ja recht«, gibt er zu und tut so, also wollte er mir über die Haare rubbeln. Ich will mich wegdrehen, aber Lorens beugt sich ein Stück zu mir runter und ich verstehe, dass er mir etwas zuflüstern möchte.

»Und? Hältst du es mit uns aus? Oder ist dir das zu verrückt?«, will er wissen. »Ist anders als zu Hause. Willst du, dass wir uns auch so kennenlernen? Nicht mehr nur ›großer Bruder‹ ›kleiner Bruder‹? Wollen wir Kumpel sein?«

»Ist cool«, entgegne ich leise. »Danke, dass ich hier sein darf.«

Lorens nickt mir zu und schmunzelt mich an. Als er mir durch die Haare wuschelt, zittert seine Hand.

SCHÖN

Vincent

Ich will Lorens fragen, ob alles mit ihm in Ordnung ist, aber er winkt schon ab, bevor ich überhaupt Luftholen konnte.

Die hektische Bewegung, die mein Bruder folgen lässt, irritiert mich zuerst, dann sieht es aus, als würde er Faxen machen, weil er anfängt auf der Matratze rumzuhüpfen, auf der Quentin vorhin gelegen hat.

»Guten Morgen, Zaubersternchen! Steh auf oder du kommst zu spät zum Gottesdienst!«, flötet er und lässt sich dann auf die Knie fallen.

Ich realisiere erst, dass das Bett überhaupt nicht leer ist, als Lorens eine Antwort auf seine seltsame Show erhält.

»Ach, fick mich doch«, tönt es. Genervt, aber so glockenhell, als hätte ihm ein Engel geantwortet. Ein vulgärer Engel, aber sie klingt sogar schön, wenn sie unheilige Dinge sagt.

»Immer wieder dieselbe Diskussion. Nö, möchte ich nicht! Du bist nicht mein Typ, Wendy!«, entgegnet Lorens mit so viel Schalk in der Stimme wie vorhin zu Hause, als wir über Peter Pan gesprochen haben. »Zu wenig Prostata, zu viel Vagina!«, meint er lachend und stützt die Hände auch auf der Matratze ab. Ich denke, sein Körper hat sich genau über ihren gebeugt. Sie ist so tief in den schwarzen Kissen versunken, ich kann sie von hier aus kaum sehen. Egal wie bemüht ich den Kopf recke.

»Wer zur Hölle ist Wendy? Und Alter! Wer sagt denn bitte ›Vagina‹? Deine Mutter?«

»Klar sagt die das. Sie ist Krankenschwester. Die läuft nicht rum und notiert sich, dass es der Patientin an der Muschi juckt.«

Ich muss lachen. Eigentlich ist mir danach es laut zu tun, aber ich gluckse verstohlen gegen meine eigene Schulter, weil ich befürchte, dass meine Stimme peinlich hoch klingt, solange ich irgendwo zwischen Aufregung, Neugier und dem intensiven Drang feststecke, einen Blick auf sie zu erhaschen.

»Hast du was für mich, Hübsche?«, fragt Lorens und klingt dabei als hätte er den Schalk in der Stimme von jetzt auf gleich abgestellt. Da ist nur noch ein sehr weicher, bittender Tonfall.

»Auf einmal bin ich deine Hübsche, was?«, raunt sie. »Leck mich«, brummt sie hinterher.

»Muss ich echt? Ich habe gerade noch diesen leckeren Geschmack von Gras und einer super sprudeligen Cola im Mund.

Der wäre dann weg! Tu mir das nicht an, Nath«, entgegnet Lorens.

Etwas in mir möchte weghören, obwohl ich im selben Moment unbedingt zuhören will. Es ist seltsam ihn solche Sachen sagen zu hören, aber ich denke, es ist das Kind in mir, das Angst davor hat, die Seite an Lorens kennenzulernen, die nicht mein Bruder ist. Ich will kein Kind mehr sein.

»Hör auf so zu tun als würdest du mich nicht wollen«, sagt sie.

Die Arme, die sich um Lorens Nacken schlingen, sind schmal. Als sie sich an ihm aus den dunklen Kissen zieht, in denen sie versunken war, bleibt die Zeit für mich stehen. Als würde mein Verstand nicht begreifen, dass ich gerade wach bin, nicht träume und trotzdem sehe, was sonst nie real ist.

»Jeder will mich ...«, sagt sie.

Ihre vollen Lippen zeichnen ein Schmunzeln. Der purpurrote Lippenstift hat sich über ihren linken Mundwinkel hinaus verschmiert und färbt ihre Wange rosa. Ihre Haut ist hell, ebenmäßig, perfekt. Sie ist perfekt. Perfekt und nackt. Und ... perfekt.

Mir fällt kein anderes Wort mehr ein. Mein Hirn ist stehengeblieben.

»Faszinierend schön. Wie Kunst. Wie eine Skulptur, nur wärmer und weicher«, beschreibt eine diskrete, melodische Stimme sie treffender als ich.

Quentin steht neben mir und schmunzelt schwach.

»Man gewöhnt sich daran. Irgendwann stockt dir der Atem nicht mehr, dann kannst du es gelassener genießen«, flüstert er mir etwas zu, das nur halb in meinem Bewusstsein ankommt.

Ich bin noch immer wie gebannt vom Anblick ihres Körpers und überrumpelt von der Erkenntnis, dass wir Quentin nicht aus einem einfachen Nickerchen geweckt haben, das Lorens auch immer am späten Nachmittag hält, bevor er die Nacht durchmacht. Vorschlafen.

Sie haben geschlafen. Aber auch garantiert miteinander. Lorens überrascht das kein bisschen. Er hat auch vorhin etwas über ›Nathalie‹ gesagt, aber ich war mir eigentlich sicher, dass er nur Faxen macht und Witze über Spinnen reißt, die nach dem schönsten Mädchen der Welt benannt sind.

»Was sagst du, Sort? Pocht dein Gothic-Herz für mich? Oder zumindest etwas anderes«, raunt sie meinem Bruder ins Gesicht.

Ich werde mich nie daran gewöhnen, dass andere ihn so nennen; Sort.

Viele haben Spitznamen unter ihren Freunden, aber der Rufname, den sich Lorens ausgesucht hat, hat überhaupt nichts mehr mit seinem richtigen Namen gemein. Sort bedeutet ›Schwarz‹ auf Dänisch. Die meisten wissen das nicht, sie nennen ihn einfach so, weil es cool und speziell klingt und sie ihn so kennengelernt haben. Er mochte seinen Namen nie, deshalb hat er sich etwas anderes ausgedacht. Ich finde ›Sort‹ passt nicht zu ihm, aber mich fragt niemand. Für andere ist er ein Goth, der Rebell, der von der Schule geflogen ist, ein Raver, der jeden Club kennt, ein cooler Typ namens Sort – für mich ist er Lorens. Ich mochte seinen Namen immer. Aber er möchte nicht, dass andere ihn so nennen und ich respektiere seine Entscheidung, auch wenn ich sie blöd finde.

Ihre Hand verschwindet in seinem Schritt. Lorens greift sofort danach und schnaubt dann genervt auf sie runter.

»Du hast echt noch immer keine Ahnung, wie das mit dem Schwulsein läuft, was? Das verschwindet nicht einfach, nur weil du hübsch oder besonders aufdringlich bist. Hast du jetzt was für mich, Nath?«

Sie lässt ihn beleidigt schnaubend los.

»Nein«, antwortet sie harsch.

»Bitte, Nathalie«, sagt Lorens und klingt nachdrücklich weich und flehend. So als hätte es diese kampflustige Katz und Maus Stimmung nie zwischen ihnen gegeben. Der Wechsel seines Gemütszustandes fühlt sich merkwürdig an. Für mich. Nathalie lacht.

»Bist angespannt, was? Bisschen zittrig, der Homo. Sag ›Ich bin langweilig und krieg keinen hoch‹ und ich geb' dir vielleicht ...«

»Nathalie!!«

Ich zucke zusammen und versteinere auf der Stelle als Quentins Stimme durch den Dachboden schallt. Er hat seine Ermahnung mit einem Faustschlag auf die Platte des Werktisches untermalt. Alle Utensilien darauf vibrieren unheilvoll, trotzdem bleibt seine Stimme das nachdrücklichste Geräusch.

»Schluss jetzt! Gib ihm, um was er dich gebeten hat!«, dröhnt er und fixiert sie mit den grünen Augen.

Mir war nicht klar, dass er so klingen kann. Dass man überhaupt so klingen kann.

Die Dominanz erdrückt einen fast. Der Klang seiner Stimme hallt in den Gedanken nach, als würde sie sich einbrennen. Das ist das Coolste, was ich jemals erlebt habe und ich habe gerade Brüste gesehen. Echte, perfekte Brüste.

Sie rafft sich sofort hoch, greift nach ihrer Handtasche, die auf der Kommode neben der Matratze steht und wirft sie Lorens zu. Er verschwindet damit hinter den großen Bücherregalen aus meinem Sichtfeld. Es hört sich an, als würde er sich gegen einen der Holzpfosten lehnen – es knarrt.

Dann ist es still.

Sie setzt sich in eine Nische hinter der Matratze, neben einen Aschenbecher und einer Schachtel Zigaretten. Dort wo sie Platz genommen hat, scheint früher ein Fenster gewesen zu sein, aber es wurde mit Holzbalken vernagelt. Übrig geblieben ist nur noch ein schmaler Sims, auf dem sie gerade so Platz findet.

Nachdem sie sich eine Zigarette aus der Packung genommen hat, sieht sie verstohlen zu Quentin. Die Zornesfalten sind von seinem Nasenrücken verschwunden, das drohende Stechen ist aus seinen Augen gewichen. Er mustert sie trotzdem verurteilend, aber diesen abfälligen Blick bekommen viele zu sehen, die ihn anstarren. Auch in der Schule.

»Zieh dir endlich wieder etwas an. Schamgefühl ist etwas, das man nicht als ›egal‹ etikettiert und in die hinterste Ecke seines Charakters schiebt. Das merkt man daran, dass man vulgär wirkt, wenn man es gar nicht mehr wiederfindet«, meint Quentin und bückt sich nach dem schwarzen BH, der neben ihr auf dem Bett gelegen hat. Er wirft ihn zu ihr. Das kleine Stück Stoff landet auf ihren Knien, die sie so nah an den Oberkörper gezogen hat, dass ihre Brüste verdeckt sind.

Einer ihrer halterlosen Strümpfe ist ihr zur Wade gerutscht. Auf der anderen Seite ziert die schwarze Spitze noch ihren Oberschenkel.

Mir fällt auf, dass sie nicht nur Strapse trägt, sondern auch etwas anderes. Einen hellgrauen Slip, der allerdings nicht breit genug ist, um alles zu verdecken, was man auch im Schwimmbad für sich behalten würde. Die Haut, die von den Innenseiten ihrer Oberschenkel zwischen ihre Beine verläuft, liegt frei. Das Stück Stoff bedeckt nur das kleine Geheimnis, das im Zentrum ihrer Mitte verborgen liegt. Dort, wo das helle Grau ihres Slips ein bisschen dunkler ist. Als wäre sie feucht. Ich meine den Stoff. Ich meine …

Ich muss mich dazu ermahnen zu atmen und zu schlucken und meinen Körper daran erinnern, dass ich gerade nicht träume und allein im Schutz der Dunkelheit in meinem Bett liege.

Ich war immer stolz darauf, dass ich nicht sabbernd verblödet bin, während alle anderen aus der Klasse ihre Hände vertuschend in die Hosentaschen stecken mussten, weil sie in der Pause auf das Magazin gestarrt haben, das irgendjemand seinem Vater gestohlen hat.

Mich vor anderen und in der Öffentlichkeit zusammenzunehmen, ist mir immer gut gelungen, egal wie hübsch das Mädchen war, das ich gesehen habe. Ich bin kein Tagträumer, den Fantasien überrumpeln. Ich fantasiere gerne bewusst und kann es dann genießen. Die Idee von Kontrollverlust über meine Gefühle gefällt mir nicht. Das hier ist aber wirklich schwer. Wirklich, wirklich schwer.

Noch schwerer, als den Blick von der hübschen Meerjungfrau im Gang loszureißen. Und ich mag rothaarige Mädchen sehr.

Nathalies Haare haben dieselbe Farbe wie Weizen im September, kurz bevor er geerntet wird. Nur eine Strähne ist pechschwarz. Ich denke, sie hat sie sich ins Haar geklippt. Das tun gerade viele Mädchen. Trotzdem ist sie nicht wie viele Mädchen.

Ihr Körper ist ganz zart, als wäre er die Vorlage für die kleine Stellfigur einer feingliedrigen Ballerina aus Porzellan. Die Lichtspiegelungen der Lavalampe tanzen auf ihrer blassen Haut, während sie die Luft um sie herum mit Zigarettenrauch füllt.

»Sort sieht mich gerne nackt, er gibt es nur nicht zu!«, meint sie und bettet den Kopf dann leicht angeschrägt auf ihren Knien. »Und du …«, haucht sie und mustert Quentin mit großen, erwartungsvollen Augen.

Ihr Gesicht ist so hübsch, dass sie selbst dann noch wie eine Puppe aussieht, der die Unschuld aus jeder Pore leuchtet, wenn sie nackt ist, raucht und ihr Lippenstift zum Himmel schreit, dass sie sich schwindelig geknutscht hat.

»Kennst du ein hübscheres Mädchen als mich?«, will sie von Quentin wissen.

Diese Frage würde sich aus jedem anderen Mund dumm anhören, aus ihrem klingt sie … nur seltsam berauschend. Ich verstehe nicht wieso, nur, dass es so ist.

»Nein«, entgegnet Quentin ruhig, aber ohne zu zögern und reicht ihr den Rest ihrer Kleidung.

Ich weiß nicht, wie er so dicht vor ihr stehen kann, ohne nervös zu klingen, aber er wirkt nur hypnotisiert, nicht hibbelig.

Sie schmunzelt zu ihm auf. »Klar kennst du keines. Du siehst nichts lieber als mich«, legt sie ihm in den Mund.

Quentin braucht nur einen Fingerschnipp lang Zeit, um sich selbst aus der Trance aufzuwecken, in die er beim Mustern ihres halbnackten Körpers gefallen war.

»Das habe ich nicht gesagt«, stellt er klar. Ganz nüchtern, fast kühl, seine Miene friert irgendwo zwischen Gleichgültigkeit und Entnervung fest. »Du bist schöner als andere Mädchen. Wenn du darauf stolz sein willst, dann tu das. Aber reiß dich zusammen, wenn andere hier sind. Nicht jeder muss sich wohl damit fühlen, dich nackt zu sehen. Egal, wie du aussiehst.«

Quentin verliert irgendwo nach dem zweiten oder dritten Satz den Glauben daran, dass sie ihm zuhört und murmelt den Rest seiner Meinung nur noch monologartig an die Decke, während er auf das Regal mit den Musikkassetten zuhält.

Er hat recht. Sie ist damit beschäftigt, die Augen ganz hart über ihn zu verdrehen und sich auf ihre nachäffende ›Bla Bla‹-Mundbewegung zu konzentrieren, seit er ihr den Rücken zugedreht hat.

»Gott, ja doch, Herr Laber Laber«, spottet sie ihm hinterher und grinst süffisant. »Weißt du eigentlich, dass der Homo in dir richtig anstrengend sein kann? Sei froh, dass du ihn abstellen kannst, sonst wärst du dauernd obernevig.«

Ich verliere den Faden, weil ich ihrer Antwort zwar die beleidigende Absicht entnehmen kann, aber nicht verstehe, ob ihr Humor einfach auf diese grenzwertige Art provozierend ist oder ob sie wirklich daran glaubt, was sie sagt.

Quentin antwortet ihr nicht. Jetzt hält *er* es nicht mehr für notwendig, ihr zuzuhören.

Ich verstehe nicht, wie sie darauf kommt, dass man ›abstellen‹ kann schwul zu sein, selbst wenn man auf Mädchen und Jungs steht.

Ich wusste davon nichts. Dass Quentin auch Mädchen mag. In der Schule glauben das zwar die meisten, aber ich wusste es eigentlich immer besser. Dachte ich zumindest. Bis gerade. Trotzdem ist mir klar, dass er nichts ab- und anstellt, weil Gefühle kein Schalter sind. Bei niemandem. Verlangen auch nicht. Ich finde den blöden Schalter zumindest nicht …

»Ihr seid beide krass anstrengend heute«, seufzt sie, rutscht vom Sims und gleitet dann in das schwarze enge Kleid, das gerade lang genug ist, um zu verstecken, dass sie keine Strumpfhose trägt, sondern Strapse. Wie die Frauen in den Magazinen. Nur viel, viel jünger. Hübscher. Realer.

»Der eine zittert sich einen ab, weil er den Weg zum Bahnhof nicht allein findet und der andere labert wie ein Religionslehrer, sobald er aus dem Bums-Koma aufwacht. Ihr geht mir manchmal tierisch auf den Sack!«

»Du hast keinen Sack, Nath«, ruft Lorens.

»Dann geht ihr mir eben auf die Eier!«, blafft sie und dreht sich zu den Bücherregalen.

»Selbes Problem«, macht Lorens sie aufmerksam. »Hey, frag doch Quen mal, ob er sich nach dem Sex mit dir in einen Bio-Professor verwandelt, den brauchst du dringender als den Religionslehrer.«

»Halt das Maul, Sort«, blafft sie und reckt den Kopf. Von dort, wo sie steht, sieht sie ein Stück weit hinter die Regale. »Zu blöd, um Besteck richtig zu benutzen, aber will mir sagen, wie es läuft. Klar! Holst dir nur noch mehr auffällige Schrammen, du Trottel …«, murmelt sie.

Quentin richtet sich so schnell auf und wendet sich von der Musiksammlung ab, als hätten die Kassetten ihm einen Stromschlag verpasst. Er zischt Nathalie an, als er an ihr vorbeiläuft und auch hinter dem Bücherregal verschwindet. Sie stöhnt genervt vor sich hin.

»Was?! Jetzt darf ich nicht mal mehr reden? Ist doch niemand …« Sie stutzt mitten im Satz und mitten in einer veranschaulichenden Geste mit der Hand, die all das ›Niemand‹ im Raum unterstreichen hätte sollen. Ihr Blick streift mich. Zum ersten Mal. Heute.

Wir kennen uns eigentlich. Das heißt, ich kenne sie. Die meisten auf der Sacré Frères haben Nathalie schon mal gesehen. Wenn das hübscheste Mädchen der Welt vor den Toren einer Jungenschule wartet, fällt das auf. Sie steht meistens direkt neben dem Eingang, lehnt an einer der dicken Säulen und ist dafür verantwortlich, dass sich zwei von drei Jungen, die die Schule verlassen, beinahe den Hals brechen, weil sie vergessen, dass da jemand vor zweihundert Jahren Stufen vor das Gebäude gebaut hat, das sie jeden Tag besuchen.

Früher hat sie immer die Schuluniform der evangelischen Mädchenschule getragen. Nicht mal ein knielanger Faltenrock und eine unförmige Bluse konnten sie schlecht aussehen lassen. Seit ein paar Monaten trägt sie oft Jeans oder enge Kleider. Viel zu kurz für die evangelische Schule. Lorens hat mal erwähnt, dass sie abgegangen ist. Sie kennen sich schon eine ganze Weile. Als er noch bei uns zur Schule ging, hat er ihr oft beim Rausgehen den Arm auf die Schulter gelegt und mit ihr rumgealbert. Er konnte das ohne Schnappatmung und hat die Stufen dabei ganz cool und sportlich übersprungen. In letzter Zeit wartet sie manchmal auf Quentin. Die meisten glauben sie hätten etwas miteinander. Ich dachte, sie wären nur Bekannte. Lorens kennt sowieso jeden und Quentin … ich hatte mir zusammengereimt, dass er das Gerücht am Leben lässt, weil die anderen Fragen, die um ihn herumschwirren, dann leiser werden. Er redet nicht darüber wen er datet. Mit niemanden an der Schule. Die Leute glauben einfach, was sie glauben wollen.

»Wer bist *du* denn?«, richtet Nathalie zum ersten Mal das Wort an mich und setzt sich in Bewegung. Mir war klar, dass sie nicht weiß, wer ich bin.

»Ich bin der Bruder von …«, antworte ich und beiße mir dann auf die Lippe, weil ich nicht ›Der Bruder von …‹ sein will. So sehen mich alle. So sehe ich mich anscheinend auch selbst, sonst hätte ich mich anders vorgestellt. Sie soll mich nicht so kennenlernen.

Ich reiße mich am Riemen, begradige die Haltung, lehne mich dann aber leicht gegen den Holzpfosten zu meiner Linken, um nicht zu steif zu wirken.

»Vincent. Ich bin Vincent«, wiederhole ich ruhig. Hauptsächlich deshalb, weil meine Stimme leise nicht so hell klingt.

»Was? Wessen Bruder bist du?«, fragt Nathalie irritiert nach und bleibt mit verschränkten Armen vor mir stehen. Sie ist groß. Für ein Mädchen. Sie wirkt nur klein, weil sie so zartgliedrig ist. Ich überrage sie ein bisschen. Solange ich Schuhe mit dicken Sohlen trage.

»Ich bin Lorens Bruder«, entgegne ich doch noch, was wohl unvermeidlich zu betonen ist.

Anscheinend kann man mich nur so kennen. Zumindest dachte ich das. Nathalie neigt den Kopf, rümpft die Nase und schnaubt mich irritiert an.

»Lorenz? Wer ist das denn jetzt wieder? Ist der auch hier?«, will sie wissen und späht hinter mich, als würde ich dort einen weiteren, noch kleineren Bruder verstecken. Lorenz mit Z. Dahinter steht dann der noch winzigere Vincenz mit Z. Wir sind die dänische Variante einer Matroschka.

»Sort! Er ist Sorts Bruder!«, höre ich Quentin rufen.

Erst jetzt mache ich für sie Sinn. Sie stöhnt von der Ahnungslosigkeit erlöst auf.

»Ahhh! Wieso sagst du das denn nicht gleich?«, fragt sie genervt. Ich hätte eine Antwort für sie, aber ich verkneife mir, ihr zu erklären, wieso ich mich für immer weigern werde, ihn Sort zu nennen, wie alle.

Er ist eurer Sort, aber er ist mein Lorens. Ich bin sein Lys, aber ihr dürft mich Vincent nennen.

HÄSSLICH

Vincent

Nathalie funkelt mich vorwurfsvoll an, als hätte ich sie angelogen. Dann kommt sie näher.

»Sorts Bruder …«, summt sie vor sich hin. Sie beugt sich noch ein Stück vor. Ich verfinstere den Blick automatisch, während sie sich mit ihrem Blick forschend in meinem Gesicht verfängt.

»Du hast coole Augen. Ganz Schwarz«, meint sie.

Sie riecht nach den wilden Erdbeeren, die bei uns im Garten wachsen. Nicht nach Supermarkt Erdbeeren. Ich weiß nicht, was an ihr diesen Duft verströmt; ihre Haare, ihre Haut, aber ich mag ihn. Er macht mich unheimlich wach. Hungrig.

»Aber das Gesicht kannst du ansonsten in die Tonne werfen. Sort ist hübscher«, sagt sie. Einfach so. Ganz unverblümt. Und obwohl ich längst und ganz genau weiß, dass Lorens besser aussieht als ich, sticht ihre Feststellung.

Sie spricht nur aus, was sie sieht, was andere sowieso denken, nur für sich behalten. Trotzdem weiß ich nicht, wie ich darauf reagieren soll.

»Er kommt nach Mama. Sie ist … hübsch«, murmle ich leise, hoffentlich so leise, dass mich niemand gehört hat. Was rede ich denn da?!

Zum Glück hört Nathalie nicht gut zu. Sie übergeht, was ich gesagt habe, und neigt neugierig grinsend den Kopf.

»Auch ein Homo?«

»W-Was?«, stottere ich perplex von ihrer Frage.

»Ob du schwul bist, will ich wissen. Kann ja sein, dass das in der Familie liegt. Ein Haufen Goth-Schwuchteln.«

Sie lacht über ihre Formulierung. Ich nicht. Nach Lachen ist mir nicht zumute. Mein Kopf kann sich aber nicht entscheiden, ob er mich Wut empfinden oder Erdbeeren schmecken lassen möchte.

»Ich bin nicht …!«, setze ich energisch an und knurre den Satz dann weg. »Doch scheißegal, ob ich schwul wäre!«, fällt mir im nächsten Moment ein. »Ich meine, bin ich nicht! Aber wenn, dann …!« Ich weiß nicht, was ich da sage. Und wieso ich es so laut tue. Mir wird klar, dass ich möchte, dass sie weiß, dass ich auf Mädchen stehe. Unbedingt sogar. Andererseits will ich aber auch nicht, dass sie denkt, dass ich es okay finde, wie sie sich ausdrückt. Ich hasse die Worte, die sie benutzt und wie sie sie benutzt, aber sie meint es vielleicht nicht böse. Schließlich sind sie befreundet. Lorens und Nathalie. Quentin und Nathalie. Ich verstehe nicht ganz, wie sie zueinander stehen, aber sie sind Freunde, so viel steht fest.

»Ich bin nicht … na ja, du weißt.« Das war kein Satz. Nur mein überforderter Verstand, der nicht prozessieren will, dass sie in Gelächter ausbricht und mit dem Finger auf mich zeigt. Mir wird ganz heiß als ich realisiere, warum sie lacht. Ich weiß, wie ich klinge, wenn ich aufgebracht und lauter werde.

»Wie alt bist du denn bitte?!«, fragt sie und mustert mich nochmal genauer.

Ich versteinere mit finsterem Blick auf der Stelle, sehe durch sie hindurch, als könnte sie mir gar nichts anhaben. Sie kann. Aber sie soll es nicht wissen.

»Du klingst ja wie ein Mädchen! Ach du scheiße, bist du ein … wie heißt das? Sort! Wie heißt das, wenn dein Bruder ein Mädchen ist?«

»Halt dein Maul, Nathalie!«, harscht Quentin im besonders dunklen Ton und lässt sie kurz erschreckt aufhüpfen. Dann winkt sie ab und grinst schief.

»Ist ja gut! Du bist nur noch total jung, was?«, sagt sie zu mir. Sie will mir die Hand an die Wange legen, aber ich will weder getätschelt werden noch will ich, dass sie fühlt, wie warm mein Gesicht ist. Ich packe ihr Handgelenk und halte sie fest. Zuerst habe ich Angst, dass ich das zu fest tue, aber sie zuckt nicht mal mit der Wimper, weil ich sie halte, sie neigt nur abschätzend den Kopf.

»Okay, dann bist du auch nicht ganz so hässlich. Dann verwächst sich das Ganze sicher noch und du wirst mal ein mittel attraktiver Typ, den Frauen sich schön trinken können, wenn sie ihn nicht übersehen.« Zumindest bist du kein …«

»Sag es nicht so!«, unterbreche ich sie knurrend, weil ich schon ahne, was sie von sich geben will und vor allem wie sie es betonen will.

Kurz ist mir gleichgültig, wie sich meine Stimme anhört, sie soll nur genau verstehen, was ich zu sagen habe. »Benutz das Wort nicht so abfällig! Das macht man nicht! Außer man ist ein scheiß Vollidiot.«

Ihre Augen werden groß, ihr Blick ganz weich. Ich bekomme plötzlich ein schlechtes Gewissen, weil ich ihr Handgelenk so festhalte.

Ich habe Angst ihr wehzutun und lasse umgehend locker. Dann los. Sie tritt nicht zurück, sieht mich nur an. Mit den blausten, tiefsten Augen der Welt.

»Das hast du ganz falsch verstanden, Vi… sag mir deinen Namen nochmal«, verlangt sie.

»Vincent.«

»Vinc«, spricht sie mir sanft ins Gesicht und schmunzelt. »Ich mag deinen Bruder total. Es macht mir nichts aus, dass er verdreht ist. Wir sind alle ein bisschen verdreht. Auf unsere Art. Oder?«

Ich nicke. Weil ich mich verdreht fühle.

»Weißt du, das ist ein wirklich cooler Blick, den du da draufhast«, sagt sie zu mir. »Finde ich geil, Vinc.«

»Hmm«, brumme ich, getrieben von der Scham, die mir verbietet, meine Stimme zu benutzen.

»Da steckt was Tiefes drin, das rauskommen möchte, oder Vinc?«

Obwohl ich gut darin bin mir meinen wunden Punkt nicht ansehen zu lassen, tut sie es. Ich hasse, dass sie so genau merkt und anspricht, was mich unsicher macht.

Ich liebe, dass sie mich ›Vinc‹ nennt. ›Vinc‹ klingt nicht nach Kind. ›Vinc‹ klingt erwachsen.

»Willst du mal …«, setzt sie an, stellt sich so dicht vor mich, dass ich nur noch sie rieche. Nur noch Erdbeeren. Und die Zigarette, die sie mir vors Gesicht hält.

»Mal ziehen?«

»Nein«, entgegne ich enttäuscht darüber, dass sie mir die eine Sache anbietet, die ich absolut nicht von ihr will.

»Komm schon, ich …«

»Lass ihn. Er raucht nicht.«

Nathalie wird die Zigarette aus den Fingern genommen. Von wem, realisiere ich erst, als ich mich nicht mehr benebelt fühle. Nicht von dem Rauch, sondern von der Tatsache, dass sie mir den letzten Zug gegen den Mund geblasen hat und ihre Lippen für den Bruchteil einer Sekunde ganz nah an meinen waren. Ich will an dem Moment festhalten, mich auf nichts anderes konzentrieren. Trotzdem werden meine Gedanken durcheinandergewirbelt.

»Was hast du gemacht?«, frage ich, noch halb in dem tranceartigen Zustand gefangen mir vorzustellen, wie es sich anfühlen würde Nathalie zu küssen. Lorens hat ihr die Zigarette aus den Fingern genommen, zieht daran und schmunzelt mich dann schief an.

Er sieht aus, als hätte er alle Energie der Welt getankt. Die aufkratzende Unruhe, die ihn vorhin noch auf dem Bett rumhüpfen hat lassen, ist verschwunden. Vielleicht ist das nur schön und ich sollte nicht weiter nachfragen. Ich muss aber. Die Japffka-Schramme an seinem Arm ist ganz rot. Als hätte er sich verbrannt.

»Hab mir eine Ziegenarsch-Zigi gedreht«, verrät er und hält eine selbstgedrehte Zigarette hoch, die er noch nicht angesteckt hat. Ich merke, dass sein Blick meinem folgt. Lorens will sich den hochgekrempelten Ärmel seines Pullovers wieder bis nach unten schieben, tut es dann aber doch nicht, weil ich schon gesehen habe, was er nicht zeigen will.

»Das? Ja, pfff keine Ahnung … ich sollte vielleicht echt nicht mit Quens Werkzeug spielen, während ich Zigaretten drehe. Lötkolben können ganz schön heiß werden.«

Ich antworte ihm nicht. Mein Blick gleitet nur an ihm vorbei auf den Werktisch. Ich weiß, dass Quentin oft kreativ ist. Hier ist wirklich alles voll mit Utensilien, mit denen man die coolsten Dinge erschaffen könnte.

»Mach dir keinen Kopf, heilt wieder«, höre ich Lorens sagen. »Ich bin unverwüstlich«, fügt er zwinkernd hinzu und dreht sich zu Quentin, der sich hinter ihn gestellt hat.

»Was ist jetzt eigentlich mit meinem Anhänger?«, will er wissen und hält die Hand erwartungsvoll vor Quentin auf.

»Ich bin noch nicht fertig! Weißt du wie lange es dauert die perfekte Form hinzubekommen? Und ich brauche Hilfe von meinem Vater, beim Gießen des Silbers.« Die letzten Worte kommen Quentin sehr schroff und widerwillig über die Lippen. Ich denke, er hat kein gutes Verhältnis zu seinem Vater. Zumindest wirkt es so. Seine Mutter ist auch seltsam. Aber vielleicht bin ich nur verwöhnt davon, eine Mutter zu haben, die hinter uns steht und nicht zu wissen, wie es ist, einem Vater Rechenschaft schuldig zu sein.

»Scheiß auf die perfekte Form«, meint Lorens und beugt sich ein Stück nach unten, um seine Wange an Quentins zu drücken. Er ist etwas größer, nicht nur weil er immer schwere schwarze Stiefel trägt. »Für mich wird es immer perfekt sein, egal wie es aussieht. Es kommt von dir.«

Quentin schnaubt verlegen und schließt dann kurz die Augen. »Okay. Ich beeile mich.« Als er die Augen wieder öffnet, greift er nach Lorens Hand. Ihn lässt er die Japffka-Schramme ansehen, ohne den Arm wegzuziehen oder abzuwinken.

»Ich habe Stifte hier, die eine Weile auf der Haut halten. Ich male dir etwas drüber, ja?«

»Okay«, willigt Lorens ein und packt Quentin dann am Kragen seines Shirts, um ihn noch näher zu ziehen.

Dass ich mich wegdrehe, liegt nicht daran, dass ich es ekelhaft finde, wenn sie sich küssen, es ist einfach seltsam für mich. Weil Lorens mein Bruder ist und ich nicht weiß, was ich mit dem Bild machen soll, dass mir zeigt, wie er aussieht, wenn er … jemanden will.

»Bier«, höre ich Nathalie sagen und sehe, wie sie sich in der Ecke mit den vielen Kissen am Boden setzt.

»Ich?«, entgegne ich unsicher, weil ich mir nicht sicher bin, ob sie mit mir gesprochen hat. Sie verdreht die Augen.

»Was? Du rauchst nicht und Alkohol ist im Kindergarten auch verboten? Mach den kleinen Kühlschrank da drüben auf und bring mir auch etwas.«

Ich setze mich in Bewegung und versteinere dann ein paar Sekunden vor den vielen Getränken. Mein Blick schweift intuitiv zu Lorens.

Dann beiße ich mir beschämt auf die Lippen und knurre in mich hinein. Ich muss nicht um Erlaubnis fragen, niemanden meine Entscheidung fällen lassen. Trotzdem bin ich dankbar, als mein Bruder auf mich zukommt, und mir über die Schulter blickt. Lorens zwinkert mir zu.

»Von Wein dröhnt dir morgen der Kopf, ich würde an deiner Stelle Bier trinken, aber du findest auch sicher selbst heraus, was du willst.«

Ich nicke. Er lässt mir die Wahl, trotzdem ist er da. Ich sage nicht danke, aber ich hoffe er spürt, dass ich ihm dankbar bin. Für den Rat. Und das Coolsein. Dafür, dass er mich mitgenommen hat und mich nicht als ein Kind sieht, auf das er aufpassen muss.

Ich greife mir zwei Dosen Bier, gehe zu Nathalie und reiche ihr eine. Sie lümmelt in den Sitzkissen herum, sieht dabei aber noch immer so schön aus, dass man sie für ein Magazin fotografieren könnte.

Quentin stellt die Musik an, der Technosound ertönt nur kurz aus der Anlage. Er legt eine Kassette ein, obwohl er mit den moderneren CDs einen besseren Klang erzielen würde.

»Sort hat mir erzählt, was für Musik du magst. Genesis. Bruce Springsteen. Ein bisschen Culture Club?«, höre ich Quentin sagen.

Obwohl er in meine Richtung blickt, bin ich mir nicht sicher, ob er wirklich mit mir redet.

»Ich hab dir ein Mix-Tape gemacht, Sort sollte es dir längst mal mitbringen, aber du weißt, wie er ist. Er würde seinen Kopf vergessen, wäre er abnehmbar«, sagt Quentin.

Ich blinzle noch immer irritiert vor mich hin.

»Für mich?«, frage ich und bin froh, dass meine Stimme kratzig und nicht piepsig klingt.

»Selbstverständlich. Für dich«, meint Quentin, schmunzelt schief und zuckt mit den Schultern, bevor er auf Play drückt.

»Genesis und Springsteen? Wie alt bist du? Dreißig?«, spottet Nathalie und lacht mich aus.

Das macht mir nichts aus. Ich wäre gerne dreißig. Mir ist klar, dass die meisten im Moment Nirvana oder Eurodance hören und dass der Klang der 90er für unsere Generation irgendwo zwischen elektronischen Bässen und Grunge stattfindet, aber ich höre trotzdem, was ich möchte. Nicht was andere cool finden. Weil es meine Ohren sind und mein Kopf, in dem es schön klingen muss.

»Cutting Crew. Ich dachte das könntest du auch mögen«, kündigt Quentin den beginnenden Song an und kommt zu uns.

Er setzt sich dicht zu Lorens, der sich an seinen Oberkörper lehnt und den Arm auf seinem Bein ablegt. Nathalie rollt mit den Augen, lacht aber als Lorens sie mit einem der Kissen bewirft und sie fragt, ob sie eifersüchtig ist.

Während Quentin beginnt, etwas mit einem schwarzen Stift auf die Japffka-Schramme am Unterarm meines Bruders zu malen, beginnt Nathalie eine Geschichte über eine ihrer ehemaligen Klassenkameradinnen aus der evangelischen Mädchenschule zu erzählen. Warum alle wochenlang beten mussten, als rauskam, dass eine Schülerin an einer jungen Nonne geleckt hat, verstehe ich erst, als Nathalie ins Detail damit geht, was die beiden gemacht haben.

Dinge besonders vulgär zu beschreiben, liegt ihr, wenn sie sich erstmal warm geredet hat, aber sie hat auch Talent dazu, Geschichten witzig zu erzählen.

Sie sagt die obszönsten Dinge, trotzdem wirkt sie dabei nicht derb. Sie bleibt auch dann das Abbild eines Ballerina-Engelmädchens, wenn sie ›ficken‹ sagt und sich danach über die Lippen leckt.

Ich denke, sie hat keine Mutter, die sie dazu erzogen hat, einen Franken in ein Glas zu werfen, jedes Mal, wenn sie vergisst auf ihre Wortwahl zu achten. Da leuchtet kein schlechtes Gewissen hinter den himmelblauen Augen, wenn sie ausspricht, was ihr durch den Kopf geht.

Cutting Crew singen ›I just died in your arms tonight‹, während Nathalie sich mit dem Rücken an meinen Arm lehnt und mich eine Sekunde später grinsend anschnauzt, dass ich ihr zehn

Franken schulde, wenn ich davon einen Steifen bekomme. Sie scheint kein Ausdrucks-Glas zu haben, nur ein Ständer-Glas.

Ich muss lachen, atme ihren Erdbeerduft ein, den Zigarettenrauch in der Luft und die Besonderheit dieses Augenblicks.

Ich wollte noch nie so sehr im Hier und Jetzt sein wie gerade. Alles ist cool, witzig, ein bisschen seltsam und ein bisschen verboten.

Das hier ist der Himmel der derben Engel und ich liebe jeden Moment.

HIMMEL

Vincent

Quentin malt unheimlich schön. Es ist hypnotisierend ihm dabei zuzusehen, wie die Striche, die den Schwüngen aus seinem Handgelenk entspringen, zu Federn werden, die sich über Lorens Unterarm erstrecken.

Das Kitzeln von Nathalies Haaren, die den Halsausschnitt meines Pullovers streifen, immer wenn sie den Kopf bewegt, hypnotisiert mich ebenfalls.

Vielleicht ist es auch das Bier, dem ich die Faszination erzeugende Wirkung zuschreiben muss, aber das macht gerade wenig Unterschied für mich.

Als ich eine Stelle des Bodens, nahe der Matratze, in Schieflage verfallen sehe, halte ich mich wirklich für betrunken. Obwohl die Dose noch nicht mal leer ist.

»Ist da eine Wölbung in eurem Boden?«, frage ich irritiert und fokussiere die Stelle, von der ich schwören könnte, dass sie sich gerade ein bisschen bewegt hat.

»Was wirfst *du* denn ein?«, meint Nathalie, lacht mich aus und mustert mich dann mit verheißungsvoll wackelnden Brauen. »Was auch immer es ist, von mir kriegst du es billiger. Und besser.«

Auch wenn ich sie unheimlich gerne ansehe, ich konzentriere mich nicht auf sie, sondern auf Quentin. Es tut mir leid, dass ich ihn aus der Kreativstarre reiße. Er war so tief in die schwarze Farbe auf Lorens Haut versunken. Jetzt schreckt er hoch und seine Miene verändert sich umgehend. Der abgedriftete, leicht melancholische Ausdruck weicht wütender Strenge. Sein Blick schnellt an dieselbe Stelle, die mir vorhin ins Auge gesprungen ist, ohne dass ich ihm genauere Angaben dazu machen muss.

»Gut bemerkt. Du bist sehr aufmerksam«, sagt er, als er an mir vorbei geht. Seine Worte klingen wie ein Lob an mich, obwohl sein Blick so vereist ist.

Lorens hat sich hingelegt, nachdem die Stütze, die Quentins Körper für ihn war, verschwunden ist – er wirkt etwas dösig, aber hebt trotzdem annähernd neugierig den Kopf.

Ich weiß nicht, womit ich rechnen soll. Als Quentin stehenbleibt und mit dem Fuß hart auf den Boden donnert, zucke ich zusammen.

»Du kleine Ratte!«, knurrt er nach unten.

»Da bekommt jemand Ärger«, kommentiert Nathalie und klingt dabei eher amüsiert als überrascht.

Lorens lässt leise seufzend den Kopf sinken. Meine Aufmerksamkeit richtet sich wieder auf Quentin, der ein wütendes »Komm rauf!«, ertönen lässt, bevor er auf den Aufgang zum Dachboden zuhält.

»Sei nicht so sauer, er war wahrscheinlich nur neugierig«, ruft Lorens und wirft Quentin eines der Kissen nach.

»Sag mir nicht, wie ich mich fühlen soll!«, harscht er zurück und reißt im nächsten Moment die kleine Holztür auf.

Der Junge, der davorsteht, hat die Hände vor der Brust verschränkt. Nicht bockig, eher Halt suchend.

In seinem Blick spiegelt sich kein lesbares Gefühl. Er sieht nur zu Quentin auf und trottet wortlos an ihm vorbei.

Ich weiß, wer er ist. Ich habe ihn schon öfter gesehen, aber wir sind uns noch nie außerhalb der Schule begegnet.

Finn ist Quentins jüngerer Bruder. Er ist in einer anderen Klasse, aber in meiner Stufe und malt manchmal Comics für die Schülerzeitung. Ich mag, was er zeichnet, weil es immer lustig ist, aber ich habe ihn noch nie lachen gehört.

In der Schule ist er still, so unauffällig, dass er den meisten nicht im Gedächtnis bleiben würde, wäre sein großer Bruder nicht so beliebt.

Er ist immer der ›kleine Bruder von …‹. Der langweiligere Bruder. Der, mit dem deutlich weniger hübschen Gesicht.

Alles, was man über ihn sagt, sagt man auch über mich.

Obwohl es sich anhört, als müssten wir viele Gemeinsamkeiten haben, hat es sich nie so angefühlt. Er sieht mir zwar nach, wenn ich im Gang an ihm vorbeilaufe, aber er sagt nie etwas. Ich weiß nicht, ob er schüchtern ist oder einfach auf alles und jeden scheißt. Als er beim Schachturnier gegen mich gespielt hat, hat er auch kaum geredet.

»Warum fingerst du an der Luke nach oben herum?! Du hast nichts in meinem Zimmer verloren! Hörst du?!«, knurrt Quentin und fixiert Finn so durchdringend mit den grünen Augen, dass es stechen muss von ihm angesehen zu werden. Finn zuckt mit den Schultern.

»Ich wollte nur …«

»Mein Zimmer geht dich gar nichts an!«, fällt Quentin ihm ins Wort und hebt das Kinn beim Sprechen an, obwohl er seinen kleinen Bruder auch so um einen halben Kopf überragt. »Du setzt keinen Fuß da rein, nichts darin hat dich etwas zu interessieren. Ich will dich nie wieder in meinem Zimmer sehen! Und hier! Nichts, was mir gehört, geht dich etwas an!«

Ich verstehe plötzlich, dass das, was ich vorhin wahrgenommen habe, eine kleine Luke im Boden war, die sich wegdrücken lässt und die offensichtlich an der Decke zu Quentins Zimmer liegt. Was ich nicht verstehe, ist, ob Quentin wirklich ernst meint, was er sagt. Ich kann mir nicht vorstellen, wie es sich anfühlen würde, würde Lorens mir für immer verbieten auch nur einen Fuß in sein Zimmer zu tun. Wenn ich nie wieder bei ihm klopfen und neben ihm sitzen dürfte, würde ich ihn anders ansehen als Finn seinen Bruder gerade mustert; Nichtssagend, hinnehmend.

»Mama wollte wissen, was ihr macht«, sagt er, einen kleinen Hauch Unbehagen in der Stimme, aber weit entfernt von dem Nervenzusammenbruch, den ich hätte, hätte Lorens die ewige Verbannung in diesem Ton für mich ausgesprochen.

»Du spionierst für Mama?!«, wiederholt Quentin und knurrt in sich hinein, bevor er nochmal zu der Luke läuft und sie im Boden festtritt, obwohl sie längst wieder geschlossen ist.

Finn sieht ihm zu gebannt hinterher, um mitzubekommen, wer ihm eine Hand auf die Schulter legt. Als er Lorens neben sich wahrnimmt, zuckt er zusammen. Ich weiß, dass Lorens nie fest zupackt oder ihn erschrecken wollte. Dass ihn der vernichtend kalte Blick seines Bruders nichts ausmacht, er aber so schreckhaft auf Lorens sanfte Berührung reagiert, ist seltsam, aber ich kenne Finn nicht gut genug, um ihn einzuschätzen.

»Mann, du musst echt lernen Quen auch mal anzulügen, Fini. Sag doch, du wolltest ihm seinen Walkman klauen oder nach Zigaretten und Pornos wühlen. Da kommst du besser wieder raus«, rät er ihm.

Ich weiß nicht, warum es kurz in mir sticht. Oder doch, ich weiß es, aber ich will nicht darüber nachdenken, warum ich es scheiße finde, dass Lorens Quentins Bruder ›Fini‹ nennt. Ich will auch nicht darüber nachdenken, wie gut sie sich kennen und dass Lorens schon lange nicht mehr alle Tage und Nächte zu Hause bei mir und Mama verbringt.

Dass Finns Blick ausgerechnet jetzt in meine Richtung schweift, passt mir gut in den Kragen. Er sieht, wie Nathalie an mich gelehnt daliegt, bevor sie sich zu ihrer Tasche beugt und anfängt eine Zigarette zu drehen. Ich lese nun doch eine Emotion aus seinem Blick: Verwunderung.

Ich nehme einen Schluck Bier und versuche mir nicht anmerken zu lassen, dass ich selbst auch keinen blassen Schimmer habe, wie ich ein Teil hiervon geworden bin und warum mich das schönste Mädchen der Welt als Lehne benutzt. Ich tue mal so, als wäre das ›normal‹.

»Ich soll Mama sagen, was ihr macht …«, wiederholt Finn die Wahrheit, sieht mich an, spricht aber eigentlich mit Lorens, der nur seufzt, weil er hier mit seinem ›Lüg doch bitte ein bisschen‹-Vortrag nicht weiterkommt.

»Wieso will sie plötzlich wissen, was wir machen?«, fragt Nathalie und zündet sich die Zigarette an. Ich bin den Gestank gewöhnt, aber Nathalies Ziegenarsch-Kippen riechen nochmal intensiver als die, die Lorens zu Hause qualmt.

»Hat sich doch immer gut rausgehalten in letzter Zeit, die Alte«, merkt sie an und mustert dann Lorens mit einer provozierend hochgezogenen Braue. »Zu mir ist sie immer scheiß freundlich, wenn ich vor der Tür stehe. Sie findet mich ganz toll. Im Gegensatz zu dir. Sie sagt, ich erinnere sie an Prinzessin Diana und dass ich so oft hier übernachten kann, wie ich möchte, weil ich einen guten Einfluss auf Quen habe.«

Lorens zieht die Brauen ungläubig nach oben. »Ich mag dich aus sehr verrückten Gründen, Nath, und ich weiß nicht, wie ich dir das jetzt sagen soll, aber: Du bist mit Abstand die fieseste und auch kriminellste Person, die ich kenne. Lady Di hätte eine Scheißangst vor dir. Und selbst der verrückte, einäugige Typ, der in der Stadt geklaute Butterfly-Messer an Minderjährige verkauft, hat einen besseren Einfluss auf Menschen als du.«

Sie verfinstert den Blick, nur eine Sekunde, dann grinst sie süffisant. »Ja. Klar. Aber alles noch immer tausendmal besser als eine Gothic Schwuchtel zur Tür reinzulassen. Ich könnte jemanden auf offener Straße ins Bein schießen, ich wäre noch immer willkommener bei den Noacks als du. Ich mache die Scheißregeln nicht, aber so sind sie nun mal.«

»Ich weiß«, schnaubt Lorens und winkt ab. »›Hübsches blondes dünnes Mädchen‹ würde selbst dann noch vor mir einen Platz am Familientisch kriegen, wenn sie kratzt, beißt, sieben Menschen beim letzten Bankraub erschossen hat und sich ab und an aus Spaß einscheißt. Ich weiß, wie es läuft, du musst mich nicht daran erinnern, wie manche Leute noch immer ticken.«

»Nimm dir die dummen Gedanken, die durch ihren verkorksten Kopf gehen, nicht zu Herzen!«, meldet sich Quentin zu Wort und fokussiert Lorens eindringlich mit dem Blick. Sein Satz klingt im selben Moment anweisend streng, man sieht ihm aber auch an, dass es in ihm sticht, weil er Angst zu haben scheint, Lorens könnte nicht mehr zu ihm kommen wollen. Mein Bruder hat ein sehr dickes Fell. Das weiß Quentin bestimmt auch. Er will trotzdem klarstellen, auf welcher Seite er in dieser Diskussion steht.

»Sie ist nervenschwach und hatte schon immer eine furchtbar schlechte Menschenkenntnis, nimm nichts, was sie sagt für voll, sie hat ihre eigenen unlösbaren Probleme und projiziert sie auf andere«, unterstellt er.

Nathalie plustert die Backen auf. »Hey, halt mal dein Maul, ich habe gar keine Probleme!«

Quentin verdreht die Augen. »Dass du dich angesprochen fühlst, sagt jetzt mehr über dich, als ich über dich gesagt habe. Ich habe von meiner Mutter gesprochen!«, stellt er energisch klar und fasst sich kurz danach seufzend an den Kopf.

»Ach so. Okay. Ja, die Alte spinnt«, murmelt Nathalie, hörbar verlegen von der Verwechslung. Sie beginnt an einem der kleinen Kissen herumzuzupfen.

»Schon gut, Quen«, meint Lorens, winkt mit dem mit Federn verzierten Arm ab und legt ihn dann Finn auf die Schulter. »Eure Mutter meint es wahrscheinlich nicht böse. Sie kann eben nicht aus ihrer Haut. Ist bei manchen so. Die überdenken die Werte und Moralkonstrukte, die sie eingetrichtert bekommen haben, einfach nie, weil sie sich an irgendetwas Konstantem festhalten müssen.«

Finn bleibt still, sieht aber zu Lorens auf. Quentin schnaubt verächtlich. Ihn kriegt er mit der ›Verständnis für Idioten‹-Ansprache nicht. Quentin ist zu kritisch und zu stur, um sich davon besänftigen zu lassen. Ich kann ihn verstehen. Ich möchte Lorens auch oft anschreien und schütteln wenn er so ist.

»Halt dein Maul, Sort!«, knurrt er und seufz im nächsten Moment so ungewohnt intensiv, dass ich keinen Zweifel mehr daran habe, dass er meinen Bruder liebt, obwohl er ihn gerade angefaucht hat.

»Ich hasse es, wenn du so bist! Wenn du für jeden nach einer Rechtfertigung suchst, die er gar nicht verdient hat! Manche

Menschen sind einfach verkorkst und verdorben! Wieso siehst du das nicht?!«

Lorens schmunzelt sanft, lässt Finn los und geht auf Quentin zu. »Tu ich doch. Ich sehe es. Und ich liebe es. Verkorkst und verdorben. Weißt du? Ich dachte, du weißt das.« Er zwinkert.

Quen seufzt. »Ich hasse dich manchmal, Sort.«

»Ich weiß. Du bist süß dabei. Hör nie ganz damit auf, ja?«

Quentin schüttelt schwach den Kopf, streckt langsam und unauffällig die Finger nach Lorens Unterarm aus. Nachdem seine Fingerspitzen über seine Haut gestreift sind, wird sein Blick wieder finster.

Lorens will ihn nicht nochmal in den Wut-Modus fallen lassen und stupst ihn an. »Lass gut sein. Du weißt, warum deine Mutter ausgerechnet heute einen Aufstand macht. Sie macht sich Sorgen.«

»Sorgen«, wiederholt Quentin, als hätte Lorens ein Schimpfwort benutzt.

»Sie macht sich keine Sorgen, sie …«

Er beendet seinen Satz nicht. Was mir nicht weiter seltsam vorkommt, schließlich hadert er mit etwas, das ihm bestimmt schon lange zu schaffen macht.

Eine Mutter zu haben, die einen nicht akzeptiert, sondern Sorgen vorschiebt, um einen zu kontrollieren, muss belastend sein. Ich habe Mama noch nie so zu schätzen gewusst wie in diesem Moment. Trotzdem denke ich nur kurz an sie, weil etwas Seltsames passiert. Quentin und Lorens mustern mich beide auffällig unauffällig aus dem Augenwinkel. Es kommt mir plötzlich so vor, als hätte ich mehr mit ihrem Gespräch zu tun, als ich bisher dachte.

»Sag Mama …«, setzt Quentin an, sieht zu Finn und knurrt sich wieder in Rage. »Sag ihr, dass wir den Kleinen rücksichtsvoll langsam schwul machen und ganz vorsichtig ficken. Oder nein! Weißt du was?!« Er macht einen Schritt auf Finn zu, formt ein schwaches Schmunzeln mit den Lippen, ohne auch nur ein Stück seiner Wut aus dem Rest seiner Miene zu verbannen. »Sag ihr, wir ficken ihn gegen seinen Willen, um dem verdammten Teufel damit zu huldigen! Das ist es, was sie hören will, oder? Wahnsinn, Sex, Gewalt, Okkultismus, sag ihr ich schneide mir heute Abend noch die Pulsadern auf, wenn sie nicht schnell genug ein Gegenmittel gegen mein Bi-Sein findet! Sie soll Papa anrufen, damit er ihr genug Geld überweist, damit sie das nächste zwei Meter große Gemälde eines halbnackten Mädchens ins Haus hängen können! Davon haben wir nämlich noch nicht genug angeschafft, seit Lorens zu Besuch kommt!«

Quentin knurrt die Beschlagenheit weg, die seine Stimme unklarer machen will, weil er sie so sehr mit der Rauheit seiner Wut beansprucht. Er atmet kurz durch, dann legt er sich seufzend die Handballen auf die Augen.

»Gott, all diese überfordert aussehenden nackten Fünfzehnjährigen mit den halb offenen Mündern und den entblößten Brüsten – aber ICH bin der, mit dem etwas nicht stimmt?! Wirklich?! Die sollen für die Maler, denen sie das Geld in den Hals stecken, um Absolution beten! Nicht für mich! Diese Gemälde machen mich verrückt …«, klagt Quentin.

Lorens drückt ihn. Mir wird bewusst, warum mich Quentins Mutter beim Reinkommen so seltsam gemustert hat. Und warum Lorens nicht wollte, dass ich über ihre Blicke nachdenke. Ihre Sorgen sind ausgedacht, aber sie fühlen sich ekelhaft an. Ich kann mir nicht vorstellen, wie es sein muss, ständig von Unterstellungen verfolgt zu werden, Anschuldigungen, von dieser hässlichen ›Sorge‹, die in Wahrheit nur ein aufgehübschtes Vorurteil ist.

Nachdem es kurz still ist, meldet sich Finn zu Wort.

»Ich mag die Gemälde der Mädchen«, sagt er und zuckt mit den Schultern. »Die meisten Gemälde sind schön. Nur manche sind merkwürdig. Ich mag die Meerjungfrau.«

Quentin nimmt die Hände von den Augen und schüttelt langsam den Kopf. »Weil du nicht verstehst, für was die Bilder stehen. Weil du zu dumm bist, um zu begreifen, wieso sie an unseren Wänden hängen. Was für Gedanken sie uns aufdrängen sollen.«

»Ich denke gerne über sie nach …«, entgegnet Finn leise, blickt aber auf den Boden, um dem strengen Blick seines Bruders auszuweichen. Zu lange hält er ihm nicht stand.

Nathalie lacht auf. »Machen dich die scharfen Mädchen geil, Kleiner? Schon okay, lass dir kein schlechtes Gewissen deshalb einreden.«

Finn sieht überrascht auf, so als hätte Nathalie zum ersten Mal etwas zu ihm gesagt. Der Blickkontakt hält zwei Sekunden, dann sieht er zur Seite. Es ist schwer, ihr in die Augen zu sehen, wenn sie solche Dinge sagt, vor allem, weil sie dabei diese spezielle Art zu grinsen hat. Wissend, so als könnte sie ganz genau sehen, was man verheimlichen möchte – welche Bilder einen durch den Kopf gehen.

»An was denkst du denn, wenn du dir die kleine Meerjungfrau ansiehst?«, will sie von Finn wissen.

Ich beneide ihn nicht um die Antwort, die er ihr jetzt schuldet. Ich wollte dieses Thema vorhin nicht mal mit Lorens diskutieren. Dass er rot wird, liegt auf der Hand. Eigentlich rechne ich damit, dass er sie verlegen anschweigt, aber er gibt ihr eine Antwort, die ehrlich klingt.

»Ich denke darüber nach, ob sich ihre Haut so weich anfühlen würde, wie sie aussieht. Ob ihre Haare gut riechen, weil sie so schön sind. Oder ob sie wie ein Fisch riecht.« Er schmunzelt am Ende. Ich muss auch grinsen.

Lorens dreht sich zu Finn und hebt anmerkend den Zeigefinger. »Sie riechen alle ein bisschen nach Fisch, aber man hat mir versichert, Hetero-Sein macht, dass das cool für einen ist. Also mach dir keine Sorgen.«

Nathalie schnaubt. »An was für seltsamen Muschis hast du denn geleckt, Sort?«

»Hauptsächlich an deiner, mein kleiner Delphin«, entgegnet er und streckt Nathalie die Zunge raus.

»Magst du auch Mädchen? Nicht nur … Jungs? Bist du wie Quentin?«, fragt Finn meinen Bruder.

So gut kennen sie sich wohl doch nicht. Wobei ich die Antwort auf die Frage plötzlich auch nicht mehr geben könnte.

Lorens hat nie von Mädchen gesprochen, nie eines mit nach Hause gebracht. Nathalie und er zanken offensichtlich gerne, mögen sich irgendwie, aber ich weiß nicht wie viel davon Quentin zuzuschreiben ist und der Tatsache, dass er auf Mädchen steht.

Lorens überlegt kurz und wendet sich dann Finn zu. »Ich bin nicht bisexuell. Ich denke am liebsten darüber nach, wie gut dein Bruder riecht. Aber er sieht mich manchmal gerne …« Finn hängt Lorens mit glänzenden Augen an den Lippen.

Mein Bruder schmunzelt. »Er sieht mich manchmal gerne Delphine streicheln«, beschreibt Lorens es und lacht.

Er ist zwar überhaupt nicht verschlossen, was seine Vorlieben betrifft, aber er achtet trotzdem darauf niemanden Details aufzudrängen, die eventuell als unangenehm aufgefasst werden könnten.

Finn wirkt nicht so, als wären ihm Details unangenehm gewesen, im Gegenteil. Er wirkt enttäuscht, weil er mit der Delphin-Metapher abgespeist wurde.

»Du kannst ruhig sagen, was du meinst, ich weiß, was ihr macht«, meint Finn und sieht Quentin plötzlich doch irgendwie ähnlich. Wenn ihr Blick auffordernd kühl wird, sieht man die Ähnlichkeit. Bei Lorens und mir sieht man sie, wenn wir lachen.

»Hör auf, so aufdringlich neugierige Fragen zu stellen!«, klinkt Quentin sich ein und beginnt den Kopf zu schütteln. »Das geht dich alles nichts an! Du bist ein naives Kind, das nicht abschätzen kann, was es wissen will und was lieber nicht. Verschwinde.«

Finn knurrt leise, blickt aber vor Quentin auf den Boden. »Vincent ist auch nicht viel älter als ich … und darf hier sein«, meint er.

Teil seines Arguments sein zu müssen gefällt mir nicht, aber er hat recht mit dem, was er sagt. Ich darf hier sein. Lorens schickt mich nicht weg.

Quentin sieht kurz zu mir, dann macht er einen Schritt auf seinen kleinen Bruder zu und zeigt auf die Tür.

»Dass Vincent klüger ist als du, brauche ich dir nicht zu erklären. Das weißt du selbst«, unterstellt er ihm. »Du spielst seit Jahren Schach. Und verlierst gegen ihn. Muss ich mehr dazu sagen?«

Finn verfinstert den Blick, lässt den Kopf aber nach unten sinken und fixiert niemanden. Ich hatte mir schon gedacht, dass er nicht zum ersten Mal gespielt hat. Im Gegensatz zu den meisten anderen Spielen hat unseres lange gedauert.

»Außerdem ist er reifer als du. Um einiges. Und jetzt lass uns in Ruhe, geh zu Mama und sag ihr …«

»Sag ihr; Es geht allen gut, wir hören Musik, spielen noch ein bisschen Karten und teilen uns ein Bier bevor wir ausgehen!«, grätscht Lorens verbal dazwischen und stößt Quentin in die Seite. »Lass den ganz düsteren Schwachsinn. Das scheiß Drohen mit der Selbstverstümmelung. Wütend um dich zu schlagen bringt nichts. Hat es noch nie. Bleib ruhig, ja? Kurz aushalten, Klappe halten und dann vergessen wir alles und haben eine richtig, richtig geile Zeit. Wir machen, dass es sich heute Nacht unwirklich gut und zeitlos lange anfühlt. Versprochen. Was sagst du?«

»Ich sage, dass ich dich …« Quentin stoppt mitten im Satz, mustert Lorens, der den Atem angehalten hat, seit er Quentins Hand auf seiner Wange spürt. »Ich sage, dass ich dich … durch den ganzen Club riechen werde, egal wo du bist. Wie kann man nur so viel Parfum draufmachen? Wolltest du einen Bären abschrecken?«

Lorens schubst Quentin von sich weg und reißt die Hände die Luft. »Klar! Weil es dich umbringen würde es zu sagen! ›Du stinkst‹ kommt dir leichter über die Lippen! Krieg ich nicht mal ein ›Ich liebe, dass du stinkst‹?«

»Ich mag, dass du stark riechst?«, schlägt Quentin eine Variante davon vor, was Lorens hören möchte. Ich verstehe langsam, was das ist.

»Schwuchtel-Gelaber. Machen die immer, bevor sie richtig drauf sind«, spottet Nathalie, grinst aber im nächsten Moment wie der Engel, der sie nicht ist.

Wenn man sie erstmal kennt, gewöhnt man sich daran, dass sie die gemeinsten, vulgärsten, dümmsten Dinge sagt, ohne sich selbst zuzuhören oder darüber nachzudenken.

Ich kenne kein Mädchen wie sie. Ich weiß nicht, ob das gut oder schlecht ist, aber es ist spannend.

Nathalie wirft mir noch ein Bier zu und grinst mich an, nachdem sie sich wieder neben mich fallen lässt.

»Lass mal sehen, ob du schon dieselben coolen Bauchmuskeln hast wie Sort«, meint sie.

Ich halte ihre Hände fest, als sie mir unters Shirt fassen will und muss lachen.

Kurz tut es mir leid, dass ich nicht mitbekommen habe, dass Finn verschwunden ist, aber im nächsten Moment ist es mir egal.

Wir haben keine Gemeinsamkeiten, außer die Tatsache, dass unsere Brüder viele haben. Ich denke nicht mal, dass er mich mag.

Aus der Anlage klingt ein englischer Song, in dem es darum geht, ob man ewig leben möchte, wenn man für immer jung bleiben würde, und ich wünsche mich zum ersten Mal in meinem Leben nicht in die Zukunft, sondern genau an diesen Punkt in der Gegenwart. Für immer auf diesem Dachboden, in diesem Moment.

Forever young.

Ich bin mir plötzlich nicht mehr sicher, ob das hier ein Stück Himmel ist. Vielleicht ist es ein Stück Hölle und ich finde es einfach geil.

HÖLLE

Vincent

Bunt flackernde Lichter. Der Bass lässt einen nicht mehr fühlen, wie schnell das eigene Herz schlägt. Das nie endende Dröhnen der Rhythmen macht es schwierig, irgendeine Form von Zeitgefühl zu behalten – jeder Song geht nahtlos in den nächsten über, als wäre Musik ein einziger Vibe.

Kein Track erzählt eine Geschichte oder fängt ein Gefühl ein. Der Bass ist die Geschichte, der Rhythmus, die Stimmung.

In einem vollen Club zu stehen, ist ein einzigartiges Erlebnis, das sich mit nichts vergleichen lässt, was ich sonst schon erlebt habe.

Am ehesten würde ich es mit der Erfahrung gleichsetzen, in einer ungeordneten Schlange zwischen vielen Menschen anzustehen und darauf zu warten, dass der einzige Bäcker der Stadt öffnet.

Nur, dass es nie Nussecken gibt. Oder gut riecht. Eigentlich ist es überhaupt nicht wie beim Bäcker, nur das Gefühl, sich zwischen so vielen Fremden aufzuhalten, erinnert mich an Anstehen. Ohne jemals in der Schlange voranzukommen, weil niemand auf etwas wartet. Hier zu sein ist das Ereignis, für das man kommt.

Ein wahnsinnig beschissenes Konzept.

Ich verstehe Clubs nicht. Techno. Tanzen im Neonlicht, Verlorengehen zwischen Beats ist nicht meine Welt.

Ich habe mich in die ruhigste Ecke des Clubs zurückgezogen, die ich finden konnte. Irgendwo zwischen der Jacke des DJs und einer Box mit Knicklichtern, die die Kellner mit den Getränken verteilen, lehne ich an der Backsteinmauer der großen Halle und höre das Genesis Album, das ich aus Quentins Sammlung mitnehmen durfte. Ich versuche es zumindest. Die Kopfhörer kommen nicht ganz gegen den penetrant lauten Bass der Umgebung an, aber ich bin trotzdem beeindruckt, wie gut CDs im Vergleich zu Kassetten klingen können. Kein Rauschen, kein Krächzen, kein lästiges Zurück- oder Vorspulen.

»Alles gut, Süßer?«, lese ich an den Lippen der Kellnerin ab, die an mir vorbeiläuft, immer wenn sie dem DJ Drinks bringt. Diesmal bleibt sie stehen und legt mir die Hand auf die Schulter. Vorsichtig, weil sie Angst hat, sie könnte mich erschrecken.

Einer der Barkeeper wollte mich zuerst von hier verscheuchen, weil er mich für suspekt gehalten hat und dachte, ich wollte klauen. Als ich ihm erklärt habe, dass ich nicht kriminell bin, sondern nur hier stehe, weil mich mein Bruder mitgenommen hat, ich die Musik aber scheiße finde und Tanzen nicht mal dann in Erwägung ziehen würde, wenn jemand ansonsten auf mich schießt, wollte er mich erst recht loswerden.

Ich denke, er hat mich für einen kleinen Freak gehalten und ich konnte ihm seine These nicht mal ausreden, weil ich wahrscheinlich der erste Mensch auf der Welt bin, der einen Club mit einem Discman und einem Genesis Album betreten hat.

Bevor er mich wegscheuchen konnte, kam aber die Kellnerin an, hat meine Situation für sich interpretiert, den Barkeeper zurechtgewiesen und mir versichert, dass ich bleiben kann. Sie ist jung, etwas mollig, ihr Gesicht ist hübsch und ihre Haare sind Grasgrün gefärbt. Sie meinte, sie hätte auch einen jüngeren Bruder, der so besonders ist wie ich. Wäre ich nicht betrunken, hätte ich ihr Kompliment gleich in Frage gestellt, zumal mir noch kein Mädchen eines gemacht hat. Es hat eine ganze Weile gedauert, bis ich begriffen habe, wieso sie mich so extra lieb anlächelt, immer wenn sie meinen Weg kreuzt und wieso sie Lorens und Quentin angeboten hat, mir eine der Knicklichter-Halsketten in den Farben zu geben, die sie heute eigentlich nicht an Gäste ausgeben, um mich schneller in der Menge wiederzufinden. Ihr Bruder ist Autist. Und ich leuchte jetzt Neon-Violett.

Sie signalisiert mir, dass ich die Kopfhörer abnehmen soll. Als meine Ohren frei sind, beugt sie sich zu mir.

»Ich glaube, deine Geschwister suchen dich!«, ruft sie und deutet in die Menge.

Dass ich nur einen Bruder habe, der andere Junge mit ihm zusammen ist und das Mädchen wiederum mit ihm zusammen ist, versuche ich genauso wenig durch den dröhnend lauten Bass zu erklären wie die Tatsache, dass bei mir keine Entwicklungsstörung diagnostiziert wurde, obwohl ich für sie so aussehe.

Ich nicke dankbar für die Information.

»Weißt du, wo sie sind?«, will ich wissen, weil ich die Drei vor einer ganzen Weile aus den Augen verloren habe.

Sie sind hier, um zu tanzen, um sich im flackernden Licht und in den Bässen zu verlieren.

Ich hatte schon damit gerechnet, in der bunten Neon-Licht-Szene als Fremdkörper aufzufallen. Nichts anderes war ich auch, aber das ist okay. Ich bin Lorens trotzdem dankbar, dass ich die Nacht nicht allein verbringen musste, bei ihnen sein konnte – als der suspekte kleine Fremdkörper, der ich in ihrer Welt bin und für den sich mein Bruder trotzdem nicht schämt.

Als die Kellnerin in Richtung Ausgang zeigt, lasse ich den Discman in meiner Westentasche verschwinden und laufe los.

Abseits meines eigenen Gedankenkinos, in dem ich in einer kleinen Ecke auf einem großen Genesis Konzert war, ist der Club ein eigener Kosmos.

Es fühlt sich an, als wäre man auf einem anderen Planeten. Eine Welt, in der es nur junge Menschen gibt, für die Tanzen atmen ist.

In der Masse wirken ihre Bewegungen tranceartig, im flackernden Licht sehen viele ihrer Gesichter seltsam aus. Beinahe verzerrt.

Ich kann nicht beschreiben, warum ich auf einmal das Gefühl bekomme, dass es längst Zeit ist zu gehen, aber als ich Lorens Rücken vor dem Ausgang ausmache, bin ich erleichtert und will runter vom Planeten Neon.

»Hallo!«, rufe ich, um mich bemerkbar zu machen.

Die Drei sehen aus, als würden ihnen die Ohren noch mehr klingeln als mir. Ihre Kleidung klebt an ihnen, der Glanz, der ihre Haut benetzt, glüht im bunten Licht ihrer Neon-Halsbänder und lässt sie überirdisch aussehen. Müde Aliens.

Ein bisschen zu nassgeschwitzt, ein bisschen zu dünn, aber sie sind trotzdem hübsch.

Abgefuckt hübsch.

Nathalie wirbelt auf den Sohlen ihrer Stiefel herum, als sie mich hört und mustert mich überrascht.

»Boah, du klingst so krass wie eine kreischende Tussi, wenn du laut wirst! Ich knall dir noch aus Versehen eine, weil ich dich für eine von den aufdringlichen Weibern halte, die Quen am Arsch hängen wollen! Lass das! Kling wie ein Typ!«, weist sie mich eindringlich an und fuchtelt mit dem Finger vor meinem Gesicht herum.

Ich knurre, während ich ihr Handgelenk packe, damit sie mir nicht beim Gestikulieren mit dem Finger ins Auge fährt. Sie wirkt nicht, als hätte sie noch die volle Kontrolle über all ihre Bewegungen.

»Wenn ich den Umschalt-Knopf für meine Stimme finde, drücke ich ihn!«, blaffe ich Nathalie an und lasse sie los.

»Such mal schneller, sonst findest du nie heraus, wie eine Muschi schmeckt«, stichelt sie und formt ein Victory-Zeichen mit den Fingern, durch das sie mir die Zunge zeigt.

»Das Mädchen an der Bar fand dich geil, hat dich oft angestarrt«, meint Lorens und zwinkert mir zu.

Er hält Quentin im Arm, der mit halb geschlossenen Augen an seiner Schulter lehnt.

Ich mustere meinen Bruder mit vereistem Blick.

»Hat mich für einen Autisten gehalten«, erkläre ich genervt, hauptsächlich weil ich das Thema ›Vincent und seine wahnsinnige Anziehungskraft auf Mädchen‹ nicht auf dem Planeten Neon besprechen möchte. Und schon gar nicht mit Leuten, die so viel Sex haben, dass sie zusätzliche Nickerchen brauchen, um durch den Tag zu kommen.

»Na ja, du siehst ja auch gelenkig aus!«, meint Lorens, will mich mit Sicherheit aufheitern, donnert dabei aber gegen eine Verständnisbarriere und die Mauer aus Eis, die ich mit dem Blick baue.

»Sie glaubt nicht, dass ich auf Trapezen rumwirbeln kann, sondern dass mir eine Delfintheraphie guttun würde! Nicht Artist, Autist«, stelle ich klar.

Lorens blinzelt, als hätte er sich das Hirn rausgeschwitzt. Hat er wahrscheinlich auch. Ich brumme vor mich hin. Mein Blick fällt auf Quentin, der mich müde mustert, die Wange an der Schulter meines Bruders abgelegt.

»Asperger«, murmelt er. »Meine Eltern dachten ich habe das, als ich klein war … dass ich Hilfe brauche, weil ich krank wäre. Stimmte nicht. Keine Krankheit. Ich habe mich auch nie … so gefühlt. Krank. Andere wollten das einfach glauben. Ich bin auch jetzt nicht krank. Ich bin nicht falsch, nur weil ich nicht so bin, wie man mich haben will. Ich bin … nur ich. Sie sollen mich in Ruhe lassen.«

Ich nicke, neige abschätzend den Kopf, weil ich Angst bekomme, dass es Quentin nicht gut geht. Er zittert, obwohl ihm noch immer heiß sein müsste.

Seine Wangen sind noch rot. Lorens nimmt ihn in den Arm.

»Schon gut. Er friert nur schnell«, erklärt mein Bruder mir und winkt ab.

Die Federn, die Quentin auf seinen Unterarm gezeichnet hat, sehen verschmiert aus.

»Manchmal redet er dann wirres Zeug«, meint Lorens und zuckt mit den Schultern. Quentin fokussiert ihn kurz mit verkniffenem Blick, schließt die glasigen Augen dann aber und bleibt still.

Ich sehe das anders als Lorens.

Quentin redet kein wirres Zeug. Ich weiß, was er sagen wollte und ich verstehe, was er gemeint hat. In ihm ist es traurig und wütend, aber nicht wirr.

Mir fällt auf, dass Nathalie verschwunden war, als sie mit Jacken im Arm zurückkommt.

»Da. Zieh ihm was an, er ist empfindlich, wenn er runterkommt«, meint sie zu Lorens.

»Gib ihm meine, ist dicker«, antwortet mein Bruder und schlüpft in Quentins Jeansjacke, während er Quentin die Steppjacke um die Schultern legt, die Mama Lorens vor kurzem gekauft hat, weil er in letzter Zeit so oft krank wurde, immer nachdem er lange aus war.

»Mir kann die Kälte nichts tun. Die Nacht ist mein Verbündeter«, behauptet mein Bruder mit extra dunkel gestellter Stimme und zwinkert.

Nathalie lacht. »Klar. Du bist einer von den ganz harten Strichern, die sie am nächsten Morgen dann festgefroren am Bahnsteig finden.«

Noch bevor ich sie anfunkeln kann, stößt Lorens sie und knurrt. »Halt dein Maul, Nath. Ja?«

Sie reibt sich die Stelle am Oberarm, an der Lorens sie gestoßen hat. Er hat sie fester erwischt als er wollte, zumindest spiegelt sich kurz Schmerz in den tiefblauen Augen, bevor sie bockig auf den Boden blickt.

»Sie redet oft richtig blöden Scheiß«, sagt mein Bruder etwas zu mir, das ich schon selbst herausgefunden habe.

Ich werde aus Nathalie nicht schlau.

Ihr Humor ist oft seltsam, manchmal unangenehm, manchmal einfach dumm. Andererseits höre ich sie gerne Dinge erzählen. Es macht Spaß bei ihr zu sein und ich bin stolz darauf, sie zu kennen.

Vielleicht ist das nur so, weil sie wahnsinnig hübsch ist. Vielleicht bin ich dumm, nicht sie. Oder wir sind beide saublöd. Ich weiß es nicht.

»Komm. Lass uns abhauen und runterkommen«, sagt Lorens zu Quentin, legt den Arm an seinen Rücken und setzt sich in Bewegung.

»Hast du noch etwas, das ich ihm geben kann? Später. Weil er immer so schlecht einschlafen kann«, erklärt Lorens Nathalie, die neben den beiden herläuft.

Sie schnaubt leise, behält den Blick auf der Straße. »Du willst was für dich, nicht für Quen«, unterstellt sie Lorens.

»Klar. Halt mich für einen scheiß Egoisten. Und einen verfickten Lügner«, knurrt mein Bruder vor sich hin. Er klingt selten wirklich wütend. Oder böse. Gerade schon.

»Ich halte dich nicht für einen Egoisten, ich halte dich für was anderes, beschisseneres. Deshalb kriegst du gar nichts mehr für Quen von mir. Er kann mich selbst fragen. Und du kannst dir dein kack Gras zum Runterkommen schön selbst besorgen. Ich bin nicht deine Sekretärin. Und nicht das Wohlfahrtsamt! Denkst du, ich krieg das ganze Zeug geschenkt, mit dem ihr euch das Leben schön dröhnt?! Hast du eigentlich eine Ahnung, wie viel ich arbeiten muss und was ich …!«

»Schon gut, Nath!«, unterbricht Lorens sie seufzend. Er klingt wieder normal. Nicht mehr nicht wie er selbst. »Ich weiß schon. Hast ja recht. Was nimmst du für das, was du noch dabei hast?«, will er wissen.

»Zwanz… gib mir fünfzehn, scheiß drauf. Aber sag ihm nicht, dass ich es euch so billig gebe, ja?«

»Mach ich nicht. Danke.«

Lorens dreht sich zu mir und schmunzelt mich an. »Sag mal, hast du zufällig noch fünfzehn Franken eingesteckt?«

Ich nicke, weiche Lorens bittendem Blick aber aus. Ich gebe ihm nicht gerne Geld für die blöden Ziegenarschzigaretten, die er unbedingt rauchen will.

»Ja. Aber ich brauche das Geld, weil ich meine Fahrkarte für den Bus zur Schule erneuern muss. Die läuft nächste Woche ab«, erkläre ich.

»Bis dahin hab ich dir das Geld längst zurückgegeben«, versichert Lorens. »Leihst du es mir, Lys?«

»Okay.«

Ich fasse in meine Tasche. Als ich die Scheine rausziehe und Lorens hinhalten will, zieht Nathalie sie mir aus den Fingern und wirft mir dafür einen Teebeutel zu. Zumindest sieht es so aus.

»Gib her«, höre ich Quentin sagen. Er streckt die Hand nach mir aus, aber er sieht so fertig aus, ich will nicht, dass er das Zeug raucht. Die Nacht hat ihm unheimlich zugesetzt. Ich weiß nicht, ob er zu viel getrunken hat oder sein Körper so erschöpft vom Tanzen ist, ich weiß nur, dass ich nicht will, dass er sich noch fertiger macht. Lorens wirkt auch immer müder, nachdem er das Zeug geraucht hat. Aber mein Bruder kann besser einschätzen, wann er genug hat. Denke ich.

»Schon gut, später. Nicht hier, auf der Straße, ja?«, meint Lorens zu Quentin und bleibt kurz stehen.

Quentin schüttelt den Kopf und sieht zu mir.

»Ich will nicht, dass er das Zeug hat. Nimm es, Sort!«, brummt er Lorens zu.

»Ist nur Gras. Er hält es doch nur. Er raucht nicht mal«, versichert Lorens, streichelt Quentin beruhigend über die Wange und seufzt dann, als würde er wieder wirres Zeug reden.

Diesmal kann ich ihm nicht folgen, ich will es auch gar nicht, was ich aber will, ist, dass es Quentin besser geht und dass er nicht irgendetwas zerdenken muss, von dem ich nichts verstehe.

»Da.« Ich reiche Lorens das Päckchen, das ich sowieso nicht haben möchte.

Er steckt es in seine Hosentasche.

Quentin wirkt gelöster, auch wenn er irgendwie so aussieht, als wäre er schon krank von der Kälte geworden, obwohl wir den Club erst vor zwei Minuten hinter uns gelassen haben. Er legt seine Hände unter Lorens Kinn, stellt sich auf die Zehenspitzen und stößt dabei gegen ihn. Das Gleichgewicht allein zu halten, fällt ihm schwer. Er hält sich an Lorens fest, aber mein Bruder dreht das Gesicht weg, als Quentin mit seinem näher kommt.

»Komm. Gehen wir nach Hause«, sagt er und will Quentin weiterdrücken. Er legt den Kopf aber nur an Lorens Brust und sucht seine Nähe.

Ich verstehe zuerst nicht, warum Lorens so paranoid oft über seine rechte Schulter blickt, dann höre ich es auch.

»Guck mal, die Schwuchtel da!«, tönt es aus dem Schatten, zwischen den Straßenlaternen, die den Weg säumen, den nicht nur wir nach einer langen Nacht entlanglaufen. Entlang der Straße sind ein paar Bars.

»Geh weiter, Quen. Bitte«, ermahnt Lorens ihn humorlos ernst, packt ihn am Arm und geht mit ihm los.

In einer Geschwindigkeit, die nicht nach Flucht aussieht, aber schnell genug, um jemanden mit einem langsamen Schritt abzuhängen.

»Nicht umdrehen«, höre ich meinen Bruder zu mir sagen. Er greift sich auch Nathalies Hand, die dabei war, irritiert in die Dunkelheit hinter uns zu starren, um etwas in ihr zu erkennen.

»Weitergehen. Tut so, als würdet ihr es nicht hören«, weist Lorens uns leise, aber eindringlich an, weil er mitbekommt, wie schwer es uns fällt, uns daran zu halten.

Ich höre die Stimmen hinter uns lauter werden.

»Ich schwöre, das sind Schwuchteln! Die wollten vorhin knutschen.«

»Widerlich.«

»Sieh dir an, wie die aussehen!«

»Die sterben sowieso bald alle an Aids!«

»Geht nicht schnell genug! Bis dahin haben sie hundert kleine Jungs angesteckt.«

»Hey! Bleibt stehen, ihr scheiß Schwuchteln!«

Mein Herz hämmert mir bis zum Hals. Aus Wut. Angst. Ich möchte mich umdrehen und diese beschissen dummen Idioten anschreien, dass sie Lorens und Quentin überhaupt nicht kennen und ihr Hass nur aus ihrer eigenen hässlichen Persönlichkeit kommt. Aber ich traue mich nicht. Ich habe Angst.

»Nicht reagieren!«, lautet Lorens wiederholte Anweisung.

Meine Atemzüge werden schneller, die Nervosität macht mir das Luftholen schwer, weil ich höre, wie ernst er es meint. Lorens ist sonst nicht so.

Er sagt nichts *nur* streng oder ohne ein Zwinkern. Jetzt hat er den Blick stur nach vorne gerichtet, versucht Quentin mitzuziehen und dabei ein Tempo zu halten, das uns Meter gewinnen lässt, aber die Grenze zu dem, was man als ›Weglaufen‹ interpretieren würde, nicht überschreitet.

Ich muss an diesen Moment in der Grundschule denken, als unsere Lehrerin uns beigebracht hat, dass man vor zähnefletschenden Hunden nicht davonlaufen soll.

Wenn man keine Möglichkeit hat Schutz zu suchen, ist es nicht gut, sich einfach umzudrehen und zu rennen. Die Fluchtbewegung weckt Jagdtrieb, mehr Aggression.

Die Vorstellung hat mir schon damals Angst gemacht. Gejagt zu werden. Von etwas, mit dem man nicht diskutieren kann, weil es nicht ums Zuhören oder um Argumente geht, nur darum zu beißen.

»Hey! Hey! Denkt wohl, keiner merkt, wie krank ihr seid, oder?!«

Mein Blick schnellt immer wieder in das Gesicht meines Bruders. Ich suche Halt in den vertrauten Zügen, um diese Angst in den Griff zu bekommen, die meinen Verstand nutzlos macht, weil sie ihn für sich einnimmt. Ich suche nach Anweisungen.

Immer, wenn ich nicht weiterweiß, sehe ich Lorens an. Er macht, dass Situationen ihren Schrecken verlieren, das Gefühl von erdrückender Ernsthaftigkeit verfliegt.

Er löst alles. Lacht es weg. Japffka-esk. Zuhause. Immer.

Jetzt …

»Bleibt stehen! Ihr kranken Schweine!«

Ich sehe tausend Gedanken hinter seinen dunklen Augen wirbeln, die seine Miene ernst zeichnen, abschätzend. Ich bin nicht der Einzige, der sich an Lorens festhalten möchte.

»Sort …?«, höre ich Nathalie eindringlich flüstern. Sie klingt so wie ich mich fühle: unsicher, ohne Plan aber mit Wut und Angst im Bauch.

Lorens antwortet nicht, er hält nur das Tempo.

Hinter uns prasselt es. Ich kann das Geräusch erst zuordnen, als ich ein paar der kleinen Kieselsteine, die den Wegrand säumen, auf meinen Hinterkopf treffen fühle.

»Scheiße«, knurrt Lorens, kneift eine Sekunde lang die Augen zusammen und lässt Zornesfalten über seine Nase gleiten. Dann stoppt er plötzlich.

»Nimm ihn. Nath. Geht weiter.«

»Was?«, fragt Nathalie irritiert, wird aber unmittelbar von Lorens dorthin gezogen, wo er sie haben will. Zu Quentin. Er legt ihre Hände ineinander und stößt sie weiter. Dann packt er mich an der Schulter und schubst mich hinterher.

»Geh, Lys! Ich komme gleich.«

»Nein! Du kannst doch nicht …!«

»Shhhh!!«, zischt Lorens und funkelt mich streng an. »Sei leise! Geh weiter. Ich mache das schon. Ich komme in zwei Minuten! Versprochen! Pass auf die beiden auf, ja? Bitte. Lys. Es passiert nichts. Ja?«

Ich will auf keinen Fall ohne ihn weiterlaufen. Ich will ihm unbedingt glauben und auf ihn hören, aber ich weiß nicht, wie ich das tun soll, ohne wahnsinnig vor Angst um ihn zu werden.

Lorens wirbelt auf den Absätzen der schweren, schwarzen Stiefel herum und läuft dann los. So unbeschwert beschwingt, als hätte er nur etwas vergessen.

Als hätte sich die Stimmung der ganzen Situation mit einem Mal um 180 Grad gedreht.

»Na, ihr zwei? Redet ihr mit mir?«, flötet er.

Lorens klingt nie so. Seine Stimme wirkt verstellt, als wollte er sicherstellen, dass er zum Nachthimmel schreit, dass er das ist, was diese Arschlöcher in ihm sehen wollen.

Ich sehe die beiden Typen, die uns verfolgt haben, als sie in den Schein der Straßenlaterne stampfen. Sie wirken nicht so, als wären sie aus demselben Club gekommen wie wir. Auf dem Planeten Neon sind alle jung, abgehoben, verschwitzt, ein bisschen weggetreten, aber offen. Das sind erwachsene Männer mit gestutzten Bärten und hässlichen Schuhen.

»Du! Du und dein komischer schwuler Freund …!«, meint einer der beiden und zeigt an Lorens vorbei.

Nathalie hat Quentin weiter gezogen, sieht aber trotzdem über ihre Schulter und stoppt dann in der Nähe einer leeren Bushaltestelle.

Lorens winkt ab. Mit einer so überzogenen Bewegung als wäre er ein Schauspieler auf einer kleinen Bühne, der auch die hintersten Reihen in seinen Bann ziehen muss.

»Der scharfe Typ? Der ist nicht schwul. Der ist nur voll. Seine Freundin bringt ihn nach Hause. Ich helfe, weil ich nett bin.«

»Nett?! Du bist doch eine Schwuchtel, oder?!«, faucht einer der Männer ihn an.

Lorens lächelt. Und nickt. »Ja, ich bin schwul. Aber ich tue damit niemanden weh oder …«

Ich hasse was passiert.

So sehr.

Er schlägt auf Lorens ein, lässt ihn nicht mal seinen Satz beenden.

BÖSE

Vincent

Er triff ihn an der Schulter. Lorens taumelt einen Schritt nach hinten und fällt dabei beinahe über den Bordstein.

Ich will zu ihm laufen, aber ich werde ausgebremst.

»Nicht! Lass ihn! Er macht das schon!«, zischt Nathalie mir eindringlich zu. Dass sie mein Handgelenk so fest gepackt halten kann, verblüfft mich. Losreißen kann ich mich trotzdem.

»Nein! Was macht er denn?! Sich für euch verprügeln lassen?!«, fauche ich.

Ich weiß nicht, was ich da sage. Mir ist klar, dass Lorens keine Wahl gelassen wurde. Er konnte sich nur entscheiden, ob sie Quentin **und** ihm wehtun oder **nur** ihm.

Was er getan hat; Das Umdrehen, das ins Feuer laufen, das Wut nur auf sich ziehen. Ich weiß, das ist mutig.

Und so dumm.

Ich hasse, dass sich mein Bruder schlagen lassen muss.

Er hat nichts falsch gemacht.

Egal was er sagt, wie nett er es sagt, wie viel Verständnis er für die größten Charakterschweine dieser Welt aufbringt, er wird unfair behandelt. Beleidigt. Mit Schmerzen übersät.

Es war immer so.

Schon in der Grundschule, als Lorens seine Karten am Valentinstag lieber für Jungen zeichnen wollte und einer der Väter dieser Jungen, ihm dafür eine so heftige Ohrfeige verpasst hat, dass er eine Woche lang einen Abdruck im Gesicht hatte. Er war acht. Und er wollte niemandem etwas Böses.

Ich wusste nie, wie ich ihm helfen kann.

Er ist daran gewöhnt, dass es schwer für ihn ist. Er beklagt sich nie darüber, er hat trotzdem immer viel gelächelt. Ich nicht. Ich habe keine Lust, potenzielle Arschlöcher anzulächeln, Ausreden für sie zu erfinden oder höflich zu ihnen zu sein. Auch wenn Lorens das immer wollte.

Ich scheiße auf ›Vincent ist still‹.

Mein Hass ist zu groß.

Ich hätte auch ›Liebe‹ sagen können, aber was gerade in meinem Hals pocht und mich die Fäuste ballen lässt, will ich nicht ›Liebe‹ nennen. Wut und Hass passen besser zueinander.

»Du blödes, beschissen hässliches Arschloch! Er hat dir doch nichts getan!«, brülle ich und will den Typen nach hinten stoßen, der auf Lorens zuhält.

Bevor ich ihn erreiche, reißt mich mein Bruder aber hinter sich. Ich brülle trotzdem weiter, auch wenn Lorens mich nicht vorbeilässt.

Mir war nicht klar, wie viel Kraft mein Bruder hat. Er hält mich mit nur einem Arm hinter sich, streckt den anderen stoppend nach vorne, um die Typen auf Abstand zu halten, während ich sie anschreie.

»Fasst ihn nicht an! Wer glaubt ihr denn zu sein, das Recht zu haben, Fremde auf der Straße zu verurteilen?! Auf jemanden einzuschlagen, den ihr noch nie gesehen habt! Er könnte ein verdammter Engel sein, der täglich Leben rettet, aber ihr schlagt ihn, weil ihr nicht mögt, wen er vielleicht küsst?! Was für scheiß verdorbene Menschen mit verfickten Moralapostelkomplexen tun so etwas?!«

»Nath! Nimm ihn!«, ruft Lorens und schubst mich zu Nathalie, bevor er zu Boden geht.

Sie haben ihm in den Bauch geschlagen. Treten ihn gegen die Schulter.

Niemand hat mir zugehört.

Niemand.

Meine Stimmbänder brennen, mein Puls rast, mein Herz hasst, aber es bewirkt nichts.

Ich bin nur stark genug, um Nathalie daran zu hindern mich festzuhalten. Als ich mich einem der Typen in den Weg stellen will, schubst er mich auf die Straße. Wie das nervende ›Nichts‹, das ich bin.

Ich weiß nicht, wie ich helfen kann.

Niemand hört mir zu und ich bin zu unerfahren, um mich zu prügeln. Zu schwach.

Das Aufschlagen am Asphalt schmerzt. Aber nicht annähernd so, wie meinen Bruder stumpf aufstöhnen zu hören. Ich sehe, dass Quentin sich hinter der Bushaltestelle übergibt und dabei unheimlich krampft. Nathalie ist wieder zu ihm gelaufen, aber ich habe Angst, dass sie ihm genauso wenig helfen kann wie ich Lorens. Er sieht so krank aus. Ich weiß nicht, was los ist, ich merke ihm nur an, dass es ihm furchtbar geht und er trotzdem versucht, zu Lorens zu laufen. Nathalie lässt ihn nicht. Sein Körper hält ihn auch zurück. Er krampft alle paar Meter zusammen und würgt.

Ich hasse diesen Moment. Ich möchte nicht in ihm feststecken, ich möchte ihm entwachsen – sofort. Ich will, dass sich die Raumzeit krümmt und ich als erwachsener Mann durch diese Straße laufe und mich vor meiner eigenen Schwäche rette. Meinem Bruder helfe. Quentin beschütze.

Ich möchte erwachsen sein, immer alles im Griff haben, niemand soll mich einfach ignorieren können. Ich möchte eine Stimme haben.

Eine Sekunde lang glaube ich, dass ich zwar noch immer ein scheiß Kind, aber magisch bin, dann realisiere ich, dass der Mann, der plötzlich aufgetaucht ist, nicht ich aus der Zukunft ist, sondern irgendein schwarzhaariger Typ mit einem blauen Neonlicht um den Hals.

»Hey! Man tritt auf niemanden ein, der am Boden liegt!«, blafft er das Arschloch an, das meinen Bruder getreten hat.

»Was willst du?! Verpiss dich, sonst kriegst du auch aufs Maul! Scheiß Raver! Ihr seid doch alle Schwuchteln!«

Das Arschloch will ihn wegstoßen, aber er packt seine Hand, hält sie fest und beginnt den Kopf zu schütteln.

»Das würde ich wirklich sein lassen«, rät er mit ruhiger Stimme, aber im selbstbewussten Ton.

Er ist älter als Lorens, aber deutlich jünger als die beiden Bar-Arschlöcher. Sie sind größer als der Raver, dicker. Er ist schlank, aber breitschultrig. Und er hat nicht den Hauch von Angst davor, verprügelt zu werden. Selbst dann nicht, als sie auf ihn einschlagen.

Einer der beiden trifft ihn ein einziges Mal an der Schulter, den anderen Schlägen weicht er so schnell aus, als hätte er dafür trainiert.

»Mach dir keine Sorgen«, ertönt eine fremde Stimme hinter mir. Sie ist hell, weich, hat einen leichten Akzent, den ich nicht gleich zuordnen kann.

Als ich auf die Beine springe und mich umdrehe, steht ein schwarzhaariges Mädchen in einer blitzblauen Jeansjacke hinter mir.

»Er ist Kickboxer«, erklärt sie und schmunzelt mich an. »Hast du dir wehgetan? Ich bin an der Krankenschwesterschule, ich hätte sicher noch ein paar Pflaster in der Tasche.«

Ich schüttle den Kopf, mein Blick schnellt wieder auf die Szene, die plötzlich eine ganz andere Stimmung für mich bekommen hat. Die beißende Angst verfliegt. Es fühlt sich an, als würde ich einen Actionfilm sehen.

Ein einziger gezielter Schlag und zwei Tritte. Mehr braucht er nicht, um klarzustellen, dass er ihnen auch ernsthaft wehtun könnte.

Die beiden Arschlöcher laufen weg und der Raver dreht sich zu Lorens. Er streckt ihm die Hand hin, hilft ihm auf die Beine.

»Danke.«

»Schon gut. Ehrensache«, meint er und mustert meinen Bruder. »Noch alles dran? Irgendwo kommt da Blut aus dir raus. Ich glaube, du hast dir den Arm aufgeschürft«, stellt er fest und dreht sich zu dem Mädchen, mit dem er unterwegs zu sein scheint. »Hey, kannst du dir das mal ansehen? Das ist nicht mehr wirklich mein Spezialgebiet, ich kann nur Sauf-Kurtis und Nazi-Norberts in die Flucht schlagen, für mehr reicht es echt nicht.«

Sauf-Kurtis und Nazi-Norberts in die Flucht schlagen, klingt wie alles, was ich mir jemals als Fähigkeit vom Leben gewünscht habe. Er tut sein Geschick und seine Kraft aber ganz uneitel ab und winkt seine Begleitung heran.

Ich laufe auch auf Lorens zu, mustere meinen Bruder. Er ist etwas rot im Gesicht, aber nichts scheint aufgeplatzt oder zugeschwollen. Ich habe ihn schon schlimmer zugerichtet in seinem Zimmer liegen sehen oder blutend auf dem Teppich im Badezimmer. Mitzuerleben wie es passiert, ist aber eine ganz eigene Hölle. Vor allem, wenn man dabei so nutzlos ist wie ich.

»Darf ich mal sehen?«, fragt das Mädchen und greift vorsichtig nach Lorens Hand.

Sie beäugt die Stelle an seinem Arm, an der seine Jacke beim Fallen nach oben gerutscht ist. Dort, wo das Stück Haut freiliegt, auf der Quentin am Beginn dieses Abends Federn gezeichnet hat, die nun verschmiert sind. Nicht nur durch Schweiß und Straßendreck. Die schwarze Farbe mischt sich mit Blut aus der seltsamen Schramme, die Lorens ungerne zur Schau stellt. Dass er seinen Unterarm nicht gerne zeigt, schießt ihm wieder ins Bewusstsein, als das Mädchen irritiert den Kopf neigt.

Er zieht seinen Arm weg, lässt alles wieder unter der Jacke verschwinden und zuckt mit den Schultern.

»Ist eine alte Verletzung. Mir ist nichts passiert«, sagt er.

»Hmm. Bist du sicher, dass du nicht …?«

»Lass ihn! Tatsch ihn nicht an, wenn er das nicht will!«, faucht Nathalie und schlägt ihre Hand weg. Sie wirkt atemlos, vom vielen hin- und herlaufen, aber ihre Blicke können töten.

Das schwarzhaarige Mädchen weicht zurück, tritt einen Schritt hinter ihren Freund.

»Hey, sie wollte nur helfen, sie ist gut in erster Hilfe«, erklärt er und legt ihr den Arm auf die Schulter. Er wirkt ruhig, nicht so, als hätte er einen besonders aufbrausenden Charakter, obwohl er vor einem Moment noch absolute Dominanz verkörpert hat.

»Wir brauchen keine Hilfe. Danke«, blafft Nathalie und schafft es dabei, überhaupt nicht dankbar zu klingen.

Sie funkelt das schwarzhaarige Mädchen an, das sie ignoriert, weil ihr Blick an Quentin haften bleibt.

Er ist bleich, aber seine Augen wirken wacher als vorhin. Sein Körper gehorcht ihm wieder, seine Beine tragen ihn zu Lorens.

Als Quentin ihn um den Hals fällt, stöhnt mein Bruder kurz auf. Ich bin mir sicher, dass ihm zumindest die Rippen wehtun, aber er versucht es nicht zu zeigen. Er schmunzelt Quentin an, legt ihm eine Hand auf die Wange.

»Geht es dir besser?«, will Lorens wissen. »Siehst scheiße aus, aber das Zeug ist draußen, oder?«

Quentin schlägt ihm gegen die Brust. »Hör auf zu fragen, wie es *mir* geht! Ich hasse dich, Sort!«

Mein Bruder will lachen, aber er muss husten. »Ich dachte, du kannst es zumindest jetzt sagen.«

»Einen Scheiß sage ich dir! Hör auf damit! Dich für uns beide fertigmachen zu lassen! Allein. Hör auf, alles allein abbekommen zu wollen! Ich hasse das! Du traust mir nie zu, irgendetwas auszuhalten. In der Schule, auf der Straße, ich hasse, dass du dir wehtun lässt! Dass du dir selbst überhaupt nicht wichtig bist. Du dummer Idiot.«

»Vielleicht bin ich mir wichtiger, wenn du es mir sagst. Vielleicht passe ich dann besser auf mich auf, wenn ich weiß, was ich dir bedeute«, entgegnet Lorens und drückt Quentin einen Kuss auf die Wange.

»Könnt ihr mit den besonders schwulen Gesprächen warten, bis ihr zu Hause und allein seid? Nicht auszuhalten das scheiß Gesäusel«, giftet Nathalie.

»Eifersüchtig, weil du nicht mit kannst?«, fragt Lorens und streckt ihr die Zunge raus.

Sie winkt ab und wackelt mit den Brauen.

»Ich hab es Quen heute schon dreimal gemacht. Nimm dir, was übrig ist.«

Nathalie reißt triumphierend die Hand hoch und zeigt Lorens grinsend den Mittelfinger. Sie hat eine Schramme an der Innenseite ihres Gelenks, die mir noch gar nicht aufgefallen ist. Kurz habe ich Angst, dass ich sie auf dem Dachboden beim Rumalbern zu grob festgehalten habe, aber die Verletzung sieht nicht nach Bluterguss aus. Eher als hätte sie ein giftiges Tier gestochen.

»Eure Wunden«, tönt es mit leichtem Akzent von der Seite.

Nicht nur mein Blick ist an Nathalies Schramme hängengeblieben.

»Die offenen Stellen, von euren … passt auf, dass ihr keine Blutvergiftung bekommt. Dass ihr sie sauber haltet«, höre ich das schwarzhaarige Mädchen sagen. Sie sieht zwischen Lorens und Nathalie hin und her und mustert dann Quentin skeptisch.

Jetzt kann ich ihren Akzent zuordnen. Sie klingt Französisch.

Lorens mustert sie nur reaktionslos, Quentins Blick wird abweisend kühl und Nathalie zeigt ihr schlichtweg auch den Mittelfinger. »Danke, Madame Coquine! Va te faire foudres!«

Sie hatte Französisch an der evangelischen Mädchenschule. Aber sie war anscheinend nicht gut darin.

Ich bin mir beinahe sicher, sie wollte ›Va te faire foutre‹ im Sinne von; ›Leck mich‹, ›Du kannst mich mal‹ sagen. Gesagt hat sie aber: ›Geh dir Blitze machen‹.

Das französische Mädchen ignoriert sie, wahrscheinlich weil Nathalie einfach nur dumm in ihren Ohren klingt. Ihr Blick schweift zu mir. Es fühlt sich an, als würde sie mich nach etwas absuchen. Ich mag nicht, wie sie mich ansieht. Mitleid und Arroganz sind viel öfter dasselbe als Leute glauben wollen.

»Sollen wir dich nach Hause bringen, Kleiner?«, fragt sie mich.

Jetzt würde ich ihr gerne den Mittelfinger zeigen. Nicht nur, weil sie so klingt, als wäre ich ein verlorengegangenes Kind, um das sie sich kümmern muss. Aber hauptsächlich deshalb.

»Ich bin mit ihnen hier«, erkläre ich ihr brummend, was ihr eigentlich aufgefallen sein müsste. Sie nickt. Weil ihr das klar war.

»Ich dachte nur …« Sie zuckt mit den Schultern. »Vielleicht wollen sie noch woanders hin und du möchtest nach Hause.«

»Er ist mein Bruder. Wir kommen schon klar«, sagt Lorens, deutlich kühler als er sonst zu Fremden ist, aber immer noch netter, als ich ihr das gesagt hätte.

»Okay«, murmelt sie vor sich hin und klingt so beschissen besorgt, dass ich ihr gerne vor die Füße kotzen würde.

Sie soll aufhören mich anzusehen, als wäre ich ein entführtes Kind. Sie soll aufhören die Drei zu verurteilen, obwohl sie sie gar nicht kennt. Ich sehe es in ihrem Blick. Die beschissenen Vorurteile.

Ich weiß auch, dass ihr Verhältnis ungewöhnlich ist, nichts, was man im Nachmittagsprogramm im Fernsehen sieht, aber das macht sie nicht zu schlechten Menschen. Kratzer und Schrammen tun das auch nicht. Betrunken und ein bisschen zu vulgär sein macht sie nicht zu Kriminellen. Oder Teufeln.

Dass sie sie für so schmutzig hält, dass sie sich eine Blutvergiftung holen könnten, macht mich wieder wütend.

»Komm. Lass uns gehen.«

Lorens legt mir die Hand auf die Schulter und liest kurz in meinem Gesicht.

»Hör einfach nicht hin, ist nur Schwachsinn«, flüstert er, bevor er sich nochmal bei dem Raver bedankt und sich dann in Bewegung setzt.

Er nimmt Quentins Hand. Obwohl wir noch an ein paar Bars vorbei müssen.

Er lässt sich das ›Er selbst‹-Sein nicht wegprügeln, egal wie oft sie auf ihn einschlagen, wie laut sie ihn beschimpfen oder wie unfair er deshalb behandelt wird.

Ich kann nicht anders. Ich muss mich nochmal zu dem Raver und zu der Französin umdrehen und sagen, was ich denke. Auch wenn mir niemand zuhört.

»Sie holen sich keine Vergiftung, weil sie dreckig sind«, wiederhole ich den Mist, den sie vorhin gesagt hat, als sie sie gewarnt hat, dass sie sich vor einer Blutvergiftung hüten sollen. »Sie sind nicht schmutzig, nur weil sie anders sind als du. Und wenn du Angst hast, dass ich mich bei ihnen mit dem ›schmutzig Sein‹ anstecke, bist du noch dümmer als selbstgefällig und das will schon etwas heißen.«

Ihre Augen werden groß. Sie starrt mich eine Sekunde lang an, als hätte sie noch mehr Mitleid mit mir, dann schüttelt sie den Kopf.

»Du verstehst mich falsch. Wirklich. Ich …« Sie beißt sich auf die Lippen, schmunzelt schwach. »Vergiss es. Entschuldige. Alles Gute. Ja? Au revoir.«

Jetzt zeige ich ihr doch noch den Mittelfinger.

Unfassbar wie beschissen arrogant alles klingt, wenn man nicht nur ein Idiot, sondern auch noch Franzose ist!

Ich stapfe Lorens und den anderen nach. Bevor ich zu ihnen aufschließen kann, höre ich die beiden hinter mir aber noch miteinander murmeln.

»Mach dir die Hände sauber. Du hast sein Blut abbekommen. Die HIV-Rate ist leider enorm hoch unter …«

»Fickt euch!«, brülle ich nach hinten und knurre vor mich hin.

Von wegen ›Du verstehst mich falsch‹. Ich weiß, dass sie ›Schwule‹ sagen wollte.

Nichts anderes würde Sinn machen.

Als ich zu Lorens und Quentin aufschließe, fällt mir auf, dass Nathalie die Straßenseite gewechselt hat.

»Wohin geht sie?«, will ich wissen.

Es ist kurz still, dann zuckt Lorens mit den Schultern. »Trifft sich noch mit anderen Freunden.«

»Es ist drei Uhr morgens«, sage ich irritiert und sehe, wie der schwarze BMW, der vorbeifährt, plötzlich langsamer wird. Er hält auf der anderen Straßenseite.

Nathalie steigt ein.

Ich weiß nicht warum. Ich frage nicht nochmal nach, ich fühle mich nur komisch. Müde. Verwirrt.

Lorens legt mir die Hand auf die Schulter.

»Alles gut?«, fragt er und sieht mich mit den Schultern zucken.

Ich denke nicht, dass alles ›gut‹ ist. Nichts ist das. Nicht mal der Raver war einer von den Guten. Wahrscheinlich gibt es so etwas gar nicht. ›Die Guten‹.

Jeder ist scheiße. Dumm. Verlogen. Irgendwie ist das ernüchternd. Und beruhigend.

»Ich bin müde«, sage ich zu Lorens. Er rubbelt mir über die Haare.

»Du kannst in meinem Bett schlafen«, bietet Quentin an.

Ich blinzle irritiert. Was er damit meint, verstehe ich erst, als wir die kalten, dreckigen Straßen hinter uns lassen.

GUT

Vincent

Quentins Zimmer ist unheimlich sauber. Sein Bett ist breiter als meines, kein Doppelbett, aber man könnte hier zu zweit liegen. Das Kissen riecht ein bisschen nach Parfum aber hauptsächlich nach Weichspüler.

Auf den Nachttisch liegt ein Buch. ›*Die Sache mit Christoph* – von Irina Korschunow‹. Ich beginne zu lesen, aber meine Augen werden schnell schwer.

Ich würde mit dem Hardcover auf der Nase einschlafen, würde ich nicht nochmal hochschrecken, weil ich mir einbilde, dass jemand im Türrahmen steht.

Manchmal spielt mir mein Unterbewusstsein solche Streiche. Dann denke ich, Einbrecher würden im Haus rumlaufen und einfach in meinem Türrahmen …

»Du kannst sie hören«, tönt es aus der Dunkelheit.

Ich richte mich erschrocken auf, weil ich mir sicher bin, dass ich nicht träume. Da steht wirklich jemand im Schatten der Tür. Kein Einbrecher. Zumindest wäre er ein sehr schmächtiger Einbrecher.

Finn trägt ein hellgraues ›Jurassic Park‹-Shirt und die kurzen Shorts, die wir immer zum Turnen anziehen müssen. Er tritt so leise ins Zimmer, dass man nicht mal die Holzdielen knarren hört.

»Bist du immer so spät wach?«, will ich wissen, weil er nicht verschlafen wirkt. Als wir ins Haus gekommen sind, war alles totenstill und dunkel.

Finn antwortet nicht, kommt nur auf mich zu und steigt dann auf Quentins Bett. Ich neige irritiert den Kopf, halte den Rand der Bettdecke fest und mache mir bewusst, dass ich Finn so überhaupt gar nicht einschätzen kann. Er ist wie eine fremde Katze, die auf einen zukommt und von der man nicht weiß, ob sie einen gleich das Gesicht zerkratzen oder um die Beine streichen möchte. Eigentlich will ich beides nicht.

»Was wird das?«, frage ich, als er über mich steigt.

Finn streckt sich nach der Decke.

»Wenn du die Luke etwas aufschiebst, kannst du sie hören«, sagt er und drückt das kleine Stück Holz so vorsichtig zur Seite, dass es kein Geräusch macht.

Ich halte trotzdem die Luft an und starre an die dunkle Decke.

»Mach zu!«, flüstere ich viel zu leise, weil ich Angst habe, dass der Schall die Stimmen in beide Richtungen gleich gut trägt.

Finn hört mich. Ich sehe ihn schmunzeln, obwohl nur der Mond Licht ins Zimmer wirft. Er steigt vom Bett, greift sich das Buch, das neben mir auf der Matratze liegt und beäugt das Cover.

»Es macht Spaß, sie zu hören«, sagt er und klingt dabei, als würde er nur etwas Beiläufiges erwähnen.

Nachdem er das Buch auf den Nachttisch gelegt hat, tapst er aus dem Zimmer. Im ersten Moment will ich ihm nachrufen, dass er zurückkommen soll, dann fällt mir aber ein, dass ich das überhaupt nicht will.

Es schüttelt mich, weil sein letzter Satz so seltsam war. Zumindest könnte man ihn seltsam interpretieren. Vielleicht meinte er die unterhaltsamen Kabbeleien, die lustigen Dialoge und die witzigen Geschichten, die sie sich oben erzählen und an denen er Spaß hat. Das ›Oder‹ drängt sich mir gerade leider ganz offensichtlich auf.

Ich starre an die dunkle Decke, habe einerseits Angst, die Luke zu schließen, andererseits will ich sie unbedingt zumachen. Erwischt mich jemand dabei, bin ICH aber am Ende der kleine Freak, dem unterstellt wird, dass er sich einen runterholt, weil er es geil findet, wenn er seinen Bruder ficken hört.

In meinem Kopf kreisen so viele merkwürdige, ekelhafte und irgendwie auch geile Gedanken, dass mir ganz schwindelig vom Nachdenken wird. Wie Quentin Nathalie fickt, würde ich gerne sehen. Ich meine hören. Ich meine …

Es hilft kein bisschen, dass in Quentins Zimmer das Ölgemälde eines Mädchens mit langen dunklen Haare hängt, das auf einem schwarzen Sofa liegt, während ihre Hände in ihrem weißen Kleid verschwinden und ihr Gesichtsausdruck ›Selbstbefriedigung‹ schreit.

Irgendwie ist es krass seltsam hier. Düster, verwirrend und ein bisschen beklemmend. Das Haus hat spezielle Vibes, wahrscheinlich ebenso wie die Familie, die in ihm lebt.

Dass Finn hier einfach reinkommt, mich in so eine Situation bringt und dann verschwindet, ist schräg.

Ich weiß nicht, wo er war, als Quentin ihn den Anschiss des Jahrzehnts gegeben hat, weil er ungefragt in seinem Zimmer war, aber anscheinend war Finn dabei nur körperlich anwesend. Oder er scheißt einfach darauf, was sein Bruder von ihm verlangt. Quentin ignorieren zu können, erfordert fast schon übermenschliche Kräfte. Ich kenne niemanden, der einen so einschüchternd ansehen kann, der so viel Kälte ausstrahlt, bei dem man aber gleichzeitig das Gefühl hat, dass man unbedingt von ihm gemocht werden will.

Ob Finn und Quentin sich gernhaben kann ich nicht sagen. Ich kann mir kaum vorstellen, dass man seinen eigenen Bruder hasst, aber andererseits gehe ich dabei auch von Lorens und meinem Verhältnis aus.

Seit ich Finn und Quentin zum ersten Mal gemeinsam erlebt habe, weiß ich das, was ich mit meinem Bruder habe, mehr zu schätzen. Wobei ich nicht sagen kann, wie die beiden miteinander umgehen, wenn sie allein sind. Lorens und ich sind allein auch anders, wenn wir mit Mama über Filme reden oder in seinem Zimmer rumalbern. Früher haben wir das oft gemacht. In letzter Zeit schläft Lorens zu Hause viel vor oder nach. Nachts ist er weg.

Mir fällt auf, dass ich nichts höre. Vielleicht hat Finn die Luke nicht weit genug geöffnet oder die beiden schlafen schon. Sie waren unheimlich fertig. Ich hasse, dass sie manchmal so krank aussehen. Das ist erst seit einer Weile so. Früher war ihr Immunsystem besser. Vielleicht weil sie mehr gegessen haben. Sie sind dünner geworden. Nicht mager, aber kurz davor.

»Vincent.«

Ich schrecke hoch und richte mich wieder im Bett auf. Zwei Sekunden lang bin ich mir sicher, dass Lorens ins Zimmer gekommen ist, dann realisiere ich, dass seine Stimme von oben kommt. Das Bett knarrt. Nicht das, in dem ich liege, die Matratze über mir. Ich konnte die beiden nicht hören, weil sie in einem anderen Teil des Dachbodens waren. Als sie sich aufs Bett legen, werden ihre Stimmen glasklar. Ich kann sie sogar an der Zigarette ziehen hören. Sie reden über …

»Er ist viel zu jung, um gewisse Dinge zu verstehen«, sagt Lorens.

Sie reden über mich.

»Ich weiß nicht, wie lange er das noch will, aber … ich habe ihn gerne dabei. Stört es dich?«, will er von Quentin wissen.

Ich weiß nicht, wie Lorens darauf kommt, dass ich aufhören könnte mit ihnen ausgehen zu wollen.

Das wird nie eintreten.

Dass er mich mitnimmt, ist die coolste Sache, die mir passieren konnte. Ich muss nicht mehr nachts allein zu Hause sein, stattdessen kann ich Bier mit dem schönsten Mädchen der Stadt trinken und beim beliebtesten Jungen der Schule übernachten.

»Nein, es stört mich nicht. Aber …«

Ich halte den Atem an, als Quentin eine Pause macht. »Es stört dich«, unterstellt er Lorens.

»Was meinst du?«

»Naivität ist Unschuld, Sort. Es fällt dir schwer zu sehen, wie ihm seine skeptische Klugheit die Unschuld aus dem Charakter fickt. Zuzusehen wie er sie verliert, das fällt dir schwer. Das macht dir Sorgen. Oder?«

Es ist ein paar Sekunden lang ganz still. Dann sagt Lorens doch etwas.

»Ja.«

»Hast du Angst, dass er so wird wie ich?«, will Quentin wissen.

»Ja.«

»Verstehe.«

Zwei Sekunden herrscht wieder Stille. Dann klingt Lorens plötzlich vorsichtig leise.

»Bist du mir böse deshalb?«, will er wissen.

»Nein«, entgegnet Quentin, ohne lange darüber nachdenken zu müssen. »Du bist zu dumm, um es zu verstehen«, unterstellt er meinem Bruder, ohne wirklich einen Vorwurf durchklingen zu lassen.

»Ich weiß«, meint Lorens hinnehmend. Ich höre, dass er schmunzelt.

Ich muss daran denken, dass Lorens mich heute ›kleiner Dämon‹ genannt hat, als er mir gesagt hat, dass Quentin mich mag, weil er ein Teufelsjunge ist und wir aus derselben Ecke kommen.

Warum er sich Sorgen macht, dass ich so werden könnte wie Quentin, verstehe ich nicht. Ich wäre gerne wie er.

Während mir die Augen langsam zufallen, stelle ich mir vor, wie es sein wird, wenn wir alle älter sind. Erwachsen.

Ich weiß, dass Quentin um die Welt reisen und Lorens in allen großen Clubs tanzen möchte. Wahrscheinlich sehen wir uns nicht oft, vielleicht ziehen sie weg, irgendwohin wo es einfacher und bunter ist – Amerika. Aber wenn wir uns sehen, wird es immer schön. Denke ich. Nein, ich weiß es. Nathalie erzählt mit vierzig bestimmt noch immer die krassesten Geschichten von früher.

»Bist du eingeschlafen?«

»Hmmm?«, summe ich irritiert und drehe den Kopf zur Seite. Da liegt niemand neben mir. Ich bin nur kurz weggedöst und realisiere erst jetzt, dass die Stimme meines Bruders noch immer von oben kommt.

»Nein. Ich bin wach«, antwortet Quentin ihm. »Ich bin immer wach, wenn du hier bist, oder?«

»Ja. Du spinnst. Mach die Augen zu. Schalt ab. Schlaf.«

»Ich weiß manchmal nicht mehr, wie das geht.«

»Schlafen? Ist wie ohnmächtig werden nur mit mehr Entspannung.«

»Abschalten …«, brummt Quentin monoton vor sich hin.

»Über was denkst du nach?«, will Lorens wissen.

»Darüber, was wir vorhin gemacht haben und was die Welt dazu zu sagen hat«, lautet Quentins Antwort.

»Hör auf darüber nachzudenken, was die Welt zu meinem Arsch zu sagen hat und denk an Tennis«, rät Lorens. Ich will mir das Kissen auf die Ohren drücken, aber mir wird klar, dass sie schon fertig mit dem Sex sind.

»Tennis hilft mir immer beim Einschlafen, ist scheiße monoton und Gras zu sehen entspannt mich irgendwie fast so, wie es zu rauchen. Weißt du, was ich meine?«

»Denkst du nie in schlaflosen Nächten darüber nach?«, will Quentin von ihm wissen. »Wie beschissen unfair alles ist? Nicht mal, nachdem sie dich halb blind geprügelt haben, weil du nicht lügen willst, wenn dich jemand fragt, ob du eine Schwuchtel bist?«

»Kein Wunder, dass du nicht schlafen kannst. Krass schwermütige Gedanken. Klar ist es unfair. Aber ich denke, die Zeiten ändern sich langsam. Weißt du, was ich meine? Meine Mutter hat mir mal erzählt, in den 70ern und 80ern war es noch schwieriger man selbst zu sein. Irgendwann wird es normal. Endlich in Ordnung. Denke ich. Es fühlt sich zumindest so an, als würde sich etwas tun. Selbst wenn uns dieser Mist passiert.«

»Weißt du, wie es sich anfühlt? Für mich?«, setzt Quentin an. »Als wären wir zu früh aufgewacht. Vor allen anderen. Aufgewacht, während alles um uns herum noch dunkel ist, die anderen noch schlafen. In einer Zeit, die noch nicht bereit dazu ist, so aufgeklärt zu sein, wie wir es verdient hätten. Dann, wenn egal geworden ist, wen du liebst, wie du ficken willst – dann will ich leben. Nicht jetzt. In beschissener Dunkelheit. Vielleicht kurz vor einem Sonnenaufgang, der eine Zeit ankündigt, die nicht mehr unsere ist. Ich will dorthin, wo alle schon längst wach sind, wo es hell ist und bleibt.«

Ich schlucke schwer. Verbiete mir zu husten. Quentins Schmerz wiegt eine ganze Tonne und ich kann seine Schwermut bis hierher fühlen.

»Du willst dorthin, wo es *immer* hell bleibt?«, fragt Lorens nach.

Ich höre den Schalk in seiner Stimme, den er auch immer durchklingen lässt, um mich aufzuheitern, wenn ich am Boden bin. Aber meine Schwermut hat noch nie eine ganze Tonne gewogen.

»Boah, echt keinen Bock mit dir nach Nordschweden zu ziehen und in die Mitternachtssonne zu starren. Ist dir schon mal aufgefallen, dass ich ein Goth bin? Ich fühle mich dort doch deplatzierter als damals zwischen den angehenden Religionslehrern am Seefest, die überraschend fest zugeschlagen haben, für jemanden dessen krassester Song auf dem Walkman ›Gottes Liebe ist so wunderbar‹ ist.«

Quentin schweigt kurz, bevor er nachfragt.

»Wie ist das? Aus allem einen Witz machen zu können, das dich eigentlich von innen heraus zerreißen sollte?

»Schön«, gibt Lorens zu. »Fühlt sich wie eine machtvolle, wirklich dumme Waffe an. Manchmal auch nach davonlaufen, aber wenn du schnell genug läufst, tut es irgendwie gut. Ich denke nicht so viel wie du. Seit ich dich kenne, weiß ich, dass es weh tut zu klug zu sein, zu viele Gedanken zu haben.«

»Ja«, meint Quentin nur leise.

»Soll ich was versuchen, damit du dich entspannen kannst?«

»Was denn?«

»Mach die Augen zu.«

»Und dann?«

»Dann sind wir kurz glücklich. Im Dunkeln.«

Ich lasse sie glücklich sein.

Die kleinen Kopfhörer von Quentins Discman sind zwar nicht geräuschunterdrückend, aber sie helfen mir mich so lange abzulenken, bis ich einschlafe.

Phil Collins singt darüber, dass es Menschen gibt, die eine ganz besondere ›Groovy kind of love‹ haben. Und ich glaube ihm.

FEINDE

Vincent

»Kannst du das Kreuz bitte abnehmen, Lori?«

»Mama! Das ist mein Glaube! Den kann ich nicht einfach ›abnehmen‹.« Lorens zeigt Gänsefüßchen mit den Fingern, versucht ernst zu bleiben, muss aber selbst in schallendes Gelächter ausbrechen, weil er so viel Müll erzählt.

Mama verdreht die Augen. »Gerade steht für Gott, verkehrt für den Teufel, du trägst es seitwärts, darf ich fragen, wen du anbetest, Schatz?«

»Bon Jovi«, lautet Lorens spontane Antwort, die er mit einem angedeuteten Victory Zeichen und andächtig gesenktem Kopf untermalt.

Mama lacht kurz, dann stellt sie sich vor ihn und rubbelt ihm sanft über die Oberarme.

»Bitte, Lori. Du weißt warum, ja?«

Jetzt ist es Lorens, der die Augen verdreht. Er nimmt das silberne Kreuz trotzdem vom Hals.

»Quentin macht mir sowieso bald einen richtig schönen Anhänger«, verrät er.

»Das ist nett von ihm«, sagt Mama schmunzelnd und wühlt weiter in einem Haufen Jacken nach ihrer.

Unser Vorzimmer ist in der kühleren Jahreshälfte nach dem Chaos-System sortiert. Neunzig Prozent Chaos, zehn Prozent System. Deshalb steckt man hier auch quasi in der Vorhölle fest, sobald wir alle gleichzeitig los müssen.

»Bitte, ich verpasse meinen Bus!«, jammere ich, weil ich nicht zu meinen Schuhen komme, solange Lorens und Mama ihr Zeug nicht finden und beim Suchen den Bereich um die Garderobe blockieren.

»Wir haben Haken an der Wand! Da kann man Jacken und Taschen aufhängen!«, rufe ich und lasse den Kopf genervt in den Nacken fallen. »Die Haken sind toll! Wieso verwenden wir die Haken nicht? Sie sind wunderschön!«

Lorens grinst. »Vini redet so viel über Haken, wenn er erwachsen ist, wird er Pirat. Oder Serienmörder!«

Mama lacht und dreht sich zu mir. »Willst du deshalb unbedingt HOOK sehen, Schatz?«

»Lorens will in HOOK!! Ich will in Wolfsblut! Wolfs-blut!«, wiederhole ich gefühlt zum siebten Mal, seit wir angefangen haben darüber zu reden welchen Film wir mit dem Ausdrucks-Glas-Geld sehen wollen.

»Jetzt brüllt er auch noch ›Blut‹ rum. Mama, mach die Tür zu, die Nachbarin ruft gleich das Sondereinsatzkommando.«

Ich hasse es, wenn sie ihren Humor wie ihre Jacken auf einen Haufen werfen und sich gegen mich verbünden. Ich hasse es nicht wirklich, es ist lustig, allerdings erinnert es mich daran, dass ich auch jemanden im Haus haben könnte, der mir ähnlich ist.

Aber Papa wird nie hier sein. Und ich rege mich allein über das Garderoben-Chaos auf.

»Na also!«, tönt Mama triumphierend, zieht eine schwarze Jacke und eine blaue Tasche aus dem Haufen und blickt dann auf die Uhr.

»Scheibenkleister bin ich spät dran! Habt ihr mein Portemonnaie gesehen?«

»Vielleicht hast du es wieder im Spital liegenlassen«, mutmaßt Lorens und schnappt sich seinen Rucksack.

»Gestern lag es noch hier neben den Briefen«, erinnere ich mich und sehe Mama nachdenklich werden. Sie überlegt wahrscheinlich, wo sie es hingetragen hat, aber es scheint ihr nicht einzufallen.

»Du kommst zu spät«, meint Lorens, greift ihr Handgelenk und zieht ihr das Ziffernblatt der Armbanduhr vor die Nase.

»Ah, verflixt! Ich …«, sie schüttelt den Kopf, scheinbar um ihre Gedanken umzusortieren. Als sie Lorens die Hand auf die Schulter legt, wirkt sie nicht so gehetzt wie sonst um diese Zeit.

»Komm heute Abend auch mal nach Hause, ja? Vielleicht kannst du deinen Bruder später abholen. Dann könnt ihr gemeinsam nach Hause fahren. Ich hab' dir das neue Stephen King Buch aus der Bahnhofsbücherei mitgebracht. Die Plätzchen, die du so magst, sind in der Speisekammer.«

»Okay. Mach ich. Danke«, entgegnet Lorens nickend.

Sie mustert ihn einen Moment lang weiter still, dann ergreift der Zeitdruck wieder Besitz von ihr. Mama dreht sich schwungvoll zu mir und drückt mir einen Kuss auf die Schläfe.

»Viel Spaß, Vini! Ich will morgen alles über dein erstes Mal hören, ja?«

Ich brumme verstört vor mich hin, weil sie das so unglücklich formuliert hat.

Nachdem Mama als Erste zur Haustür rausgelaufen ist, um ihren Zug zu erwischen, klopf mir Lorens auf den Rücken.

»Na Lys? Freust du dich darauf, Mama von deinem ersten Mal zu berichten? Macht ihr eine Kerze an oder wäre das zu schräg für die Stimmung?«

Ich verziehe das Gesicht und mache ein Würgegeräusch.

»Erzählst du mir auch davon oder soll nur Mama wissen, wie es für dich war?«, fragt er lachend.

»Manchmal hört sie echt nicht, was sie sagt«, murmle ich und bücke mich, um mir die Schuhe zu binden.

»Nö. Aber sie meint es gut«, erinnert mein Bruder mich an etwas, das ich sowieso weiß und hält mir die Tür auf.

Wir müssen beide zur selben Bushaltestelle. Lorens fährt bis in die Innenstadt, weil er sich dort mit einem Bekannten trifft, ich steige ein paar Stationen vorher bei den Kultur- und Sporthallen aus.

Unsere Haustür ist noch immer kaputt. Wir verschließen sie von außen, indem wir einen Strick um die Schnalle knoten, der dann zum Fenstersims verläuft und dort an einen Nagel eingehakt wird, der im Topf der Begonien steckt. Mein Vorschlag war ein

›**Bitte nicht zum Stehlen oder Töten reinkommen, danke**‹-Schild.

Das hätte man schneller außen angeklebt, als jedes Mal am Sarggefäß der toten Begonie rumzurütteln und sich an dem rostigen Nagel Tetanus einzufangen.

Mein Vorschlag war klarerweise sarkastisch gemeint, weil ich die Idee mit dem Strick sagenhaft scheiße fand, aber das dumme Schild-Konzept wächst mir immer mehr ans Herz, zumal ich es lächerlich finde, wie lange wir hier immer stehen und versuchen, unser Haus wie einen Hund an einen Blumentopf zu binden.

»Wann ruft Mama beim Tischler an?«, brumme ich und lasse den Kopf wieder genervt in den Nacken fallen.

»Nie«, lautet Lorens unmissverständlich klare Antwort.

»Ich komme zu spät!«

»Echt? Die meisten kommen beim ersten Mal zu früh«, verarscht Lorens mich und klopft nochmal auf den Begonien-Topf, als wollte er ihn ermutigen, die Sache mit dem Haus gut zu machen.

Wir laufen die paar Treppenstufen nach unten, die von unserer Haustür zum Weg führen. Auf halber Strecke zum Gartentor verdrehe ich die Augen. Unsere alte Nachbarin Frau Widmer fegt ihre Terrasse. Das macht sie jeden Nachmittag, hauptsächlich deshalb, weil sie dann kontrollieren kann, wer abends nochmal sein Haus verlässt und wie er dabei aussieht.

Ich weiß nicht, warum manche Menschen aus der älteren Generation glauben, dass es in Ordnung ist, andere Leute so offensichtlich neugierig anzustarren, dass sie dabei mit leicht offenen Mündern und urteilend verzwicktem Blick in der Bewegung versteinern, aber die alte Widmer stoppt das Fegen so zuverlässig wie immer und starrt zu uns rüber, als wären wir ihr Fernsehprogramm. Sie mag den Sender nicht, aber sie glotzt ihn trotzdem bis ihr die Augen rausfallen. Sie dreht sogar den Kopf mit, als sie uns beim Vorbeigehen nachsieht. Ihr Diskretions-Level ist Minus Siebzig.

»Was?!«, fauche ich, weil ich es langsam leid bin, höflich zu Leuten zu sein, die nicht mal daran denken auch höflich zu mir zu sein.

»Lass das«, flüstert Lorens hinter mir, greift die Hände, die ich hochgerissen hatte damit sie noch mehr zu glotzen hat, und drückt sie wieder runter.

»Guten Abend, Frau Widmer«, sagt mein Bruder und lässt sich dabei anstarren wie ein Zirkustier.

Mama hat ihn vorhin gebeten das Kreuz abzunehmen, weil er die alte Schachtel damit erschreckt. Zumindest hat Frau Widmer das mal behauptet. Lorens trägt nur schwarz, andere Jungen übernachten hier – er soll kein Kreuz entweihen. Was sie eigentlich sagen wollte, war, dass sie alles verbieten will, was ihr nicht in den Kragen passt. Gerne auch mit der Androhung von Fegefeuer und Gottes Zorn.

Gott kann mich aber sowas von am Arsch lecken, wenn er ein ganzes Universum erschaffen hat, aber so prätentiös ist, die Grenze für Verdamnis bei schwarzem Humor, gleichgeschlechtlicher Liebe und zu dunklen Klamotten zu ziehen.

Die Alte als ›Hexe‹ zu bezeichnen wäre unfair. Hexen gegenüber. Sie ist nämlich keine supercoole, naturverbundene Zauberin, sondern eine dieser verurteilenden, oberneugierigen Einmischer-Menschen, die früher unter Garantie neben dem Scheiterhaufen standen und selbstgefällig genickt haben, während eine Frau, die Aloe Vera zu einer nützlichen Creme machen konnte, gebrannt hat.

Lorens ist viel zu nett. Zu allen.

Ich glaube zwar nicht an Gott, aber die, die es tun, haben mir erzählt, was mit Jesus passiert ist, nachdem er sich ein Leben lang den Arsch für einen Haufen Fremde aufgerissen und immer die andere Wange hingehalten hat.

Allein die Tatsache, dass sie ausgerechnet mit dieser düsteren Geschichte Nächstenliebe propagieren wollen, hat mir klar gemacht, dass die Kirche ihre Anhänger für einen Haufen Leichtgläubige hält, die sich an alles klammern würden, das ihnen verspricht, ihr Leben besser zu zaubern und ihnen alle Sünden zu verzeihen, wenn sie oft genug die Hände falten und Amen sagen.

Vielleicht bin ich auch nur so kritisch und sauer auf Religion, weil es immer diese Pappnasen sind, die am lautesten hassen, sobald sie einen Freifahrtschein dafür bekommen. Schwulsein geht natürlich gar nicht. Eine Jungfrau ungefragt Zauberschwängern ist in Ordnung, aber zwei Männer, die sich lieben ist kranker Scheiß. Und ich soll trotzdem höflich bleiben und einen ›Guten Tag‹ wünschen. Das klingt absolut logisch und fair. In ihrer Welt. Nicht in meiner.

Ich komme zu spät.

Als ich die Umkleidekabine betrete, ist sie schon voll mit Straßenkleidung aber menschenleer. Dass ich mich allein umziehen kann, ist angenehm. Dass ich danach in die Eröffnungsrede der allerersten Stunde platzen muss, ist das Gegenteil davon.

Ich trete in die hell beleuchtete Turnhalle und werde von zwanzig fremden Jungen angestarrt.

Ich erwidere keinen ihrer Blicke, weil es mir gleichgültig ist, ob sie mich für einen Idioten halten, der Unpünktlichkeit für cool hält.

Ich konnte nicht pünktlich sein, weil eine Garderobe für meine Mutter und meinen Bruder nur ein nettes Gedankenkonzept ist, das zwar als Idee existiert, aber mit dem man nicht wirklich interagieren kann – wie das Christkind. Außerdem mussten wir noch unser Haus festbinden und zu Satan zu beten, er möge die schwulenfeindliche, starrende Schachtel niederstrecken, hat auch ein paar Minuten gekostet. Deshalb habe ich den Bus verpasst und musste auf den nächsten warten.

Es ist mir gleichgültig, was sie denken. Ich bin nicht hier, um Freunde zu finden. Obwohl ich eigentlich genau deshalb hier sein muss.

Als Lorens Mama versprochen hat, dass ich mir einen Club oder einen Verein außerhalb der Schule suche, dachte ich, dass ich mich einfach weiter drücken werde. Das wollte ich aber plötzlich nicht mehr, weil mir etwas eingefallen ist, das ich wirklich machen will. So unbedingt, dass es mir sogar egal ist, ob ich dabei mit noch mehr gleichaltrigen Idioten interagieren muss als ohnehin schon in der Schule.

Ich platze mitten in die Ansprache eines großen, blonden Mannes in einem schwarzen Trainingsanzug.

»... die 1974 noch ›Contact-Karate‹ genannt wurde. Weiß jemand von euch ... Hallo, der Herr. Bus verpasst?«, fragt der Mann, der eigentlich nur der Trainer sein kann, weil er mit Abstand der älteste im Raum ist.

Er schmunzelt mich an, mit verschränkten Armen, seine Körpersprache ist trotzdem nicht abweisend.

Ich war mir sicher, ich würde zumindest eine verbale Zurechtweisung kassieren. Ich hatte mich auch schon auf noch strengere Maßnahmen eingestellt: Verweis aus der ersten Stunde, Runden laufen, irgendeine Form von Demütigung.

Meine Erwartungshaltung ist von einer alteingesessenen Knabenprivatschule geprägt.

Ich hätte es auch nicht hinterfragt, hätte mich jemand ›asozial‹ genannt und einen vorwurfsvollen Brief an meine Mutter verfasst.

Alles schon erlebt. Was ich noch nicht erlebt habe, ist eine Autoritätsperson, die wie ein normaler Mensch denkt und einfach hinnimmt, dass auch mal etwas schiefgehen kann.

»Ja. Bus verpasst«, brumme ich leise und stelle mich zu den anderen. Hinter die anderen. In die letzte Reihe. Einen Schritt weiter nach hinten.

»Wie heißt du?«, ruft der Trainer mir zu. Alle drehen sich nach mir um. Ich denke, ich mag ihn doch nicht. Ich hasse es, angestarrt zu werden.

»Vinc«, sage ich.

Es ist das erste Mal, dass ich mich so vorstelle, aber es fühlt sich passend an – für mein erstes Mal.

Mir wird klar, dass mich hier niemand kennt und ich sein kann, wer ich möchte.

Was etwas zu verträumt optimistisch klingt. Ich bleibe ein arrogant brummendes kleines Arschloch, das keinen Bock auf andere hat, aber ich darf mich jetzt dabei ›Vinc‹ nennen.

»Vinc!«, wiederholt der Trainer beschwingt aber doch in dem selbstbewussten Ton von jemandem der oft vor vielen anderen spricht und gerne gehört wird.

Er ist jünger als die meisten meiner Lehrer. Und er sieht genauso aus, wie ich gerne mal aussehen würde: Fit, muskulös, unerschrocken selbstischer, auf eine gelassene Weise dominant.

»Verrätst du uns, warum du hier bist, Vinc? Die anderen haben das auch schon beantwortet. Warum hast du dir Kickboxen als Sport ausgesucht? Warum nicht Fußball?«

Weil ich niemanden mit einem Fußball verprügeln kann.

Anstatt das zu sagen, schweige ich mich aus und brumme nur in mich hinein. Ihn interessiert die Antwort doch sowieso nicht wirklich.

Ich kann ihm egal sein, er soll mir nur zeigen, wie ich nie wieder vor Sauf-Kurtis und Nazi-Norberts zurückweichen muss.

»Es gibt keine falsche Antwort. Sag einfach, was dir den Anstoß gegeben hat. Egal ob es ein großer Wunsch oder eine kleine Idee war.«

Jetzt fühle ich mich irgendwie provoziert.

Es gibt keine falsche Antwort, hört sich gelogen an. Ich bin mir sicher, Gewalt ausüben zu wollen, ist eine falsche Antwort für jemanden, der Kampfsport lernen möchte.

Ich bin in letzter Zeit gerne wütend. Vielleicht ist das die Pubertät. Vielleicht bin ich es aber auch nur leid ›Vincent ist still‹ zu sein.

»Ich will Leuten aufs Maul hauen können«, werfe ich ihm an den Kopf. Und bin mir im nächsten Moment sicher, dass er mich jetzt rauswirft.

Ich beiße mir auf die Lippen, weil ich es hasse, wenn ich dumm bin. Das hier war mir wichtig. Jetzt ist es weg, bevor es angefangen …

»Wieso willst du das?«, will der Trainer wissen. Ich hatte nicht damit gerechnet, dass er nachfragt.

Ich starre kurz ins Leere, zurück in die Nacht, in der ich alles dafür gegeben hätte, kein nutzloser kleiner Schwächling mehr zu sein.

»Weil es Arschlöcher da draußen gibt, die andere schlagen und misshandeln. Ich will nicht, dass sie damit durchkommen.«

»Das heißt du willst lernen, andere zu verteidigen. Dich zu verteidigen«, meint der Trainer.

Ich starre ihn finster an. Dann nicke ich.

Ja, man könnte es auch so sagen.

»Das ist eine schöne Antwort«, meint er tatsächlich.

Entweder ist er sehr nett. Oder ein Trottel. So oder so, ich bin ihm dankbar, dass ich bleiben darf.

Nachdem er erklärt hat, was Kickboxen ist, wie oft wir zum Training kommen können und was wir davon erwarten dürfen, zwingt er uns zu etwas, das mich beinahe doch noch dazu bringt, überfordert wütend durch die Tür zu marschieren und nie mehr wiederzukommen.

Wir sollen Pärchen bilden. Er nennt es nicht ›Pärchen‹ sondern Trainingsgemeinschaften, aber er meint ›Pärchen‹. Wie in der Schule, bei Partnerprojekten. Wenn man sich einem Vollidioten an den Hals werfen muss, nur um zwei Noten schlechter zu bekommen, weil man plötzlich für die schwere Legasthenie des anderen mitverantwortlich ist.

Ich könnte nicht härter die Augen verdrehen und dann die Luft vor mir totstarren.

Während die anderen anfangen sich unbeholfen zu unterhalten und sich so saublöde Fragen zu stellen wie ›Wollen wir uns vielleicht zusammentun?‹, obwohl sie sich noch nie gesehen haben, unterdrücke ich das Kotzen.

Dieses verunsicherte Grinsen und am Kopf kratzen, obwohl es nicht juckt, nur weil man nicht weiß, was man mit seinen Händen machen soll, ist ein Tanz, den ich nicht tanze. Ich tanze grundsätzlich nicht. Die Kellnerin, die mich für einen Autisten gehalten hat, kann das bestätigen.

»Hallo«, tönt es rechts neben mir.

»Nein«, brumme ich und lehne mich mit verschränkten Armen an die Wand.

Der Junge, der zu mir gekommen ist, starrt mich absolut planlos von meiner Reaktion an.

»Was?!«, fragt er, nachdem er seine Fassung wiedergefunden hat.

»Ich will nicht dein Trainingspartner sein«, stelle ich klar und sehe an ihm vorbei.

»Klar, weil ich dich DAS fragen wollte!«, faucht er und reißt die Hände in einer wütend genervten Bewegung in die Luft.

Ich hebe eine Braue an und mustere ihn.

»Was wolltest du denn sonst?«

»Vielleicht wollte ich dir nur sagen, dass du wie ein blöder Wichser aussiehst?«

»Klar«, entgegne ich und lasse durchklingen, dass ich genau weiß, was er wollte, auch wenn ihm das jetzt peinlich ist.

»Ich nehme das hier ernst«, stelle ich klar.

»Aha. Und ich nicht, oder was?!«, blafft er.

»Keine Ahnung, mir egal. Was mir nicht egal ist, ist, dass du so groß wie ein Schlumpf bist. Ich will mit jemandem trainieren, mit dem ich so schnell wie möglich besser werden kann, nicht mit jemandem, den ich aus Versehen gegen den Kopf trete, wenn ich dorthin ziele, wo normalgroße Jungs in unserem Alter ihre Schulter haben.«

Ich stoße mich von der Wand ab und lasse ihn stehen.

Es ist mir egal, ob ich gemein bin.

Und es ist mir egal, was Mama erwartet, ich bin nicht hier, um einen Seelenverwandten zu finden, ich will ein guter Kickboxer werden. Nichts weiter.

Ich gehe auf den großen, schwarzhaarigen Jungen zu, der die ganze Zeit mit verschränkten Armen in der Ecke gestanden hat. Er hat auch keine Lust auf das demütigende Betteln um den Beginn einer Freundschaft. Zumindest das haben wir gemein.

Als ich vor ihm stehenbleibe und zu ihm aufsehe, nickt er nur. Ich auch.

Ich denke, ich habe meinen Trainingspartner gefunden. Manchmal braucht es nicht hundert Worte, nur ein Nicken.

Ich mag ihn. Keine Ahnung wie er heißt, aber ich habe ein gutes Gefühl.

FREUNDE

Vincent

»'tschuldige.«

»Schon gut«, knurre ich. »Nimm diesmal einfach das echte Rechts, okay?«

»Okay.«

Er knallt mir nochmal links eine, dort wo ich den Schaumstoffschutz, gegen den er eigentlich schlagen sollte, nicht hochhalte.

Die ersten dreimal dachte ich es wäre Absicht, dann habe ich festgestellt, dass er nicht hinterfotzig ist, sondern einfach der dümmste Idiot auf einem Planeten voller Idioten.

Ich schwöre, ich habe gesehen, wie er zwischendurch einfach vergisst zu atmen. Er holt eine ganze Weile keine Luft, dann ganz viel auf einmal. Als würde ihn schon allein das Prinzip der Sauerstoffversorgung überfordern, obwohl das automatisiert ablaufen sollte.

»Weißt du was?«, setze ich an und halte stoppend die Hand hin, damit er auch eine visuelle Stütze dafür hat, dass ich jetzt rede und wir das Training kurz unterbrechen. »Wir tauschen mal. Du wehrst ab, ich schlage, okay?«

Eigentlich sollen wir noch nicht tauschen, aber ich habe wenig Lust, schon nach dem ersten Training ein Schädel-Hirn-Trauma mit nach Hause zu nehmen, also werfe ich ihm die Schaumstoffarmschiene zu.

»Ich bin Linkshänder. Ich schlage links, ja?«, kündige ich an, sehe ihn nicken, bin aber misstrauisch.

Wir kennen uns vielleicht erst eine Stunde, aber ich weiß mittlerweile genug über meinen neuen besten Freund, um einschätzen zu können, dass es keine Option ist, ihm zwei Möglichkeiten offen zu lassen.

»Links ist diese Seite hier. Da«, sage ich eindringlich, aber leise und gestikuliere dabei möglichst dezent, weil nicht jeder hier wissen muss, dass wir Startschwierigkeiten haben. Die anderen scheinen klarzukommen.

»Links. Weiß ich doch!«, meint er und winkt ab.

»Aha«, murre ich nur, verbiete mir das bissige ›Seit wann?‹ und verbreitere meinen Stand, damit ich genug Kraft in meinen Schlag legen kann.

Zumindest dafür ist er gut. Ich kann ungehemmt ausholen und draufhauen, er hat die Standkraft einer Betonsäule.

Leider hat er auch das Hirn einer Betonsäule, aber ich muss zum Glück keine Hausarbeit mit ihm schreiben. Nur Draufhauen trainieren.

Er hält auch tatsächlich den geschützten Arm auf der richtigen Seite hoch. Einziges Problem; – an dem ich natürlich selbst Schuld trage, weil ich ihn nicht auch noch darauf hingewiesen habe, sondern davon ausgegangen bin, dass er von allein darauf kommt – er bleibt nicht stehen. Nachdem ich enorm schwungvoll ausgeholt habe, signalisiert mir meine Wahrnehmung, dass er einen Schritt zur Seite macht. Da hat jemand gelacht, weil eine der Matten beim Drauftreten ein Furzgeräusch gemacht hat. Das muss er sich selbstverständlich umgehend ansehen und mitlachen. Statt zu verhindern, dass ich mich ungebremst ins All boxe.

Mir war bis zu diesem Zeitpunkt nicht klar, wie weit man sich selbst mit genug Schwung und ohne Widerstand werfen kann. Ich schaffe es bis zu den Sprossenwänden. Dort bremst mein Gesicht ab.

»Boah! Alles okay bei dir? Wieso bist du denn da rüber gefallen?«, höre ich ihn, ehrlich schockiert darüber, in welche Richtung ich mich selbst geschossen habe.

Ja, er ist definitiv mein neuer bester Freund. Ich glaube, ich hasse ihn.

»Halt einfach dein Maul, ja?«, knurre ich und lege mir die Hände aufs Gesicht, um zu sehen, ob irgendwo Blut rauskommt. Oder Hirn.

Während ich gegen den Tränenschleier anblinzle, der sich in meinen Augen wegen des Schmerzreizes angesammelt hat, höre ich jemanden neben mir lachen.

»Ja, geil wie ›ernst‹ du das hier alles nimmst. Hast recht gehabt, da kann ich nicht mithalten. Ich würde nie versuchen gegen die Wand zu kämpfen. Gut, dass du den Golem-Jungen als Partner hast, der schießt dich gegen jede Mauer, die du doof findest.«

Der kleine Typ von vorhin grinst mich rotzfrech an und zeigt mir dann auch noch schön den Mittelfinger.

Ich knurre vor mich hin. Mein Blick schnellt zu seinem Trainingspartner. Er hat auch nicht gerade das große Los gezogen. Der Junge, mit dem er trainiert, sieht aus, als würde sein Bild in spätestens drei Jahren in der Zeitung unter der Schlagzeile ›Feuerteufel gefasst, Stadt atmet auf!‹ abgedruckt werden, während sich am Kiosk alle darüber unterhalten, wieso man ihn nicht früher aufhalten konnte, zumal er diese ganz offensichtlich verrückten Augen hatte, die ›Ich fackle euch alle ab!‹ zum Himmel geschrien haben.

»Was stehst du hier und laberst mich voll?!«, knurre ich den penetranten Zwerg an. »Kümmere dich um deinen Dreck. Das Kind aus dem Shining Hotel wartet da drüben auf dich«, sage ich und zeige auf seinen Trainingspartner, der ein wenig weiter weg steht, aber zu uns rüber starrt, als würde er Geister hinter uns sehen.

Zu meiner Überraschung versteht er die Stephen King Horror-Anspielung.

Er gluckst kurz, dann zuckt er mit den Schultern.

»Ja. Er guckt halt ein bisschen komisch! Blinzelt irgendwie nicht … Na und?!«

»Nichts und. Viel Spaß mit deinem Psycho.«

»Sagt der ›Ich will Leute schlagen lernen‹-Trottel. Selber Psycho!«, entgegnet er, zeigt mir nochmal den Mittelfinger und murmelt dann etwas, das für meine Ohren nach ›røvhul‹ klingt. Gesagt hat er unter Garantie etwas anderes, aber mein Hirn macht daraus das dänische Wort für ›Arschloch‹.

»Lass mich einfach in Ruhe, du Zwerg«, schimpfe ich.

Ich weiß, dass ihn das trifft. Ich sehe es in seinen Augen, er würde mir am liebsten an den Hals springen, aber er will auch nicht zugeben, wie viel ihm der Spruch ausmacht. Ich weiß, wie das ist.

»Fick dich«, brummt er stattdessen. »Ich bin vielleicht klein, aber du klingst wie ein Mädchen. Oder eine Schwuchtel.«

Ich weiß nicht, warum ich die Beherrschung verliere. Ich habe das Wort schon so oft gehört. In so vielen Varianten und Tonlagen.

Plötzlich macht es mich so wütend, dass ich ihn gegen die Sprossenwand schleudern will.

Ich packe ihn am Arm und reiße ihn zu mir.

Dass er nicht nur laut fluchen, sondern auch fest zupacken kann, wird mir klar, als er sich gegen meine Bewegung wehrt und ich Mühe habe, ihn überhaupt ins Wanken zu bringen.

Er ist vielleicht kleiner als ich, aber das macht er mit Verbissenheit weg.

Weil wir in unserer körperlichen Auseinandersetzung nicht vorankommen und irgendwie in einer Kraft-Pattsituation feststecken, schreien wir uns einfach kopflos wild und laut an, während wir uns festhalten.

»Fass mich nicht an, du Arschloch!«

»Rør mik ikke!«

»Knep dig!«

»Hey! Auseinander!«

Es dauert keine fünf Sekunden, bis der Trainer bei uns ist, jeden von uns an der Schulter packt und uns auseinanderdrückt.

»Was ist denn hier schiefgelaufen?!«, will er wissen, klingt streng, aber auf keine maßlose Art.

Ich reiße mich von ihm los, weil ich nicht festgehalten werden will.

Noch während ich das tue, fasse ich mir an den Kopf. Vielleicht habe ich mich doch verletzt, als ich gegen die Sprossenwand geknallt bin, ich höre plötzlich Dinge auf Dänisch, obwohl das gar nicht sein kann.

»Wollten nur gucken, wer stärker ist«, meint er, während er sich auch aus dem Griff des Trainers losreißt.

Zumindest ist er keine Petze.

Dass da dicke Luft zwischen uns herrscht, merkt der Trainer trotzdem. Er denkt kurz über etwas nach, dann klatscht er in die Hände.

»Na gut. Dann macht es richtig«, meint er und wirft ihm eine der Schaumstoffschienen zu, die wir zum Üben verwenden sollen.

»Ein guter Trainingspartner, der dich motiviert dein Bestes zu geben, ist wichtig, um richtig gut zu werden. Die Basis dazu kann Konkurrenz sein. Oder Freundschaft.«

»Ich habe schon einen Partner!«, knurre ich und zeige auf das personifizierte große schwarze Loch des Intellekts, der darauf wartet, dass ich zurück auf unsere Matte komme. »Er hier, ist mein Partner … er …«

»Du weißt noch nicht mal seinen Namen, obwohl ihr schon eine Stunde trainiert habt?! Was bist du denn für ein arroganter, schräger Sack?«, wirft mir der laufende Meter vor und lacht mich aus.

Der Trainer winkt die beiden anderen Jungs heran und mustert sie. »Ihr seid ungefähr gleich groß und gleich schwer. Wäre es in Ordnung für euch, wenn ihr ab jetzt gemeinsam trainiert?«, schlägt er den beiden vor.

Meine Säule nickt. »Ja, voll gerne. Der Typ war echt gemein«, murmelt er vor sich hin, bevor er mit Hannibal Lecters Neffen auf eine andere Matte verschwindet.

Ich sehe ihm eschauffiert hinterher. Neben mir lacht wieder jemand.

»Sag ich doch. Arschloch. Niemand kann dich leiden.«

»Hältst du auch mal drei Minuten am Stück die Fresse?«, will ich wissen.

»Nö«, lautet die einfache, aber deutliche Antwort.

Ich verdrehe die Augen.

Der Trainer klopft mir auf die Schulter.

»Ich habe ein sehr gutes Gefühl bei euch beiden. Haut rein, Jungs! Fest, aber immer schön nach den Sicherheitsvorschriften, ja?«

Er deutet auf den Armschutz und lässt uns dann allein weitermachen.

Ich denke er traut mir nach der Eskalation nicht oder hat Hemmungen sich auf mich als Trainingspartner einzulassen, aber er stellt sich nur breitbeiniger hin und lässt mich dann zuschlagen.

»Du bist ein übermotivierter total aggressiver Trottel, was?«, analysiert er mich, wechselt dabei aber ohne zu bocken die Seite, damit ich auch meinen rechten Schlag trainieren kann.

»Ach, und du nicht?«, blaffe ich. »›The Shining‹ war auch nicht gerade sauer, dass er dich losgeworden ist!«

»Hey! Bruno mochte mich. Bernhard. Br…«

»Da!« Ich zeige mit dem Finger auf ihn. »Du weißt doch auch nicht, wie er heißt!«

»Ja! Aber nicht, weil ich nicht gefragt habe, sondern weil ich´s mir nicht gemerkt habe!«

»Klar. Ihr wart euch so nah, er fackelt dein Haus garantiert als Letztes ab, wenn er die Stadt brennen sehen will.«

Er lacht. Dann wirft er mir den Schutz zu.

»Du bist ganz schön stark«, setze ich an und sehe ihn stolz grinsen. Nicht lange »Für jemanden …«

»Nenn mich noch einmal Zwerg oder Schlumpf und ich schwöre dir beim Grab meines Opas, dass ich dir den Sack abreiße!«, unterbricht er mich mit einer kreativen aber ebenso diabolischen Drohung.

Ich schmunzle.

Und nicke dann.

»Ich wachse noch …«, murmelt er brummig vor sich hin. Seine Stimme ist deutlich tiefer als meine. Aber auch noch nicht ganz dort, wo sie mal hin soll.

»In meiner Familie kommt der Wachstumsschub eher später, okay?«

»Okay.«

»Deine Stimme wird ja auch noch irgendwann normal«, argumentiert er und zuckt mit den Schultern. »Hoffe ich zumindest für dich.«

»Hmm«, brumme ich, weil ich nicht will, dass er mich hört, unmittelbar während er darüber nachdenkt, dass ich scheiße klinge.

»Willst du wissen, wie ich heiße?«, fragt er nach einer Weile.

Das Training mit ihm ist viel anspruchsvoller als ich gedacht hätte. Was toll ist. Weil es sich anfühlt, als würde es viel bringen hier zu sein. Sehr viel. Für später mal.

»Du wirkst nicht so, als würdest du von allein darauf kommen, mich nach meinem Namen zu fragen. Hast nicht viele Freunde, oder?«, mutmaßt er.

Ich antworte nicht. Ich konzentriere mich nur darauf seine Schläge zu blocken.

»Okay, also gar keine Freunde!«, unterstellt er mir. »Wundert mich nicht«, tritt er frech nach und grinst mich an, bevor er mir beinahe den Schaumstoffschutz vom Arm ballert.

»Ich heiße Vincent«, verrate ich ihm, weil er Recht hat. Ich bin seltsam. Ich könnte mir zumindest ein bisschen Mühe geben.

»Weiß ich schon«, entgegnet er. »Schon vergessen? Du hattest den ganz großen Auftritt vorhin. Mega peinlich. Machst du das öfter? So im Mittelpunkt stehen und zu cool für die Welt sein?«

»Nein.«

»Also ja.«

»Bist du eigentlich immer so?«

»Wie? Super interessant und witzig?«, fragt er.

»Nein. Anstrengend.«

»Ach so! Ja, das; Immer. Mein Name ist Victor. Aber sag Vic.«

»Victor.«

»Ja, genau so, danke Arschloch.«

»Bitte.«

Victor

Was für ein Idiot.

Selbst unter der Dusche muss ich mich noch wundern, wie dieser Spinner bisher zurechtkam, ohne täglich vermöbelt zu werden. Ich verwette mein coolstes Feuerzeug darauf, dass er auf eine Privatschule geht. Privatschulkinder sind immer auf eine hochnäsige Art schräg. Und wissen es nicht, weil sie täglich mit anderen schrägen Pappnasen abhängen, die sich gegenseitig versichern, dass es normal ist, wenn man zu Comic Heften wichst. Ist es nicht. Krass unnormal. Gott hat Pornos nicht ohne Grund erfunden!

Vincent ist nicht in der Umkleidekabine. Der Trainer wollte nochmal mit ihm sprechen. Wahrscheinlich, weil er gemerkt hat, dass er sich arschschwer damit tut, so mit anderen zu sprechen, dass sie ihn nett finden. Scheiße, wenn man nicht merkt, wie man auf andere wirkt.

»Willst du zu Hause eine Zeichnung von meinem Schwanz machen oder warum starrst du da so lange hin, bis du ihn auswendig kennst?!«, knurre ich dem Typen entgegen, der neben mir geduscht hat, weil er echt einmal zu oft auf mein Ding gestarrt hat. Beim Anziehen stellt er sich von mir weg. Das will ich ihm auch raten.

Keine Ahnung, wie man nicht merken kann, dass man total unsympathisch auf andere wirkt.

Vielleicht hat Vincent eine Vorgeschichte mit schwierigem Verhalten. Vielleicht geht er auch nicht auf die Privatschule, sondern auf die, für schwer erziehbare Jungs. Mega hohes Aggressionslevel, auffallend kurze Zündschnur der Typ.

»Trägst du da echt meine Mütze?! Die gehört mir! Wolltest du die klauen?! Tickst du noch rich… oh, warte, da liegt ja meine Mütze. Die auf deinem Kopf gehört dir, alles klar.«

Der Junge starrt mich an, als hätte ihn noch nie jemand aus Versehen angeschrien – kleines Missverständnis, kommt schon mal vor.

Ich greife mir meine Sporttasche und ziehe mir dann meine Wollmütze über die nassen Haare.

Auf dem Weg nach draußen merkt man, dass sich schon ein paar Grüppchen gebildet haben.

Mir war klar, dass ich in keinem davon sein würde. Ich weiß, dass ich nicht einfach bin. Etwas zu anstrengend, etwas zu laut, manchmal etwas zu blöd.

Aber ich bin nicht hier, um Freunde zu finden. Freunde habe ich in der Schule. Einen ganzen Haufen! Na ja, ein paar. Einen sicher. Darian und ich sind ziemlich unzertrennlich. Und wenn ich erstmal das gottverdammte Taschenmesser zurückbekomme, das die blöde Drecksau mir geklaut hat, höre ich auch wieder auf, ihm damit zu drohen, ihm ein zweites Arschloch mit einem Tacker zu schießen. Ich weiß einfach, dass er es hat! Niemand war sonst in meinem Zimmer. Ich habe keine anderen Freunde!

Draußen vor der Halle lösen sich die Gruppen schnell auf. Manche werden von ihren Eltern abgeholt, weil es schon dunkel ist und die Gegend rund um die Hallen nachts ein wenig suspekt ist. Die, deren Eltern es nicht ganz so wichtig ist, ob sie nach Hause finden oder nicht, machen sich auf den Weg zum Bus.

Ich warte auf meinen Vater. Meine Eltern lieben mich enorm und würden nie riskieren, dass ich verlorengehe. Papa verspätet sich nur mal wieder, weil er immer so langsam fährt, wenn er besoffen ist.

Nachdem sich der Bordstein leert, stelle ich mich in den Schatten neben den Lichtkegel der Straßenlaterne, damit ich nicht gleich von jedem gesehen werde. Ich krame nach der einen Zigarette, die ich meiner Mutter heute heimlich aus der Packung ziehen konnte und stecke sie an.

Das Training war sauanstrengend. Meine Finger zittern so stark, dass ich das Feuerzeug mit beiden Händen festhalten muss, um es zu benutzen. Es fällt mir trotzdem beinahe aus der Hand und landet in der dreckigen Pfütze.

Zum Glück schnappe ich noch rechtzeitig danach. Reflexe wie ein Adler. Nur mein Mund ist der eines dummen Fisches. Ich muss ihn nämlich aufmachen, wenn ich mich doll erschrecke oder konzentriere. Was zur Folge hat, dass die Zigarette jetzt nicht mehr zwischen meinen Lippen steckt, sondern in der Pfütze schwimmt.

»Scheiße …«, murmle ich vor mich hin, überlege, ob ich mich danach bücken soll – die Glut ist noch nicht ganz ausgegangen, die Kippe hat sich erst zur Hälfte mit Dreckwasser vollgesaugt, aber die drei Sekunden Regel gilt wahrscheinlich nicht für Flüssigkeiten.

»Hier.«

»Hey!«, platzt es knurrend aus mir heraus. Nicht aus Boshaftigkeit, sondern weil er mich erschreckt hat und ich meine Emotionen immer in Geräusche packen muss. Meistens ist es Knurren. In verschiedenen Tonlagen.

»Entschuldige. Ich bin zu schnell aus dem Schatten geploppt – das passiert mir manchmal«, meint er und hält mir eine Packung rote Marlboro vor die Nase.

Sein Spruch mit dem Schatten ist lustig. Weil er ein Goth ist. Die schwarzen Stiefel und der schwarze Mantel sind irre cool. Der schwarze Schminkstift um die Augen steht ihm, weil er das Gesicht eines Jungen hat, den sie in Magazinen abdrucken, aber ich würde sowas nicht tragen wollen.

»Gibst du mir echt eine ab?«, frage ich nach, weil ich keinen Bock habe, dass er die Schachtel gleich wegzieht und ›Verarscht!‹ ruft. Er schmunzelt aber nicht arschig, nur nett.

»Klar.«

Er zieht sogar ein Feuerzeug aus der Tasche. Das coolste Zippo, das ich jemals gesehen habe. Da ist ein schwarzes Kreuz mit einem Totenkopf eingraviert, dem eine Schlange aus den Augenlöchern kriecht, die sich um das Kreuz schlängelt und sich dann selbst in den Schwanz beißt. Einfach wunderschön.

»Zittrige Hände vom Sport?«, will er wissen.

»Klar, von was denn sonst?«, entgegne ich und zucke mit den Schultern.

»Kickboxen?«, fragt er und mustert mich von der Seite. Nicht unangenehm lange, er hat keinen dieser ätzend neugierigen, stechenden Blicke.

»Ja. Hab vorher eine Weile Rugby gespielt. Aber …«

»Aber?«, fragt er nach, weil es ihn zu interessieren scheint.

»Aber die wollten mich nicht haben. Hab nicht reingepasst. Ins Team.«

»Verstehe. Ich weiß, wie das ist, wenn andere sagen, dass man nicht dazu passt«, verrät er. »Das macht einen im ersten Moment wütend. Oder traurig. Aber eigentlich …« Er zuckt mit den Schultern und zieht an seiner Zigarette. »Eigentlich ist es gar nicht schlecht, wenn sich Vollidioten selbst zu erkennen geben: Das erspart einem viel Zeit und Energie, die man sonst vielleicht in einen Haufen Trottel investiert hätte, mit denen man sowieso nichts gemeinsam haben will. Weißt du, was ich meine?«

»Hmm«, brumme ich und nicke.

Stimmt schon. Was er sagt. Ich will mit niemanden abhängen, der so saublöd ist, Leute aus dem Team zu ekeln, nur weil sie kleiner sind als andere. Mit solchen Trotteln will ich nicht befreundet sein. Hätte ich die Erfahrung nicht gemacht, wäre ich es aber vielleicht. Dann hätte ich nicht so schnell herausgefunden, dass sie Arschgeigen sind.

Ich überlege, ob ich ihn schon mal in der Halle gesehen habe. Ob er einer von den Älteren ist, die schon Pokale gewinnen und ins Ausland zu Turnieren fahren.

»Machst du hier Sport?«, will ich wissen und höre ihn lachen.

»Nein, mache ich nicht«, meint er und sieht an sich hinunter.

Ja, er sieht nicht so aus, als würde er gerade vom Training kommen. Seine Klamotten sind cool, aber alles andere als praktisch. Der ganze Schmuck, die Ringe, die Ketten – er müsste sich erstmal alle Sicherheitsnadel aus den Ohren fummeln, bevor er an irgendetwas teilnehmen dürfte.

Außerdem ist er ein bisschen hager für jemanden, der regelmäßig Kraftsport trainiert. Er hat einen guten Körperbau, aber trotz des Mantels und des dicken Pullovers merkt man, das nicht viel an ihm dran ist.

»Ich warte nur auf jemanden«, meint er, verzieht kurz das Gesicht und schiebt sich dann den Mantel und den Pullover am linken Arm hoch, um sich zu kratzen.

»Entschuldige. Juckt nur wie verrückt.«

»Hast du da was?«, will ich wissen, weil er sich so komisch weggedreht hat. Er dreht sich wieder zu mir und schmunzelt.

»Ja. Willst du mal sehen?«, fragt er.

Ich nicke. Er zeigt mir seinen Unterarm.

»Krass …«, murmle ich.

»Ja, oder?«

»Hattest du Schmerzen?«

Er nickt. Mir fällt auf, dass er müde wirkt, was mich nicht wundert, nachdem was er gerade machen hat lassen.

Das Tattoo ist noch in Folie gewickelt, aber man sieht trotzdem, wie krass schön die schwarzen Federn in seine Haut gestochen wurden. Nur an einer Stelle sieht es etwas seltsam aus. Ich denke aber, dass das an der komischen Narbe darunter liegt – dafür kann der Tätowierer nichts.

»Wie geil die Federn gezeichnet sind«, stelle ich fest, weil das Motiv wirklich cool ist.

Mir fallen nur Anker, Namen oder Rosen ein, wenn ich an Tattoos denke, seines ist besonderer.

»Mein Freund hat die Vorlage gezeichnet. Er hat unglaublich viel Talent. Und so hat es auch gleich eine ganz persönliche Bedeutung für mich. Und wird mir für immer wichtig sein«, meint er und mustert das frische Tattoo stolz, obwohl ihm die Stelle bestimmt gerade scheiße wehtun muss.

Ich stutze über das, was er gesagt hat. Mustere ihn nochmal.

»Bist du eine Schwuchtel?«, murmle ich verwirrt, ohne darüber nachzudenken, was da so spontan aus meinem Mund kommt und wie es klingt.

»Ja. Ich bin schwul«, entgegnet er und grinst weiter freundlich. So als hätte ich nicht gerade geklungen, als wäre meine Superkraft das Bescheuert-Sein.

»Cool!«, platzt es aus mir heraus. »Cool«, wiederhole ich schnell, weil ich mich wie ein Trottel fühle und das jetzt wegfaseln muss.

Ich war zu überrascht und hatte nicht wirklich mit einer ehrlichen Antwort gerechnet.

Ich habe noch nie mit einem Schwulen geredet. Denke ich zumindest. Ich weiß es nicht. Aber ich weiß, dass man niemanden so blöd nach so persönlichen Sachen fragt.

Normalerweise benutzen das Wort alle aus Spaß, um andere aufzuziehen – eigentlich ist es ein Schimpfwort. Was mir nur noch bewusster macht, dass das gerade echt nicht okay war.

Ich habe es nicht böse gemeint. Aber ich denke, es hat böse geklungen. So als würde es mich stören, dass er einen Freund hat. Tut es aber nicht. Er ist nett. Ich will nicht, dass er denkt, ich wäre einer von denen, die glauben, mit Schwulen stimmt etwas nicht. Deshalb bin ich jetzt auch bei ›Cool‹ steckengeblieben und wiederhole mich wie eine kaputte CD.

Es fällt mir manchmal krass schwer, mich richtig auszudrücken. Das macht mich selbst wütend, aber ich kann meiner Blödheit manchmal nicht entkommen.

»Alles gut. Mach dir keinen Kopf«, meint er und zwinkert mir unbeschwert zu.

»Danke!«, sage ich erleichtert, weil er mich aus einem Unbehagen erlöst, in dem zu brennen, ich eigentlich verdient hätte.

»Leute nennen mich oft ›Kleiner‹ oder ›Zwerg‹, Worte können scheiße sein«, murmle ich, was ich festgestellt habe.

»Du bist jung. Du wächst unter Garantie noch«, versichert er mir. »Ich kannte mal einen, der ist in zwei Jahren zwanzig Zentimeter gewachsen. Aber selbst wenn das nicht passiert …« Er boxt mir mit der tätowierten Hand leicht gegen die Schulter. »Menschen sind mehr als das, was man von außen sieht. Du kannst groß aussehen, aber extrem klein sein. Und umgekehrt. Weißt du, was ich meine?«

»Hmm«, brumme ich nur.

Ja, ich weiß, was er meint. Ich will trotzdem so unbedingt wachsen, dass ich dafür sogar ein Ei opfern würde. Würde eine Fee auftauchen und mir zwanzig Zentimeter anbieten, aber dafür meinen Sack leerer zaubern wollen, würde ich sofort ›Ja‹ sagen.

Ich bin so dumm. Das hört man auch sicher, wenn man mir genug Zeit zum Labern gibt.

»Und deine Eltern haben dir das Tattoo erlaubt?«, will ich von ihm wissen, weil mir gerade auffällt, dass er zwar älter ist als ich, aber nicht so aussieht, als müsste er zu Hause überhaupt nicht mehr Bescheid sagen, wenn er etwas an sich für immer verändert.

Er zeigt mir nochmal seinen Unterarm.

»Mein Papa hat sicher nichts mehr dagegen«, entgegnet er und wirkt dabei seltsam. »Und Mama …«

Vincent

»Mama bringt dich um!!«, rufe ich und packe Lorens Arm, der tatsächlich tätowiert ist.

Ich war mir sicher, meine Augen spielen mir einen Streich, als ich aus der Halle gekommen bin und gesehen habe, wie er irgendjemandem seinen in Folie gepackten Unterarm hinhält.

»Gefällt es dir nicht? Das sind Quentins Federn«, meint Lorens und schmunzelt mich an, als hätte er die beste Entscheidung seines Lebens getroffen.

Ich wusste davon nichts. Ich dachte, er würde den Abend mit einem seiner hundert Bekannten verbringen, nicht mit einem Tätowierer.

»Du kannst doch nicht einfach … ich meine … klar sind sie schön!«, gebe ich zu, schüttle aber den Kopf, weil es darum nicht geht. Mir zumindest nicht.

»Mama! Deine Lehrer! Und wenn das Quentins Eltern sehen, finden sie dich sicher noch …«

»Lys«, unterbricht Lorens mich leise, aber eindringlich genug, damit ich den Mund halte. Er legt mir die Hand ohne Tinte auf die Schulter.

»Meine Haut gehört nicht meinen Lehrern. Nicht mal Mama. Oder dir. Meine Haut gehört nur mir. Ein bisschen etwas davon gehört Quen. Aber sonst niemandem. Genau wie mein Leben. Ich wollte das. Und ich frage dich nicht nach Absolution, Lys, ich will nur wissen, ob du es schön findest.«

Ich versteinere ein paar Sekunden. Einerseits ist Lorens so nett und rücksichtsvoll zu anderen, dass es manchmal schon fast an Dummheit grenzt, andererseits tut er so etwas. Ohne daran zu denken, dass es Konsequenzen hat. Nicht nur für ihn.

Mein Blick schweift zu seinem Tattoo.

»Es ist schön«, gebe ich zu.

Weil es stimmt. Ärger macht er sich damit trotzdem. In der Schule. Er macht Mama Sorgen, weil sie sich vor anderen Erwachsenen für ihn rechtfertigen muss.

Quentin muss seine Eltern anlügen oder für eine Entscheidung einstehen, die nicht mal seine eigene war.

Lorens weiß das alles.

Aber es ist ihm egal.

Zumindest die Japffka-Schramme ist kaum noch zu sehen.

»Ach, er kann's ja verstecken«, tönt es plötzlich von links. Ich habe vergessen, dass wir nicht allein hier stehen.

Ich dachte Lorens hätte einen Freund dabei, aber er ist nicht der Freund meines Bruders, er ist mein … Kickbox … Victor. Ich weiß nicht, wie ich ihn nennen soll, ohne seinen Namen zu benutzen.

»Was willst du denn noch hier?!«, blaffe ich, weil ich mir keinen Reim daraus machen kann, dass er noch hier steht. Der Trainer hat bestimmt zwanzig Minuten mit mir gesprochen. Alle anderen sind längst weg.

»Ich warte auf meinen Alten, okay?! Der fährt langsam, wenn es nach zwanzig Uhr ist!«, knurrt Victor und schnippt die Zigarette weg.

»Er ist dein Bruder«, stellt er für sich fest und wirkt dabei irgendwie kleinlauter als ich es nach heute gewohnt bin. Die große Klappe hat mal Pause, so als hätte er plötzlich ein schlechtes Gewissen, weil er die ganze Zeit schneller geredet als gedacht hat.

Ich drehe mich wieder zu Lorens, mit der Frage, die mir auf den Lippen brennt. Weil ich nicht will, dass Victor versteht, was ich sage, mache ich etwas, das ich eigentlich nicht mehr mache, seit ich sechs bin: Mit meinem Bruder Dänisch sprechen.

»Hvad hvis de smider dig ud af skolen igen? Hvad gør man så?«

Ich will wissen, was er macht, wenn er deshalb von der Schule fliegt. Ob er daran gedacht hat.

Lorens verdreht genervt die Augen. Eine Antwort bekomme ich trotzdem. Aber von jemand anderem.

»Ach, piss dir nicht ins Hemd. Er soll die Ärmel in der Schule einfach runtergekrempelt lassen. Lehrer raffen doch sowieso nichts, die meisten sind senil oder bescheuert.«

Lorens und ich drehen uns in einer absolut synchronen Bewegung zu Victor und starren ihn mit großen Augen an.

Er verzieht nur, erschrocken von unserer Reaktion, den Mund.

»Was? Was ist denn jetzt?! Ist euer Papa Lehrer, oder was? Sind ja sicher nicht alle scheiße! Gott, darf ich jetzt echt gar nichts mehr sagen?!«

»Forstår du mig?«, fragt Lorens und wartet seine Reaktion ab.

Victor gestikuliert genervt mit den Händen. »Klar, verstehe ich dich, ich hab' doch keinen Hörsturz, ich meine …«

Jetzt macht es klick in seinem Kopf. Er zeigt auf mich. »Du hast vorhin da drinnen Dänisch gesprochen, oder?! Ich dachte, mein Hirn macht was Komisches mit meinen Ohren, aber nein!«

Lorens lacht. »Hvor er du fra?«

Er will wissen, wo Victor herkommt.

»Aalborg«, antwortet er und blickt etwas beschämt auf den Boden.

»Hvor lang tid har du været her?«

Lorens fragt, wie lange er schon hier ist.

»Lange«, lautet Victors Antwort. Es wundert mich, dass er nicht auf Dänisch antwortet. Er versteht uns ganz offensichtlich und er spricht es auch – zumindest kurze, einfach Sätze.

»Ich bin echt nicht mehr gut in Dänisch, okay? Ich habe keine Geschwister, mit denen ich einen auf ›Geheimsprache‹ machen könnte. Manchmal rutscht mir etwas raus, wenn ich nicht nachdenke. Aber meine Aussprache ist scheiße.«

»Schon gut. Mit ein bisschen Übung wird das wieder«, prophezeit Lorens und klopft mir auf die Schulter. »Vincents Dänisch ist gut. Wenn du einen Freund hast, mit dem du es sprechen kannst, kommt alles ganz schnell wieder zurück.«

Ich habe gemerkt, wie schnell das Dänisch in ihm wieder kommt, als er mich vorhin kopflos ›Røvhul‹ geschimpft hat.

Ich verschränke dir Arme vor der Brust und nicke Victor zu. »Ja, sicher. Viel Glück damit, einen Dänen zu finden, der dein Freund sein will.«

Lorens schnippt mir gegen das Ohr und ich zische vor mich hin.

»Er ist lieb. Er weiß nur manchmal nicht wie«, kommentiert er mein Verhalten.

»Wie lautet dein Nachname?«, will er von Victor wissen, weil dänische Nachnamen oft sehr ähnlich klingen.

Da hält ein schwarzer Mercedes in der Nähe des Bordsteins. Victors Blick huscht zu dem Wagen. Ich hatte nicht damit gerechnet, dass sein Vater ein so teures Auto fährt. Ich dachte, er würde aus einfacheren Verhältnissen kommen. Das stimmt aber nicht.

»Rasmussen«, antwortet er Lorens und läuft los, bleibt aber an der Beifahrertür doch noch stehen und sieht uns fragend an.

»Christensen«, verrate ich ihm.

Er nickt. Dann steigt er zu seinem Vater ins Auto. Der Mann am Steuer winkt uns freundlich zu. Dann fährt er davon. Langsam. Sehr langsam.

»Cool«, meint Lorens grinsend und setzt sich in Bewegung. Wir halten auf die Bushaltestelle zu. Nachdem er sich umgesehen hat und niemanden sieht, zieht er eine halb gerauchte Zigarette aus der Packung. Nicht aus der normalen Packung, aus der seltsamen.

»Was ist denn cool?«, brumme ich, weil ich mich schon immer gerne begriffsstutzig gestellt habe, wenn es unangenehm wurde. »Dass ich mir jetzt zufällig zweimal die Woche von einem anderen Dänen gegen den Kopf treten lasse? Und wenn du jetzt sagst; ›Dass du dein erstes Mal mit einem Dänen hattest‹ nehme ich all deine Zigenarsch-Zigaretten und werfe sie in den Kanal!«

»Lys?«

»Was?«

»Mach dir keinen Stress, sowas braucht ein bisschen Zeit. Ja?«

Ich weiß nicht, was ich darauf erwidern soll, also bleibe ich still.

Erst als wir im Bus sitzen, mache ich wieder den Mund auf.

»Kommt Quentin heute vorbei? Oder sind wir allein?«, will ich wissen, weil ich ihm gerne seinen CD-Player zurückgeben würde. Er hat ihn mir so lange geliehen, ich habe ein schlechtes Gewissen, weil ich weiß, dass er selbst gerne Musik hört. Ich traue mich noch immer nicht, ihn in den Pausen in der Schule anzusprechen. Dort ist alles wie in einer anderen Welt. Eine Welt, in der Quentin in ganz anderen Sphären schwebt als ich. Er sieht dort nicht glücklich aus. Aber wer ist das in der Schule schon.

Lorens blickt aus dem Fenster, während er mir antwortet. »Ich bin später noch verabredet. Ich weiß nicht, wann ich nach Hause komme. Wahrscheinlich erst morgen früh.«

Ich stolpere mit all meinen Gedanken über das, was er sagt. Mein Blick verfinstert sich. »Weißt du, dass du Mama versprochen hast, dass du heute Nacht zu Hause bist?!«, erinnere ich ihn.

Er erinnert sich anders. »Ich habe ihr gar nichts versprochen. Ich habe nur ›Okay‹ gesagt. Das ist kein Versprechen.«

»Doch ist es!«, fauche ich ihn an.

Er sieht noch immer aus dem Fenster.

Ich würde am liebsten vor die Scheibe springen, damit er sieht, dass ich sauer bin.

Aber er hört es.

»Wie scheiße ist das denn?!«

»Ich kann dich heute nicht mitnehmen, Lys. Aber wenn wir wieder in den Club gehen, kannst du immer dabei sein, ja? Macht Spaß, oder?«

Ich denke nicht, dass er sich wirklich eine Antwort darauf erhofft. Er weiß, dass es mir Spaß macht, wenn ich ihn begleiten darf. Dass ich Quentin mag. Und Nathalie spannend finde. Aber um das geht es gerade nicht.

»Mama hat dir das Stephen King Buch gekauft. Und extra Kekse gebacken. Damit du nachts nicht ständig irgendwo rumläufst. Und tagsüber nur noch müde bist. Das ist scheiße. Sie macht sich Sorgen! Das weißt du, oder?«

»Hat dir Quentins Mix-Tape gefallen? Er hat mich gefragt, ich wusste nicht, was ich antworten soll.«

Er weiß, dass sich Mama Sorgen macht. Es ist ihm nur egal.

Ich war mir immer sicher, ich bin der kältere von uns beiden. Der, der nicht nett genug zu anderen ist, zu wenig Rücksicht auf Gefühle nimmt.

Aber vielleicht ist Lorens der größere Egoist von uns beiden.

ESKALATION

Vincent

Man gewöhnt sich an den Bass. Ich glaube meine Ohren sind irgendwann einfach schlechter geworden, damit das ganz laute Dröhnen nicht mehr so unmittelbar an mein Bewusstsein dringt. An die Stimmung hier werde ich mich nie gewöhnen.

Umso mehr Zeit ich in Clubs verbringe, umso klarer wird mir, dass ich hier nicht sein will.

Was ich aber auch zu verstehen gelernt habe, ist, dass es Menschen gibt, für die das anders ist.

Wenn sie tanzen, sind sie frei.

Man sieht es ihnen an.

Ich weiß nicht, ob es eine andere Situation gibt, in der ich Lorens, Quentin und Nathalie so unbeschwert erlebe, wie im flackernden Discolicht.

Im Schein der Neonringe um ihren Hals, sehen sie nicht nur anders aus, sie sind es auch. Der Lärm der Musik hält all den anderen Lärm fern.

Sonst ist es immer laut um sie herum, alle haben etwas über sie zu sagen, sie selbst haben viel zu sagen. Sie fluchen, stöhnen, streiten, lachen und können nicht still sitzen. Gleichzeitig sind sie aber auch ständig müde. In letzter Zeit.

Lorens und Quentin machen bald ihren Abschluss. Die anstehenden Prüfungen sind bestimmt stressig. Nur hier haben sie diese scheinbar endlose Energie. Wenn sie zu dem dröhnenden Bass tanzen, ist es wahrscheinlich still in ihren Köpfen – so können sie ihre Gedanken loslassen.

Ich verstehe das Konzept, aber für mich funktioniert es nicht. Weil ich nicht die Fähigkeit habe, mich in andere Sphären zu tanzen oder das Zeitgefühl zu verlieren.

Meistens verkrieche ich mich in die stille Ecke zwischen der Bar und der Garderobe des Personals. Mittlerweile kennen mich die meisten, die hier arbeiten. Und sind freundlich zu mir. Entweder weil Gigi mit dem Verbreiten ihrer Einschätzung darüber, dass ich Autist bin, sehr erfolgreich war oder aber, weil ich mittlerweile so etwas wie ein kleines Freak-Maskottchen für die Kellner bin.

Meistens höre ich meine eigene Musik. Manchmal habe ich auch eine kleine Taschenlampe und ein Buch dabei.

Das mit dem Lesen ist aber schwierig, weil man das flackernde Licht nicht einfach ausblenden kann. Die Buchstaben schwimmen irgendwann nur noch. Dass mir Gigi immer mal wieder Bier spendiert, hilft auch nicht beim Konzentrieren. Die Kellnerin mit den Grasgrünen Haaren heißt so: Gigi. Ich denke in Wahrheit heißt sie Georgia Maria oder Gabriele – aber hier auf dem Planeten Neon lautet ihr Name Gigi.

Umso später es wird, umso seltsamer wird die Stimmung. Ich bilde mir nicht ein, dass die Gesichter der Raver verzerrter aussehen, je weiter die Nacht voranschreitet. Die Anstrengung zeichnet sie irgendwann, die Erschöpfung zeigt sich, auch wenn sie sie nicht fühlen können.

Ab drei Uhr morgens beginne ich immer, mich nach Lorens und den anderen umzusehen. Am Anfang kommen sie noch ab und an zu mir, ich sehe sie irgendwo tanzen oder rumalbern – dann verschwinden sie auch schon mal.

Es fällt mir schwer, sie im Getümmel ausfindig zu machen. Zwischen all den verzerrten Gesichtern. Im Neonlicht.

Ich mache mir heute mehr Gedanken als sonst, wenn ich sie nicht finde.

Lorens war vor ein paar Tagen noch krank. Er hatte einen hartnäckigen grippalen Infekt und kam kaum aus seinem Zimmer. Mama hat ihm alles Mögliche an Medizin aus dem Spital mitgebracht, sie hat ihm sogar angeboten, dass einer der Ärzte, mit denen sie arbeitet, mal vorbeikommt und nach ihm sieht, aber er wollte nur seine Ruhe und hat irgendwann sogar sein Zimmer abgeschlossen. Das hat er früher nie getan.

Obwohl ich erleichtert war, dass er auch mal zu Hause geblieben und nicht herumgestreunt ist, wollte ich, dass er schnell wieder auf die Beine kommt. Deshalb war ich auch froh, als er mich gefragt hat, ob ich heute mitkommen will.

Dass er wieder tanzen möchte, war ein gutes Zeichen. Dachte ich zumindest. Jetzt bin ich mir nicht mehr sicher, ob es schlau war, dass er sich so anstrengt, kurz nachdem sein Infekt abgeklungen ist.

Ich entdecke ihn in der Nähe des Ausgangs, er lehnt an der Wand, nassgeschwitzt, mit müden Augen. Das blaue Licht lässt ihn furchtbar blass aussehen.

»Alles okay?«, will ich wissen, als ich neben ihm stehenbleibe.

»Klar«, murmelt er und schmunzelt nicht mich an, sondern den Boden, da er den Kopf einfach hängen lässt.

Ich bekomme Angst um ihn, weil er so aussieht, als könnte er jeden Moment in die Knie sacken. Aber bevor ich wirklich in Panik verfalle, kehrt ein bisschen Energie in seinen ausgelaugten Körper zurück. Quentin und Nathalie tauchen auf, Jacken im Arm, schwankend, schwitzend, aber nicht ganz so erschöpft wie Lorens. Sie feixen herum, Nathalie drückt Quentin an die Wand küsst ihn, er schiebt sie aber zur Seite.

»Geht es? Du siehst nicht gut aus«, kommentiert Quentin Lorens Blässe und streichelt ihm über die Wange.

»Du siehst gut genug für uns beide aus, also ist es okay«, entgegnet mein Bruder und küsst Quentin.

Egal wie müde sie aussehen, wie kaputt sie sind, sie schaffen es jedes Mal, viel in ihren Blick zu legen, wenn sie sich mustern.

Da wirbelt immer Romantik um sie herum, selbst wenn sie in der schmutzigsten Kulisse stehen, unter den seltsamsten Umständen.

Auch wenn ich mir nicht vorstellen kann, mich in einen anderen Jungen zu verlieben, ich sehe ihnen an, dass sie nichts schöner finden, nichts mehr wollen als einander.

Das ist cool zu beobachten. Manchmal ein bisschen seltsam, weil da auch immer viel erotische Energie zwischen ihnen herrscht und Lorens nun mal mein Bruder ist, aber ich habe gelernt wegzusehen, wegzuhören und auch wegzugehen, wenn es die Situation verlangt.

Damit, die beiden gerne verliebt zu sehen, bin ich allein, wenn wir in dieser Konstellation unterwegs sind.

Nathalie wirft ihnen ihre Jacken über den Kopf und stapft los. Nicht ohne irgendetwas vor sich hin zu schimpfen, das mit Sicherheit das Wort ›Homo‹ oder ›Schwuchtel-Kram‹ beinhaltet. Ich höre sie gerade schlecht, aber ich kenne sie mittlerweile gut genug, um zu wissen, wann sie wütend wird.

Ich habe die Beziehung der Drei nicht sofort verstanden. Ganz am Anfang dachte ich, Quentins Bi-Sein würde heißen, dass sein Herz für zwei Personen schlagen kann – muss – will. Aber das stimmt nicht.

Dass es für meinen Bruder nur Quentin gibt und alles andere keine Bedeutung für ihn hat, war mir immer klar, aber die Beziehung zwischen Nathalie und Quentin habe ich falsch gedeutet. Ich glaube es ist kompliziert und dann auch wieder einfach. Manchmal bin ich mir nicht sicher, was ich denken soll.

Vieles was die Drei tun, ist seltsam. Ich will auch nicht zu genau darüber nachdenken.

Was ich zu verstehen gelernt habe, ist, dass Quentin Mädchen hübsch und geil findet, aber nur meinen Bruder so ansieht, wie er ihn eben ansieht.

Nathalie ist vielleicht manchmal begriffsstutzig und vulgär, aber sie ist nicht dumm. Nicht wenn es darum geht zu sehen, dass Lorens mit Quentin etwas anderes hat, als sie mit ihm hat.

Sie ist trotzdem immer dabei, wenn sie ausgehen.

Meistens. Wenn sie nicht arbeiten muss. Oder mit ihren anderen Freunden abhängt, die absolut merkwürdig sind. Manchmal hängt das alles auch irgendwie zusammen.

Dann behauptet Lorens sie fährt zur Arbeit und es heißt ein ›Freund‹ holt sie ab.

Am Ende steigt sie bei irgendeinem Typen in den Wagen, der garantiert schon vierzig ist und dessen BMW hundert Meter gegen den Wind nach Ziegenarsch riecht.

»Wirst du abgeholt?«, will ich von Nathalie wissen und schließe zu ihr auf. Man merkt, dass ihr kalt ist. Sie läuft dann schnell. Und flucht viel.

»Nein. Fuck. Ich arbeite heute nicht. Hab letzte Woche viel gemacht. Reicht für eine Weile. Scheiße.«

»Willst du meine Jacke?«, frage ich und halte sie am Arm fest, damit sie stehen bleibt.

»Ja, gib her!«, nimmt sie mein Angebot an.

Mit einem ›Danke‹ hatte ich nicht gerechnet. Sie ignoriert mich oft. Manchmal tut sie so, als wäre ich gar nicht da.

Meistens sieht sie mich nur dann, wenn Lorens und Quentin nur mehr einander sehen.

Ich will trotzdem nicht, dass sie friert.

Oder krank wird.

Ich will auch nicht, dass sie bei irgendwelchen Typen mitfährt, die ihr Vater sein könnten und die sie manchmal ins Auto reißen, als würden sie sie entführen.

Aber Lorens meint, dass ich mir keine Gedanken machen soll, weil Nathalie schon klarkommt.

Sie kennt eben viele Leute. Ist viel unterwegs.

Das sagt man auch über meinen Bruder.

Und ich hasse es, dass ich so oft nicht weiß, wo er ist.

»Ich hab' dir doch gesagt, du sollst dir etwas besorgen, bevor wir in den Club gehen! Sort! Es geht dir jetzt scheiße, was?«, blafft sie, nachdem sie sich umgedreht hat.

Quentin und Lorens sind deutlich langsamer gelaufen als wir.

Mein Bruder sieht furchtbar aus. Ich mache auch umgehend auf dem Absatz kehrt und laufe zu Lorens.

»Schon gut, ich halte ihn«, versichert Quentin mir, weil er sieht, dass ich Angst habe, dass Lorens sich allein nicht auf den Beinen halten würde.

»Was ist denn los?!«, jammere ich mit viel zu hoher Stimme, weil ich es hasse, ihn so zu sehen.

Als er zusammengeschlagen wurde, wusste ich zumindest was passiert und warum es passiert. Jetzt bin ich … ich weiß nicht.

»Blöder Trottel«, meint Nathalie und steckt sich eine Zigarette an. »Du bist viel zu lange runter. Ich hab' dir doch gesagt, du kannst nicht einfach so, ohne etwas anderes aufhören! Das macht niemand! Schon gar niemand, der so regelmäßig drauf war wie du.«

Ihre Worte schwirren mir im Kopf herum, vermischen sich mit meiner Angst um Lorens und lassen mich schrill klingen. Wie ein aufgeregtes Kind.

»Er war krank, okay?! Er hatte einen scheiß Infekt! Er ist kein ›Trottel‹, weil es ihm schlecht geht! Er ist nur …« Ich weiß nicht, was er ist, also beende ich den Satz nicht.

»Sort!«, ruft Quentin, als er merkt, dass Lorens' Beine wegknicken.

Ich eile auf seine andere Seite und stütze ihn so gut ich kann. Während mein Körper so nah an seinem ist, fühle ich, dass er zittert.

Quentin und ich gehen mit ihm zu der kleinen Bushaltestelle, vor der schon seit Stunden kein Bus mehr hält. Wir setzen ihn auf der Bank ab. Lorens bedankt sich, will mich anlächeln und abwinken, ihm fehlt aber die Kraft für das Japffka-esk.

Quentin setzt sich neben ihn und schlingt die Arme um ihn, damit er nicht nach vorne oder nach hinten kippen kann. Ich gehe vor ihm in die Knie und versuche abzuschätzen, wie es ihm geht.

»Lorens?«, frage ich, weil ich mir nicht sicher bin, ob er alles mitbekommt, was um ihn herum passiert.

Seine Augen sind offen, sein Blick huscht hektisch herum.

»Schon gut. Geht gleich wieder …«, japst er und beginnt den Kopf zu schütteln.

»Willst du ins Krankenhaus? Soll ich einen Krankenwagen rufen? Oder willst du …« Ich weiß nicht, was ich ihm anbieten soll.

»Nur Kreislauf. Gib mir … eine Minute«, meint er.

»Kein Krankenhaus«, höre ich Quentin sagen. Die Sorge glüht hinter seinen Augen als er mich ansieht, aber er klingt trotzdem ernst. »Du sagst auch eurer Mutter kein Wort, verstanden?«

Ich weiß nicht, wieso er das gerade so nachdrücklich von mir verlangt. Ich sage Mama sowieso nie etwas. Sie macht sich schon genügend Sorgen.

Lorens wirkt, als müsste er sich gleich übergeben. Er krampft kurz, dann sieht er so leidend auf, als würde er brennen. Er murmelt etwas vor sich hin, aber ich verstehe nicht was. Quentins Blick schnellt zu Nathalie.

»Er braucht etwas.«

»Ich hab' nichts dabei!«, ruft sie und reißt die Hände in die Luft.

»Dann lauf los und besorg ihm etwas! Jetzt!«, knurrt er sie an.

Nathalie schnippt die Zigarette weg und läuft zurück in Richtung Club.

»Was macht sie denn?!«, will ich wissen, weil ich nicht verstehe, was Lorens so schnell helfen könnte.

Er sieht einfach fertig aus. Müde. Krank. Hungrig. Er gehört in ein Bett. Er braucht Ruhe. Ich will ihn nach Hause bringen. In sein Zimmer. Er soll sich ausruhen. Und gesund werden. Zu Hause.

Quentin sieht zu mir, während er Lorens beruhigend über den Rücken streichelt.

»Er ist gleich wieder normal«, verspricht er.

»Was heißt denn normal?!«, fauche ich. »Er ist krank!«

»Ich bin nicht krank«, meint Lorens mit beschlagener Stimme und ringt sich ein Grinsen für mich ab. »Wird gleich wieder. Ich brauche nur was für den Kreislauf.«

Ich weiß nicht, was ich sagen soll. Oder glauben. Es wundert mich irgendwie wirklich nicht, dass Lorens Kreislaufprobleme hat, er isst in letzter Zeit ganz wenig. Früher konnte er einen ganzen Berg Bratkartoffeln verdrücken und zwei Packungen Kekse. Jetzt bleibt sogar manchmal sein Pausenbrot liegen.

Ich setze mich auf die freie Seite neben ihn auf der Bank und warte. Auf was, weiß ich nicht. Ich hasse diesen Augenblick.

Als Nathalie zurückkommt, hat sie keinen Apfel für Lorens dabei. Sie hält ihm eine selbstgedrehte Zigarette vor die Nase.

»Hier. Du musst es rauchen. Ich konnte mir so schnell kein Geschirr aus dem Arsch ziehen!«

Nathalie erschreckt, als ich aufspringe. »Nein! Diese beschissenen Ziegenarsch-Zigaretten machen ihn nur noch müder! Und fertiger! Er braucht das nicht, er …«

»Du hast keine Ahnung, halt dein Maul«, knurrt Nathalie mich an. Ich will ihr die Zigarette wegnehmen, aber Quentin steht auf und geht zwischen uns.

Er drückt mir die Hand auf die Brust und schiebt mich ein ganzes Stück weg.

»Warte hier. Es geht ihm gleich wieder gut«, versichert er mir und fasst dann in meine Westentasche.

Er kramt die Kopfhörer raus, setzt sie mir auf und stellt den Walkman an, den ich eingesteckt habe.

Sein Mix-Tape beginnt zu spielen.

Mir ist kalt, während ich in dieser furchtbar seltsamen Nacht stehe und meinen Bruder aus einiger Entfernung mustere. Wie er die Zigarette raucht und plötzlich wieder lächeln kann. Wie er wieder zu Lorens wird.

Oder nicht.

Ich verstehe es nicht.

In meinen Ohren klingt ›Moonlight Shadow‹ und ich weiß, dass ich diesem Moment nicht entkommen kann. Nie wieder. Er wird immer da gewesen sein.

Lorens teilt sich den letzten Rest der Zigarette mit Quentin und Nathalie. Sie lachen. Und ich höre Musik.

»Weißt du, was so krass ist?«

»Was denn?«

»Wie sehr ihr Arsch wackelt, wenn sie Treppen läuft. Hast du Pudding eingesteckt, Nath?«

»Halt´s Maul, Sort! Du bist so anstrengend, wenn es bei dir richtig kickt!«

»Quen weiß, was ich meine.«

»Ich mag ihren Arsch.«

»Mehr als meinen?!«

»Nein. Anders.«

»Denkst′ er fickt nur dich gerne von hinten, was?«

»Du fickst sie von hinten?! Ich dachte, du hast sie wegen der Sache mit der Muschi!«

»Ja, meistens.«

»Ich hab' auch noch die hier, die du nicht hast, Sort! Vergiss das nicht!«, meint Nathalie, dreht sich um, zieht den Ausschnitt ihres Kleids runter und entblößt einen schwarzen BH, durch den man ihre Brüste sehen kann.

Sie fällt dabei beinahe von der steilen Dachbodentreppe.

Ich bekomme sie gerade noch so zu fassen und ziehe sie wieder gerade.

»Hey, Vinc steht auf meinen Körper, oder?«, will sie von mir wissen und drückt sich an meine Seite.

Ich zische sie nur an. Alle Drei.

»Seid doch leise! Quentins Familie schläft!«, erinnere ich sie, weil ihr Lautstärkeregler kaputt ist.

Es ist normal, dass ihnen vom Club die Ohren dröhnen und sie etwas schlechter hören, aber normalerweise achten sie darauf, dass sie leise bleiben, bis die Dachbodentür hinter ihnen zufällt, egal wie spät es geworden ist.

Heute ist ihnen alles egal. Sie trampeln die Treppe hoch, stolpern durch die Tür, lachen und streiten.

Ich bin überfordert mit der Situation und ihrer Stimmung, weil ich nicht in den Kopf bekomme, wie Lorens zuerst aussehen kann, als würde er innerlich im selben Moment erfrieren und verbrennen und dann verschwindet alles, was ihn krank aussehen hat lassen plötzlich.

Quentin hat mir versprochen, dass er schnell wieder ›normal‹ wird. Das war gelogen. Normal ist Lorens gerade nicht, aber er sieht nicht mehr unglücklich aus. Oder so, als hätte er Schmerzen. Deshalb bin ich froh. Denke ich.

So, wie er jetzt ist, ist er zwar nicht wirklich mein Bruder, aber jemand, der so tut als ob, und dabei Spaß hat.

Kaum sind wir durch die Tür zum Dachboden, greift Lorens sich Quentin und drückt ihn gegen das Buntglasfenster.

Er küsst ihn so hart, dass ich Quentin nach Luft japsen höre.

»Ich bin gleich weg!«, rufe ich, da ich mich bemerkbar machen will, für den Fall, dass Lorens nicht mitbekommen hat, dass ich noch hier bin.

Normalerweise würde er sich zusammenreißen, solange ich hier bin. Er drängt mir sein Sexleben nicht auf. Aber heute ist nichts mehr ›normal‹.

»Hey, du tust ihm weh, Sort! Verpiss dich mal!«, höre ich Nathalie sagen.

Ich will hinsehen, aber ich entscheide mich dagegen. Ich bin mir zu tausend Prozent sicher, Lorens würde Quentin nicht wehtun, Nathalie möchte wahrscheinlich dasselbe von Quentin wie er und versucht es zuerst zu bekommen.

Von den Dreien hat Quentin die Zigarette am schlechtesten vertragen. Nathalie und Lorens wirken eher überdreht, hemmungslos – Quentin ist stiller.

Ich will nur meine Tasche mit der frischen Kleidung holen, die ich hier oben stehenlassen habe, als wir am Nachmittag hier waren. Sie liegt neben der Matratze. Während ich auf das Bett zuhalte, trete ich die Luke fest.

»Lass ihn. Lass ihn mal Luft holen! Hey, das Zeug war anscheinend stark und du schon lange nicht drauf, komm mal ein bisschen klar, bevor du … Sort!«

Ich sehe doch hin, als Nathalie aufschreit. Sie schubst Lorens weg von sich und Quentin. Mein Herz hämmert schon wieder, weil ich nicht einordnen kann, was hier passiert. Sie stehen im Schatten, den das Mondlicht in den großen Raum wirft.

Als ich sehe, wie Nathalie sich an Quentin drückt und ihn küsst, beruhigt sich mein Puls wieder. Niemand tut jemanden weh, sie sind nur gerne laut und wild und theatralisch. Ich sollte verschwinden.

Ich greife nach meiner Tasche, mach auf den Absätzen kehrt, komme aber nicht weit, weil Lorens in mich reinläuft und wir beide das Gleichgewicht verlieren. Ich habe ihn nicht kommen sehen.

»Entschuldige, Lys«, meint er lachend und klopft mir auf den Rücken.

»Voll auf die Nase«, jammere ich, weil ich mit dem Gesicht voraus auf die Matratze gefallen bin.

Ich drehe mich zur Seite und reibe mir übers Gesicht.

»Noch dran«, versichert Lorens mir und klingt dabei wieder wie er selbst. Wie früher, wenn wir in seinem Zimmer rumgealbert haben. Für einen Moment. Dann nicht mehr.

»Ich hasse es, wenn er sie leckt. Auch wenn er schön dabei aussieht …«, murmelt er vor sich hin. Seine Augen wirken wach und müde im selben Moment – sie sind mir fremd, obwohl ich sie so gut kenne.

Ich hebe den Kopf an und sehe Nathalie auf dem kleinen Tisch neben dem Eingang sitzen. Quentin kniet zwischen ihren Beinen. Sein Kopf bewegt sich ganz langsam, während Nathalie ihren in den Nacken fallen lässt. Sie trägt noch das Kleid, ihr BH ist auf einer Seite nach unten gerissen worden und drückt alles was sie hat nach oben.

Ich will aufspringen und dem seltsamen Unbehagen der Situation entkommen, aber ich kann nicht. Lorens legt mir den Arm auf die Brust und hält mich unten.

»Ist gleich vorbei. Sie kommt schnell«, meint er.

Ich würde hier nicht rauskommen, ohne direkt an den beiden vorbeizulaufen, also bleibe ich liegen.

Ich weiß nicht, wo ich hinsehen soll. Mein Blick verfängt sich an dem Anhänger um Lorens Hals. Seit er ihn von Quentin bekommen hat, trägt er ihn immer. An jedem einzelnen Tag. Ich sehe ihn nie mehr ohne Kette. Er trägt auch keine andere mehr. Nur diese.

»Der Anhänger ist schön geworden«, flüstere ich vor mich hin, um mich abzulenken.

Nathalies Stöhnen bringt mich beinahe um den Verstand. Ich fühle mich seltsam, auf eine so unangenehme Art, dass ich es kaum beschreiben kann. Ich würde gerne hinsehen, ich würde sie gerne kommen hören, aber alles an dieser Nacht ist so merkwürdig, dass ich auch nur die Augen zumachen und mich wegwünschen möchte.

Ich weiß mit einem Mal nicht mehr, ob ich schon erwachsen oder noch ein Kind bin.

Lorens wirkt kurz, als wäre er eingeschlafen. Dann schreckt er hoch und reißt die Augen auf. In seinem Blick liegt mehr Nebel als in jeder feuchten Herbstnacht.

»Ja. Danke für den Anhänger«, murmelt er und dreht sich zu mir.

»Ich hab' ihn nicht gemacht«, entgegne ich und …

Der silberne Rosenanhänger schlägt mir gegen die Stirn, als Lorens sich über mich beugt. Mein Körper versteinert, mein Verstand streikt, sucht Schutz im Leugnen dieses Moments.

»Lore… Lo… bitte, ich bin's«, flüstere ich so leise, dass ich mich kaum selbst höre.

Als ich die Hand meines Bruders, am Rand meiner Hose fühle, schlage ich ihn.

Und winde mich mit aller Kraft, die ich habe, unter ihm aus dem Bett.

»Quen …«, murmelt er mir hinterher.

Ich bin nicht Quen.

Und das da im Bett ist nicht Lorens.

Wenn er morgen aufwacht und er selbst ist, hat er diese abartig schlimme Sache hoffentlich vergessen.

Ich will sie unbedingt vergessen.

Ich war noch nie so durch den Wind.

Das Unbehagen und das Schamgefühl in mir mischen sich mit der Erregung, die ich nicht unterdrücken konnte, solange Nathalie gestöhnt hat.

Als ich an ihr vorbeilaufe, will sie Quentin gerade am Arm festhalten.

»Warte! Fick mich bitte«, jammert sie.

Er will aber zu Lorens.

Vielleicht spürt er, dass er ihn zurückholen muss.

Raus aus dieser furchtbaren Kopie von sich selbst, die er gerade ist.

Ich hoffe er schafft das. Ich laufe davon.

Quentins Bett ist so sauber wie immer, aber es fühlt sich schmutzig an, weil ich diese überfordernde Aufregung in mir einfach nicht loswerde.

Diese Nacht ist überfordernd. Und sie ist endlos …

Als ich höre, dass die Zimmertür aufgeht, richte ich mich auf und fauche Finn an.

»Du machst diese Luke heute auf keinen Fall auf! Verpiss dich!«, knurre ich.

»Was laberst du da? Ich verpisse mich nicht. Das willst du doch gar nicht …«, unterstellt mir jemand. Nicht Finn.

Nathalie tapst ins Zimmer, viel vorsichtiger als vorhin, als sie die Treppe nach oben gewankt ist. Als sie die Tür hinter sich schließt, summt es in meinem Kopf.

»Schläfst du, Vinc?«, fragt sie mit glockenheller leiser Stimme, während sie auf das Bett zukommt.

»Wir haben vor zehn Sekunden das ›Verpiss dich‹-Gespräch geführt, also nein … ich bin wach«, sage ich.

Sie lacht leise, kniet sich auf das Bett und räkelt sich dann vor mir, wie eine Katze.

»Fickst du mich wenigstens?«

»Was?«

»Du lässt mich nicht links liegen. Du willst mich ficken«, unterstellt sie mir und grinst wissend.

Ich nicke. Weiß nicht, was ich sagen soll. Mein Körper übernimmt die Kontrolle über mich – meine Gedanken.

Nathalie ist das schönste Mädchen der Welt. Ich will sie so unbedingt, dass alles andere keine Rolle spielt. Das Wieso und Warum.

Die Tatsache, dass sie mich sonst ignoriert.

Ich fasse vorsichtig nach ihrem Gesicht und schließe die Augen.

Sie greift mit der Hand unter mein Kinn, hält es fest, während sie mich anknurrt. »Ich will nicht mit dir knutschen! Ich will, dass du mich nimmst«, sagt sie.

Sie lässt nicht zu, dass ich sie küsse. Sie drückt mich zurück auf die Matratze und setzt sich auf mich.

Sie trägt noch immer ihr Kleid, aber keinen String mehr, keinen BH.

»Zeig mir mal, ob du hart bist, Vinc«, stöhnt sie mir zu und schmunzelt verdorben auf mich runter.

Ich weiß, dass sie ein Teufelsmädchen ist, aber es fühlt sich trotzdem an, als würde ich einen Engel ficken.

Sie will es hart und schnell, das sagt sie mir so oft, bis ich komme. Dass mein Körper überhaupt eine Weile durchgehalten hat, liegt einzig und allein daran, dass ich unter so viel Stress stehe, dass es in meinem Kopf summt.

Nathalie verschwindet so plötzlich, dass ich nicht mal ›Danke‹ sagen kann. Ich bleibe liegen und stelle fest, dass der Morgen dämmert.

Quentins Bett ist nicht mehr so sauber wie immer. Es fühlt sich schmutzig an, weil ich Sex darin hatte.

Ich schließe die Augen und verliere mein Bewusstsein langsam im Schlaf, während ich versuche eine Nacht zu vergessen, die ich nie wieder vergessen kann.

BESCHWICHTIGUNG

Vincent

Mein Körper schmerzt von den Schlägen. Ich hole trotzdem aus und schaffe es den Punkt an ihm zu treffen, den ich fokussiert habe.

Er fasst sich an die Schulter und ich habe freie Bahn für einen Tritt, der ihn das Gleichgewicht verlieren lässt. Er schlägt auf die Matte auf und es wird laut in der Halle.

Als ich zu meinem Trainer blicke, den ich noch nie so energisch auf und ab hüpfen gesehen habe, wird mir bewusst, dass ich das Turnier der Jugendlichen mit Leichtkontakt in meiner Gewichtsklasse gewonnen habe.

Während die Zuschauer auf den Tribünen klatschen, laufe ich zu meinem Verein und werde dort zur Gratulation rumgeschubst.

Jeder stößt einem begeistert auf die Schulter oder donnert einem gegen den Rücken. Dass alle so aufgeregt sind, ist lächerlich. Und schön. Das ganze Turnier macht Spaß, auch wenn es kein wichtiges ist. Hier gibt es nichts zu gewinnen außer Erfahrung und das Erlebnis an sich.

Ich bin froh, dass ich hier bin. Dankbar für die Ablenkung vom Alltag. Immer wenn ich zum Kickboxen gehe, hat alles andere in meinem Leben Pause. In diesen zwei Stunden bin ich in einer ganz anderen Welt, in einer Blase, in der es nur den Sport gibt und die Leute, mit denen ich ihn mache.

Nach meinem Kampf sind die dran, die im Halbmittelgewicht kämpfen. Die Abstufungen sind so gemacht, dass die wirklich spannenderen Kämpfe am Ende kommen.

Ab Halbschwergewicht wird es für die meisten Zuschauer interessant. Ich kämpfe in einer Klasse, die kaum jemanden interessiert; Weltergewicht.

»Jetzt hör ich mir wochenlang an, dass du der Geilste bist, oder?«, fragt Victor, nachdem ich mich neben ihn auf die Matte fallengelassen habe, von der aus wir den Rest des Turniers beobachten dürfen, nachdem wir selbst fertig sind.

Er ist vorhin zweiter im Leichtgewicht geworden, was ausgesprochen gut ist, wenn man bedenkt, dass es die meiste Konkurrenz in unserem Sport, in unserem Alter im Leichtgewicht gibt. Größer und schwerer werden alle erst ab den Junioren.

»Klar. Weil ich ein extrem lauter, penetranter Angeber bin. Ich glaube nicht mal, dass wir irgendwas bekommen«, entgegne ich und zucke mit den Schultern.

Victor stopft sich das Taschentuch weiter in die Nase. Er blutet seit seinem letzten Kampf, aber das geht vielen hier so. Kickboxen ist nichts für Leute, die nicht mit Schmerzen oder Verletzungen klarkommen.

»Ich glaube, es gibt eine Medaille. Hab' ich gehört.«

»Wirklich?«, frage ich überrascht nach und sehe ihn dann dreckig grinsen.

Er lacht. »Nö, du bekommst gar nichts! Aber du hättest dich total gefreut, du Spinner! Medaille. Für deinen Arsch! Angeber.«

»Arschloch …«, murmle ich.

»Ich weiß«, meint Victor nur und winkt ab.

Es ist dumm, dass ich mich immer wieder zu ihm setze, wenn wir warten müssen, es ist wahrscheinlich noch dümmer, dass wir noch immer Trainingspartner sind.

Ich kann nicht mal eine Sache nennen, die ich nicht furchtbar an ihm finde.

Er ist anstrengend, er kann nicht stillsitzen, er ist laut, frech, gemein und sagt manchmal wirklich grenzwertige Dinge, weil er immer schneller redet als denkt.

Ab und an rutscht ihm vielleicht auch etwas raus, über das ich lachen muss.

Manchmal ist er witzig. Und ich weiß zu schätzen, dass ihm absolut klar ist, dass er ein freches Arschloch-Kind ist. Er steht dazu.

Vielleicht kann ich doch ein paar Dinge nennen, die ich an ihm gut finde.

»Du tropfst«, mache ich Victor aufmerksam und zeige auf die roten Punkte auf der Matte.

»Scheiße. Kannst du mir mal noch ein Taschentuch besorgen?«

»Nein. Ich bin zu traurig, um aufzustehen, weil ich keine Medaille bekomme«, entgegne ich und sehe mir weiter den Kampf an, ohne eine Miene zu verziehen.

»Haha!«, kommentiert er genervt monoton und schwingt sich selbst auf die Beine. Er läuft zur Krankenschwester und lässt sich ein paar Wattebällchen geben, die er sich in die Nase stopft.

»Sind deine Eltern da?«, will er wissen, als er wiederkommt und sich neben mich setzt.

»Du siehst wie ein absoluter Vollidiot aus, ist dir das klar?«, frage ich ihn.

»Ja! Halts Maul, ich hab's mir nicht ausgesucht«, meint er und drückt auf seiner blutenden Nase herum, die voller Watte ist.

Er ist fünf Sekunden still, dann beißt er sich auf den Lippen herum.

»Ich wollte fragen, ob deine Mutter da ist. Ich weiß, dass dein Vater nicht da sein kann. Das fragt man eben meistens so: Sind deine Eltern da. Die meisten haben ja welche. Beide. Du weißt, was ich meine. Entschuldigung.«

»Meine Mutter muss arbeiten«, entgegne ich und verstumme wieder.

»Ist dein Bruder da?«, will Victor wissen und sieht in die gut gefüllten Reihen der Zuschauertribünen.

Die meisten Eltern sind hier. Es ist Sonntag. Alle haben Zeit und für viele ist es das allererste Turnier, seit sie mit dem Sport angefangen haben. Für uns auch.

»Lorens ist irgendwo mit Freunden. Glaube ich. Ich weiß es nicht. Er kommt nicht.«

Victor knurrt vor sich hin. Manchmal macht er das, um unangenehme Stille mit Geräuschen zu füllen. Ich bin an unangenehme Stille gewöhnt. Er nicht. Er will sie verscheuchen.

»Meine Alten sind hier«, sagt er, als wäre es ihm gleichgültig. Ist es nicht. Er hat sich gefreut. Auch wenn es ihm ein bisschen peinlich ist.

»Ich weiß«, sage ich, weil ich sie vorhin winken gesehen habe.

Seine Mutter hat sich die Augen zugehalten, als Victor das Blut aus der Nase geschossen ist.

»Die haben den Fotoapparat dabei. Peinliche Scheiße. Aber wenn du willst, kann mein Papa einen Abzug für deine Mutter machen. Hat sicher auch ein Foto von dir gemacht. Er macht immer hundert.«

»Nein. Danke.«

»Hmm. Ein paar von uns wollen für nächstes Mal nach dem Training Bier kaufen. Können wir hinter der Halle trinken. Also wenn die Trainer weg sind. Kommst du mit?«

Ich schüttle den Kopf.

»Was?«, brummt Victor genervt. »Bist doch dann sowieso wieder allein zu Hause, oder? Ist doch keiner da, der auf dich wartet. Komm doch einfach mit!«

Ich funkle ihn an. Dann ist er still.

Victor

Ich weiß, dass ich manchmal Dinge sage, die böse klingen. Aber wenn ich sie nicht böse meine, sind sie dann immer noch böse?

Oder bin ich nur bescheuert?

Bescheuert sein sollte kein Freifahrtschein zum Scheißesein sein.

Also ja; Wenn ich Dinge sage, die böse klingen, obwohl ich sie nicht so meine, bin ich trotzdem ein Trottel.

Ich tue mir manchmal schwer damit, mit ihm zu reden. Vinc ist ganz anders als ich, anders als Jungs, die ich kenne.

Manchmal kommt es mir vor, als wäre er schon dreißig und angepisst, weil er im Körper eines Jugendlichen feststeckt, dann glaube ich wieder, dass er wirklich versucht hat ein Kind zu sein, aber nicht konnte, weil ihn niemand gelassen hat.

Die Privatschule ist scheiße, seine Mutter arbeitet enorm viel und ich weiß nicht warum, aber er redet kaum noch über seinen Bruder, obwohl er das am Anfang noch öfter getan hat.

Ich hatte das Gefühl, sie stehen sich sehr nahe. Aber was weiß ich schon über Geschwister.

Meine Eltern haben nur mich. Deshalb stehen sie auch gerade vor dem Ausgang Spalier und winken mir zu, als wäre ich der Stolz ihres Lebens.

Ich meine; Ich bin der Stolz ihres Lebens. Haben sie sich nicht ausgesucht, aber wir machen alle das Beste daraus.

»Oh Schatz, wie geht es deiner Nase?«, will meine Mutter wissen und legt mir die Hände auf die Wange, während sie mein Gesicht genauer mustert. Ich hasse es, dass sie dabei ein Stück in die Knie gehen muss. Selbst meine Mutter ist größer als ich. Alle in meiner Familie sind groß. Sogar meine Oma.

»Wie sieht es denn aus?«, murre ich vor mich hin, weil die Optik meiner Nase eigentlich Bände sprechen müsste und die Frage danach, wie es ihr geht, selbst beantwortet.

»Als wäre dein Gesicht Hefeteig, in den man zwei Tampons gesteckt hat«, beschreibt meine Mutter was sie sieht.

Ich habe den Charme von ihr.

»Witzig«, knurre ich und sehe sie grinsen.

Papa klopft mir auf die Schulter. »Bis du heiratest, ist es wieder gut«, bringt er einen von seinen Alte-Leute-Sprüchen.

»Und wenn ich nicht heirate?«, frage ich patzig.

Er zuckt mit den Schultern. »Dann musst du die Tampons klarerweise im Gesicht behalten.«

Immer wenn mich jemand fragt, warum ich so bin wie ich bin, würde ich gerne auf meine Eltern zeigen und rufen ›Die haben mich gemacht!‹. Nur halb vorwurfsvoll. Irgendwie bin ich auch stolz auf sie, weil sie trotz des anstrengenden Humors und ihrer Schrulligkeit erfolgreich sind. Sie arbeiten für die dänische Botschaft und tun dort wichtige Diplomaten-Dinge. Oder sie basteln den ganzen Tag Papierflieger. Eigentlich weiß ich nicht, was sie auf der Arbeit tun, aber uns geht es gut.

Papa trinkt zu viel Wein, Mama glaubt daran, dass man Steine mit Mondlicht aufladen kann – wir haben uns trotzdem lieb.

»Das hast du ganz toll gemacht!«, versichert Mama mir.

»Ich habe ein paar klasse Fotos von deinem Kampf geschossen. Nächste Woche lasse ich sie entwickeln«, kündigt Papa an.

Ich wäre dankbar dafür, dass endlich mal ein Foto den Abzug des Moments ersetzt, in dem ich drei bin und mit dem Arsch in einem Eimer feststecke.

Das Foto klebt schon viel zu lange an unserem Kühlschrank. Dann lieber ich mit Tampons in der Nase.

»Hey, können wir einen … meinen Trainingspartner mit dem Auto mitnehmen? Er muss sonst allein mit dem Bus nach Hause.«

»Du meinst deinen Freund? Er hat ganz super gekämpft. Waren seine Eltern nicht hier? Das ist aber schade. Wie heißt der Junge noch gleich?«, will Mama wissen, weil sie ein ebenso schlechtes Namensgedächtnis hat wie ich.

»Sein Freund heißt Vincent«, erinnert Papa sich.

»Er ist nicht mein …! Er ist mein Trainings… Kollege!«, knurre ich.

Mein Vater hebt die Hände. »Sicher. Entschuldigen Sie, Herr Bankangestellter. Ihr Kollege kann selbstverständlich bei uns mitfahren.«

»Danke«, brumme ich und drücke meiner Mutter schon mal meine Jacke in die Hand. »Ich glaube, er zieht sich noch um. Ich suche ihn mal.«

»Lass dir Zeit, Schatz. Wir warten im Auto, ja?«

Vincent duscht meistens länger als die anderen. Als hätte er keine Eile, raus aus der Halle zu kommen. Ich weiß nicht mal, ob er mitfahren will, das Ganze war eine spontane Idee, weil ich es scheiße finde, dass niemand für ihn hier ist. Wenn er ›nein‹ sagt, ist er ein Idiot. Wahrscheinlich sagt er ›nein‹.

Weil ich ihn nicht in den Kabinen finde, laufe ich zu dem Ausgang der Halle, der zur Bushaltestelle führen würde. Die Straße ist leer, alle sind heute auf der anderen Seite bei den Parkplätzen. Mit ihren Eltern.

»Hey!«, platzt es überrascht aus mir raus, weil ich doch jemanden entdecke. Der glühend rote Punkt seiner Zigarette hat ihn verraten. Er lehnt an der Ziegelwand, in schweren schwarzen Schnürstiefeln und einem saucoolen schwarzen Ledermantel.

»Du warst ja doch hier«, stelle ich fest und mache ein paar Schritte auf Lorens zu.

Er nickt. »Ja. Etwas weiter hinten. Ich mag den Trubel nicht. Aber ihr wart toll«, meint er und schmunzelt mich an.

Als ich vor ihm stehenbleibe, verfängt sich mein Blick in seinem Gesicht.

»Weiß Vinc, dass du hier bist?«, frage ich ihn, weil er vorhin nicht so geklungen hat.

»Ich weiß nicht mehr, ob ich es ihm gesagt habe«, meint er und fasst sich kurz an den Kopf. »Aber ich warte hier auf ihn.«

»Geht es dir gut?« Ich kann mir die Frage einfach nicht verkneifen.

Ich weiß noch, dass ich mir damals dachte, dass er aussieht, wie einer der Jungen, die sie ganz vorne auf Magazine drucken.

Oder auf CD-Cover. Als wir uns das letzte Mal gesehen haben war er hübsch. Exzentrisch, ein Goth, aber jemand, von dem es mich nicht gewundert hätte, wenn er in seiner Schule der Mädchenschwarm ist. Jungsschwarm. Was auch immer er sein will …

Jetzt sehe ich das nicht mehr.

Ich kann nicht mal sagen, ob er sich die Augen schwarz geschminkt hat oder ob das ein dunkler Schatten ist, der einfach so auf seiner Haut liegt.

»Ich hab gestern durchgemacht. Neuer Club. Hat Spaß gemacht«, versichert er und schmunzelt schief.

»Okay. Cool«, entgegne ich, frage mich aber, ob jeder so weit auf der ›Hübsch‹-Skala nach unten rutscht, sobald man lange ausgeht. Was furchtbar wäre, zumal ich schon viel weiter unten beginne als er. Wenn ich in einen Club gehe, komme ich dann als Affe wieder raus?

»Wollt ihr mitfahren? Meine Eltern können euch nach Hause bringen. Wir sind mit dem Auto hier«, biete ich Lorens an. Er sagt sicher ›ja‹. Er ist nett. Ihn mag ich.

»Deine Eltern?«, wiederholt er leise fragend. Er beginnt den Kopf zu schütteln. Die Antwort bekomme ich aber von jemand anderem.

»Nein. Deine Eltern sollen uns nicht fahren.«

Vincent

»Nein. Deine Eltern sollen uns nicht fahren«, sage ich zu Victor, weil ich sein Angebot gehört habe. »Danke«, hänge ich noch schnell an, weil ich nicht all meine Manieren vergessen will, nur weil ich so überrascht bin Lorens zu sehen.

»Ich dachte nicht, dass du kommst«, sage ich zu meinem Bruder.

»Klar komme ich. War eine große Sache für dich, oder?«, meint er.

Ich antworte ihm nicht. Es hat ihn in letzter Zeit nie interessiert, ob etwas eine ›große Sache‹ für mich war oder nicht.

»Haust du gleich wieder ab?«, will ich wissen, weil ich damit rechne, dass er sagt, dass er weg muss. Irgendwohin. Mit irgendwem. Die ganze Nacht.

Lorens schüttelt den Kopf. »Nein. Ich dachte wir können gemeinsam nach Hause fahren. Heute Abend läuft Columbo. Könnten wir gucken, wenn du Lust hast.«

»Und nachdem Columbo vorbei ist, haust du ab?«, frage ich monoton, weil ich ihn auch schon um Mitternacht verschwinden gesehen habe.

»Nein. Dann gehen wir schlafen. Ich bin müde«, gibt er zu, was er sonst nie zugibt, obwohl es so offensichtlich ist. »Ich hab' in zwei Wochen Abschlussprüfungen. Ich sollte echt mal einen Gang runterschalten.«

»Wirklich?«, frage ich nach, weil er so ehrlich klingt.

Lorens nickt. »Ja. Klar.«

Er macht ein paar Schritte, auf den Mülleimer zu und wirft seine leere Zigarettenpackung weg.

Ich wende mich nochmal Victor zu.

»Sag deinen Eltern danke. Aber wir kommen schon klar«

Er zuckt mit den Schultern, funkelt mich aber streng an. »Vielleicht bist du mal weniger scheiße zu deinem Bruder, dann will er vielleicht auch wieder mehr mit dir machen«, wirft er mir an den Kopf. »Ist ja nicht auszuhalten der vorwurfsvolle Kack-Tonfall.«

Ich versteinere für ein paar Sekunden. Was Victor mir vorwirft, stimmt: Ich bin scheiße, wenn ich mit Lorens rede. Aber ich hatte auch nicht damit gerechnet, dass er bleibt. Dass es ihm nicht egal ist.

Ich nicke Victor zu. Er sieht mich irritiert an, schneidet eine Grimasse und verschwindet dann zurück in die Halle.

»Hast du eigentlich einen Pokal bekommen? Oder eine Medaille? Du hast jeden deiner Kämpfe gewonnen«, meint Lorens, nachdem wir uns auf dem Weg zum Bus gemacht haben.

Ich stöhne in den dunklen Himmel. »Keine Medaille. Nur etwas, das morgen wahrscheinlich ein Veilchen wird. Und mein Sack tut weh. Das könnte auch etwas Bleibendes sein.«

Lorens lacht. Er sieht müde aus, so, als ob er gestern tanzen war.

»Willst du mal wieder mitkommen? In den Club?«, fragt er. Ich weiß, dass er in meinem Gesicht nach einer Emotion forscht, aber ich behalte eine neutrale Miene bei.

»Du weißt, ich tanze nicht.«

»Weiß ich. Ich dachte nur …« Sein Satz endet hier. Er sagt mir nicht, was er denkt.

Ich habe aufgehört mitzukommen, als es angenehmer wurde, nachts allein vor einer unversperrten Tür zu sitzen und darauf zu warten, von Einbrechern erschossen zu werden, als mich von all den Dingen paralysieren zu lassen, die in den Nächten passieren, die Lorens Welt sind.

Eine dieser Ängste kann ich ertragen. Die andere nicht.

»Wollt ihr noch nach Berlin? Nach dem Abschluss? Da gibt es doch diesen Club«, frage ich, was ich ihn schon lange nicht mehr gefragt habe.

Früher hat er oft darüber geredet, wo er und Quentin hinreisen möchten. Aber ich habe ihn lange nicht mehr darüber sprechen gehört.

Lorens beginnt zu strahlen. »Klar! Gleich mal nach dem Abschluss. Alles schon geplant!«

»Wirklich?«

»Mhm.«

Ich nicke und freue mich. Auch wenn ich Lorens dann eine Weile nicht sehen kann, ist es schön zu hören, dass er so viel Vorfreude für diese Reise in sich aufgestaut hat.

»Weißt du, was du nach der Schule machst? Wenn ihr wieder zurück seid?«, will ich wissen.

Es fühlt sich plötzlich wieder an wie damals, als ich ihn noch alles fragen konnte und alles gefragt habe. Ich weiß nicht, wo diese Zeit hin ist, aber vielleicht war sie auch nur ganz kurz weg und ist jetzt für immer zurück.

Lorens legt mir den Arm auf die Schulter und grinst.

»Pass auf: Geiler Plan! Ich weiß, Quen will unbedingt die Welt sehen. Wein im Grand Canyon trinken, über die Champs Élysées fliegen – all dieser Kram. Was braucht man dazu?«

Ich blinzle meinen Bruder an. »*Du* brauchst dazu offensichtlich einen guten Kultur-Reiseführer.«

Lorens winkt ab.

»Geld! Geld braucht man. Und weißt du, was eine richtig geniale Art ist, Geld zu verdienen?«

Ich zucke mit den Schultern. Die Idee, die hinter Lorens Augen leuchtet, bedeutet ihm etwas, das sieht man ihm an.

»Ein Club.«

»Da gibst du Geld aus«, erinnere ich ihn.

»Nicht, wenn er mir gehört!«, entgegnet Lorens und malt seine Vision mit großen Handgesten in den Nachthimmel.

»Stell es dir mal vor: Eine alte Lagerhalle oder eine alte Fabrik am Stadtrand. Irgendwo, wo man Platz hat, laut sein kann. Wo einen niemand blöd anmacht, weil es keine konservativen Bars in der Nähe gibt. Ein Platz, wo sich jeder noch so große Freak wohlfühlen kann – wir machen eine Leseecke für dich rein«, scherzt er kurz und zeigt mir die Zunge. »Es braucht gar nicht viel: Ein paar Boxen, eine Anlage, ein paar coole Lichter. Nathalie könnte die Sache mit der Bar managen. Quen kann auflegen, die

Wände mit geilen Bildern besprühen – er kann kreativ sein. Jeder ist willkommen. Freitags leuchten alle Drinks im Schwarzlicht. Was sagst du, Lys?«

Ich schmunzle.

»Klingt verrückt. Und auch irgendwie richtig dumm«, gebe ich meine Einschätzung ab, nicht, ohne noch etwas zu ergänzen. »Ich mag den Plan.«

»Dachte ich mir«, entgegnet Lorens und rubbelt mir über die Haare.

»Wie würdest du den Club nennen?«, frage ich.

Lorens überlegt kurz. »Keine Ahnung. Hab' ich noch nicht drüber nachgedacht«, gibt er zu.

Er nimmt sich jetzt Zeit dafür.

Nachdem er eine Weile im Nachthimmel nach einer Antwort gesucht hat, grinst er breit. »Vielleicht nenne ich ihn: ›I love you‹, nur um Quen eins reinzuwürgen! Dann muss er es zu mir sagen.«

Ich sehe ihn an und merke wieder, dass er müde ist, obwohl er beschwingt klingt. Dass das noch immer ein Thema zwischen ihnen ist, wusste ich nicht.

Aber es macht Sinn. Ich kenne Quentin. Er ist stur. Und hat oft seine ganz eigene Sicht auf Dinge und das Leben, in die er sich nicht reinreden lässt.

»Wieso ist dir das eigentlich so wichtig?«, frage ich Lorens etwas, das ich ihn schon damals fragen wollte, beim ersten Mal, als wir zusammen bei Quentin waren.

»Was meinst du?«, will er präzisiert haben.

»Na ja. Jeder noch so verleugnende, konservative Idiot merkt, dass du für Quentin das Wichtigste bist. Wieso musst du trotzdem ein ›Ich liebe dich‹ von ihm hören? Er zeigt es dir doch. Auch wenn er es nicht sagt. Was macht das für einen Unterschied?«

»Ich weiß nicht«, gibt Lorens schnell zu, dann erklärt er es mir aber doch.

»Wenn man jemandem ›Ich liebe dich‹ sagt, heißt das: Du bist mir so wichtig, ich will dich nie verlieren, bitte pass auf dich auf. Das ist einfach ein Satz, der alles zusammenfasst, was man Schönes für jemand anderen empfinden kann. Wie ein Schwur, den man sich gegenseitig gibt. Dass man alles tut, um weiter füreinander da zu sein.« Lorens macht eine abschätzende Geste mit der Hand, auf der für immer Quentins Federn zu sehen sein werden. »Sicher. Das Konzept ist vielleicht ein bisschen kitschig. Aber trotzdem ist es doch auch zu schön, um es nicht zu sagen, wenn man es so empfindet. Verstehst du?«

Ich nicke. Weil ich denke, dass ich es verstehe.

›Ich liebe dich‹ ist ein Versprechen. Ein Versprechen, dass beide eine gemeinsame Zukunft sehen und Gefühle füreinander haben, auf die sie aufpassen und die sie bewahren wollen.

Das ist mit Sicherheit kitschig. Ein bisschen unrealistisch, weil niemand abschätzen kann, wie er in zehn Jahren tickt. Aber Lorens hat schon recht; es ist auch schön.

»Hast du eigentlich schon was vor, nächste Woche Dienstag?«, frage ich, weil es wieder wie früher ist, als ich keine Angst davor hatte, ihm solche Fragen zu stellen.

»Wieso, was ist denn Dienstag?«, stellt Lorens sich dumm und sieht mich mit großen Augen an – so groß er die müden Augen bekommt.

»Nichts Besonderes«, verschaukle ich ihn und zucke mit den Schultern. »Mama meinte nur, sie will endlich mit uns ins Kino. Sie hat sich freigenommen. Vielleicht gibt es danach Kuchen. Und Geschenke«, mutmaße ich vor mich hin.

»Schenkst du mir was?«, will Lorens wissen.

Kommenden Dienstag ist Lorens Geburtstag. Er wird achtzehn. Darauf hat er sich zum ersten Mal gefreut, als er zwölf war. Er meinte immer, er würde dann mit mir mit dem Auto nach Odense fahren und wir würden eine Packung Lakritz auf Papas Grab legen, weil er den gern gegessen hat. Lorens war der Meinung, das bringt mehr, als Leuten Blumen hinzustellen, obwohl Blumen ihnen scheißegal waren. Wir würden ihm etwas mitbringen, das er mochte.

Ich weiß, dass wir das nicht machen werden. Lorens hat noch keinen Führerschien. Und Pläne ändern sich eben manchmal.

Es wirkt trotzdem so, als würde er sich auf nächste Woche freuen. Und auf alles, was danach kommt.

»Ich schenke dir einen Reiseführer, damit du Quentin nicht in einen Geysir wirfst, weil es im ersten Moment nach Thermalwasser klingt«, kündige ich an und lache. Mein nächster Gedanke, wischt mir das Schmunzeln wieder von den Lippen.

»Du bist ganz sicher zu Hause, oder? Am Dienstag?«, frage ich und höre plötzlich Victors Stimme, dass ich nicht so scheiße vorwurfsvoll klingen soll, wenn ich mit meinem Bruder rede.

Deshalb füge ich ein »Bitte«, an. Von dem es mir egal ist, dass es sich anhört, als würde es ein kleines Mädchen sagen.

»Sicher. Kino, Kuchen und Geschenke lasse ich mir garantiert nicht entgehen. Außerdem muss mir bald mal wieder jemand die Haare färben«, meint Lorens und zwinkert mir zu. »Du siehst zu, dass wir coole Musik und eines von Mamas dunklen Handtüchern haben, ich besorge die toten Schlümpfe für meinen Kopf! Was sagst du? Haben wir einen Deal, Lys?«

»Deal!«

LEBEN

Vincent

Ich gehe an der Küche vorbei ins Vorzimmer, drehe an der Haustür um und trotte wieder zurück. Eine Weile stehe ich vor der Treppe, weiß nicht, ob ich rauf in mein Zimmer gehen soll. Dann mache ich kehrt und halte wieder auf die Küche zu. Ich bleibe im Türrahmen stehen. Mama hebt den Blick von dem Magazin und sieht mich an.

»Du kannst fernsehen, wenn du willst, Vini. Heute Abend läuft diese Quizshow, die du magst.«

Ich schüttle den Kopf. »Er kommt sicher gleich.«

Sie sagt nichts. Sieht nur auf den Tisch. Dort wo der Kuchen steht und die Glückwunschkarten liegen.

›Ein neues Lebensjahr!‹

›Alles Gute!‹

›Herzlichen Glückwunsch.‹

So viel gedruckter Frohsinn, ein Schokoladenkuchen mit Zuckerglasur – mir war nicht klar, wie sehr einen all diese bunten, schönen Dinge verhöhnen können.

»Er hat gesagt, er kommt«, erinnere ich Mama – nicht zum ersten Mal heute. Es ist nach acht. Abends. Lorens war heute Morgen kurz hier, vor der Schule. Er hat seine Bücher geholt. Mama ein Küsschen gegeben, als sie von der Arbeit gekommen ist. Seither ist er weg.

»Du kannst dir ein Stück Kuchen nehmen, wenn du willst. Du musst nicht warten, manchmal kommt Lorens erst spät, das weißt du.«

Ich hasse es, dass sie das sagt. Und dass sie es so abwesend monoton sagt. Als würde sie selbst an nichts mehr glauben, mir die Scheiße aber verkaufen wollen. Sie ist schon so komisch, seit sie aufgestanden ist. Obwohl sie zu Mittag noch gar nicht wissen konnte, ob Lorens es pünktlich nach Hause schafft.

»Er weiß, dass wir ins Kino wollen. Er weiß, dass der Film um halb neun anfängt! Er kommt noch!«

»Das schaffen wir nicht mehr, Vini«, meint Mama und ringt sich das halbherzigste Scheißlächeln ab, das ich jemals gesehen habe.

»Ich denke, Lorens wollte vielleicht gar nicht ins Kino«, meint sie.

»Das kannst du doch gar nicht wissen! So eine beschissene Unterstellung! Wieso bist du so?! Hör auf, hier zu sitzen und so zu tun, als würdest du irgendetwas lesen! Du liest nichts! Du wartest doch auch!«

»Ja! Was soll ich denn sonst machen?!«, schreit Mama mich an, verliert für den Bruchteil eines Moments die Beherrschung. Ihre Stimme bricht.

Dann räuspert sie sich.

»Glaubst du, dass er kommt?! Sag die Wahrheit!«, verlange ich von ihr.

Ich weiche ihrem strengen Blick nicht aus. Ich will es wissen. Ich muss es wissen, sonst werde ich hier und heute verrückt.

»Nein«, entgegnet Mama monoton und sieht an mir vorbei ins Leere.

»Wieso sitzt du dann hier rum und tust so?!«

»Weil ich nicht weiß, was ich sonst tun soll!«, wiederholt sie verzweifelt. »Weil ich nicht mehr weiß, was ich machen soll, Vincent!«

»Du sollst daran glauben, dass er kommt! Glaub zumindest daran, dass wir ihm nicht scheißegal sind!«, verlange ich von ihr und trete gegen den Stuhl, auf den sie vorhin gesessen hat. Er fällt um.

»Vincent!«, faucht Mama mich an. »Heb ihn wieder auf!«

Ich bewege mich nicht. Ich senke meinen Blick nicht schuldbewusst, ich funkle sie nur weiter an.

»Wieso unterstellst du ihm, dass er nicht mit uns ins Kino will?! Vielleicht wurde er aufgehalten. Vielleicht hat er die Zeit übersehen! Vielleicht sind wir ihm sonst egal, aber auf die Sache mit dem Kino hat er sich gefreut!«, behaupte ich und bin sicher.

Ich weiß nicht warum. Weil ich mich an irgendetwas festhalten muss. Egal was. Erfundene Sicherheit ist mir recht.

Mama ist still. Ich sehe nur, wie ihr Blick verstohlen auf die Anrichte fällt. Sie sieht zu dem Glas, in dem wir das Geld sammeln. Zu unserer Ausdrucks-Kino-Kasse.

Ich denke, sie verlangt gleich, dass ich zehn Franken reinwerfe, weil ich so viel fluche, aber sie lässt mich fluchen. Heute. Sie sieht nicht deshalb hin.

»Wo ist das Geld?«, will ich wissen und mustere sie irritiert »Hast du es schon gewechselt und eingesteckt?«

Mama schüttelt kaum merklich den Kopf, lehnt sich gegen die Küchenzeile und verschränkt die Arme vor der Brust. Nicht wütend, nur so, als müsste sie sich selbst zusammenhalten.

»Nein«, murmle ich vor mich hin und verfinstere den Blick. »Du denkst, er hat es genommen!«, sage ich und beginne den Kopf zu schütteln. »Diese scheiß Haustür ist seit Ewigkeiten kaputt! Jeder Drecksverbrecher könnte hier reinspazieren und sich das Geld nehmen! Und du denkst, dass Lorens es genommen hat?! Dass er es geklaut hat?! Aus seinem eigenen Zuhause?! Von uns allen?!«

Sie sagt nichts. Sieht mich nur an. Während ich in Wut vergehe, vergeht sie in verzweifelter Lethargie.

»Er weiß doch, für was es war! Er würde zumindest fragen, bevor er es für etwas anderes nimmt! Er hätte etwas gesagt! Er hätte doch nicht …!«

Das Telefon klingelt. Ich hetze ins Vorzimmer, zu der Wand, an dem es hängt und reiße den Hörer von der Gabel.

»Ja?«, sage ich atemlos, weil ich so aufgewühlt bin, dass mir die Luft wegbleibt. Ich melde mich nicht mal mit ›Christensen‹. Ich will mit niemand anderem reden, nur mit ihm.

»Lys?«

»Ja!«, rufe ich, fühle die Erleichterung darüber, seine Stimme zu hören, die wie ein Papierboot in einem Meer aus Wut und Enttäuschung schwimmt und sich vollzusaugen droht.

»Wo bist du?!«, will ich von Lorens wissen. Ich höre Stimmen im Hintergrund. Aber ich kann nicht sagen, ob er in einer Telefonzelle an einem belebten Ort oder in einem Haus mit mehreren Leuten ist.

»Tut mir leid. Ich hab es nicht geschafft«, sagt Lorens und hört mich knurren.

»Wir wollten ins Kino! Mama hat sich freigenommen! Ich …! Hast du …!? Ich …!«

Ich weiß nicht, was ich zuerst schreien soll. Dann fällt mir auf, dass ich überhaupt nicht schreien will, weil ich mir Sorgen mache.

»Wo bist du?«

»Unterwegs. Mit Freunden. Ich … ja, ich weiß nicht.«

»Was weißt du nicht?«, hake ich nach. Es ist kurz still. Dann lacht er leise. Oder er hustet. Weint. Ich weiß es nicht. Die Verbindung ist schlecht.

Ich will nur durch den Hörer fassen und ihn zu mir ziehen, aber das geht nicht.

»Komm nach Hause. Lorens. Bitte«, sage ich leise.

»Später, ja? Morgen sicher. Okay? Wir machen alles morgen.«

»Bleib nicht die ganze Nacht lang weg«, bitte ich ihn eindringlich und raufe mir die Haare, bis es wehtut.

Mir wird klar, dass es sinnlos ist.

Es ist sinnlos.

Ich kann ihn nicht dazu bringen, nach Hause zu kommen: Egal ob ich flehe, schreie, drohe, er kommt heute nicht mehr.

Und ich weiß nicht, wo er ist.

Mit wem er dort ist. Wie es ihm geht.

Ich will nur, dass ihm niemand wehtut.

Dass er nicht krank wird.

Meine Hände zittern. Mir fällt nur eine Sache ein, die ich sagen kann. Diese eine Sache, die ich ihm mitgeben und auferlegen kann, weil er selbst meinte, dass es wie ein Schwur ist.

»Ich muss auflegen. Sag Mama es ist alles gut, ja?«

»Lorens!«, rufe ich schnell, damit er noch einen Moment dran bleibt.

»Was denn?«

»Ich liebe dich.«

Ich flüstere die Worte gegen den Plastikhörer, starre auf die weiße Wand neben dem Telefon. Und hoffe, dass er mir glaubt. Damit er weiß, dass ich ihn so unglaublich gern habe, ihn brauche und er deshalb gut auf sich achtgeben muss.

»Hast du mich gehört?«, frage ich nach, weil mir nichts wichtiger ist.

»Mhm. Ich dich auch. Okay? Bis dann, Lys.«

Ich lege den Hörer zurück auf die Gabel. Zu ungenau. Er fällt hinunter, baumelt an dem Spiralkabel. Ich schleiche zurück in die Küche.

Mama steht noch dort, lehnt an der Zeile und schluchzt kurz leise. Ich gehe an ihr vorbei. Ohne sie anzusehen. Ich muss ihr nicht erklären, dass er nicht kommt. Aber ich will den Stuhl wieder aufheben, den ich umgeworfen habe. Damit sie sich wieder hinsetzen kann.

Ich will ihr auch sagen, dass es mir leid tut. Aber wir schaffen es nicht zu reden.

TOD

Vincent

»Steig aus, Vincent. Ja?«, sagt man mir.

Ich sitze in einem Auto, das ich nicht kenne. Ich trage einen schwarzen Anzug, den ich noch nie gesehen habe. Ich kann mich nicht erinnern, ihn angezogen zu haben. Oder in das Auto gestiegen zu sein. Ich weiß nicht, wer der Mann ist, der es gefahren hat.

Er geht zur Beifahrertür, öffnet sie und greift die Hand meiner Mutter. Sie zittert.

Ich starre gegen die Scheibe. Als die Tür hinten aufgeht, falle ich beinahe aus dem Wagen.

»Geht es, Junge?«, fragt man mich.

Alles ist voller Menschen. So viele, dass sie nicht nur auf dem gepflasterten Weg und auf dem Platz stehen, sondern auch auf der Wiese daneben.

Meine Schuhe passen nicht. Sie drücken und sitzen so schlecht, dass sie mir die Fersen blutig reiben, wenn ich Schritte mache. Ich denke, das sind nicht meine Schuhe.

»Mein aufrichtiges Beileid, ja?«, sagt man mir und schüttelt meine Hand.

Immer wieder. Ich will nicht den gepflasterten Weg entlanggehen, weil ich nicht alle paar Meter geschüttelt werden will. Nicht angefasst.

Ich senke den Kopf und bewege mich zur Seite, auf die Wiese.

Die Sonne scheint. Die Luft ist trotzdem kalt. Da hängt noch ein bisschen Frost an den Grashalmen, obwohl es schon früher Vormittag ist.

Ich frage mich, wie viele heute schulfrei bekommen haben. Um hier zu sein. Viele. Es sieht aus, als wäre eine ganze Schule hier. Auch Lehrer. Nachbarn. Jeder darf kommen. Und ihn ein letztes Mal anstarren.

Es macht für mich keinen Sinn, dass so viele hier sind. Ich weiß nicht, was die Leute hier tun, die ihn kannten, aber nicht gern hatten. Warum jetzt alle andächtig die Köpfe senken dürfen, warum sie schluchzen und weinen, sich darüber unterhalten, wie tragisch alles ist und wie traurig sie diese Tragik persönlich macht. Als hätte er ihnen den Tag verdorben. Indem er gestorben ist.

»Vinc …«, sagt man zu mir. Er. Er sagt es zu mir.

Victor mochte Lorens. Ich verstehe, warum er hier ist. Ich verstehe, warum er weint.

Er greift mich am Arm, fasst den Stoff meines Jacketts, hält es fest und stellt sich dich an mich ran. Ohne loszulassen.

Ich weiß, warum er sich irgendwo festhalten möchte.

»Wieso stehst du hier? Du sollst ganz nach vorne. Ich bringe dich … es tut mir … ich meine … ich weiß gar nicht. Meine Eltern sind auch hier. Braucht deine Mutter … ich weiß nicht. Ich … Ich kannte ihn nicht so gut … aber … ich mochte ihn!«, platzt es aus Victor heraus. Seine Tränen tropfen mir auf die Schuhe.

»Ich weiß«, sage ich, damit er weiß, dass ich es weiß.

Der Ärmelstoff meines Jacketts zerknittert in seiner Faust. Als er sich die Tränen wegwischt und den Kopf hebt, geht ein Schluchzen durch die Menschenmenge.

»Scheiße, ich kann nicht …«, sagt er.

Er meint, er kann nicht hinsehen. Auf den Sarg, den sie vorbeitragen. In dem Lorens liegt.

Er ist hellbraun. Nicht schwarz. Weil er es sich nicht aussuchen konnte. Hätte er es sich ausgesucht, wäre er schwarz.

»Entschuldige!«, knurrt Victor verzweifelt zu mir hoch und mustert mich. »Ich bin so ein Idiot, ich … sie haben dir was für die Nerven gegeben, oder?«, fragt er leise und neigt abschätzend mit feuchten Augen den Kopf.

»Komm. Du musst ganz nach vorne. Dort kannst du sitzen«, meint er, lässt mein Jackett los und entschuldigt sich, weil er es zerknittert hat.

Die Kirche ist nicht klein. Und trotzdem voll. Ich verstehe nicht, warum sie ihn hier reintragen müssen. An einen Ort, an dem er sich niemals wohlgefühlt hätte, an dem sie ihn nicht gewollt hätten, solange sein Herz noch geschlagen hat. Nur tot wollen sie ihn. Dann ist es in Ordnung, dass er hier ist.

Alle machen mir Platz. Schieben mich weiter. Bis ich sitze. In der ersten Reihe, neben Mama.

Ich verliere mich im Flackern der vielen Kerzen, die neben dem Sarg stehen. Der Pfarrer, der spricht, hat die traurigste Stimme, die ich jemals gehört habe. Weil Lorens noch so jung war. Weil er noch so viel Leben übrig hatte. Weil sein Verlust so eine tiefe Wunde bei den Hinterbliebenen reißt. Deshalb ist der Pfarrer so unsagbar traurig.

Er kannte ihn nicht mal.

Die meisten hier kannten meinen Bruder nicht.

Ich kannte ihn nicht.

Das wurde mir klar, als sie mir gesagt haben, dass er tot ist. Gestorben. An einer Überdosis Heroin.

Um halb sechs Uhr morgens. Zu einer ganz seltsamen Zeit, zu der niemand stirbt. Lorens schon. Irgendwo in einer Wohnung von Leuten, von denen ich noch nie gehört habe. Ohne mich. Ohne Quentin. Vielleicht einfach bei Fremden.

Ich weiß nicht, ob er beim Sterben allein war. Ob es wehgetan hat. Ob er Angst hatte. An was er zuletzt gedacht hat.

Wahrscheinlich an Heroin.

Dann hat er aufgehört zu atmen.

Jetzt liegt er in einer Kirche und muss sich anstarren lassen.

Sie spielen ein Lied, das ›Tears of heaven‹ heißt. Alle weinen Bäche.

Lorens hätte den Song nicht gemocht – er hätte ihn kitschig gefunden, das war nicht seine Musik. Hätte er sich etwas aussuchen dürfen, würden wir jetzt Techno hören.

Und sie würden Neon-Halsbänder am Ausgang verteilen, nicht dieses seltsame Foto von ihm, auf dem er nicht aussieht, wie er aussieht. Aussah.

Das hätte er sich ausgesucht. Aber er kann sich nichts mehr aussuchen.

Als sie den Sarg wieder hochheben und damit weggehen, muss ich mitlaufen.

Eine elendslange Schlange voller weinender Menschen folgt uns über den Weg, über die Wiese bis zu einem Loch.

Da legen sie ihn rein. Und schütten Erde auf ihn. Bis er weg ist.

Hundert Hände fassen mich an.

Einer nach dem anderen legt mir die Hand auf die Schulter, an den Rücken, während sie sein Grab mit Blumen übersehen. Kränzen. Gestecken.

Karten, die sie geschrieben haben. Ich weiß nicht, was da drin steht. Was sie ihm noch zu sagen haben.

Ich habe ihm nichts mehr zu sagen. Also gehe ich.

Über die Wiese, einen anderen Weg als wir gekommen sind, weil ich allen ausweichen will.

Genug Hände an mir. Genug Tränen auf meinen Schuhen. Ich fühle das Blut an meinen Fersen. Mein Herzschlag dringt langsam wieder durch die Taubheit in meiner Brust.

Als mich jemand am Handgelenk greift und will, dass ich mich umdrehe, könnte ich wütend werden, weil alles ein bisschen klarer wird, wirklicher.

Aber ich werde nicht wütend, als ich ihn sehe.

Was ich werde, ist so schwer wie sein Schmerz – eine Million Tonnen Schmerz glühen hinter seinen Augen, stecken in seiner Miene fest, beben in seinem Hals, zittern in seinen Händen.

Quentin hält mich am Arm fest, zieht meine Hand zu seinem Mund und spricht mir dagegen. Ich fühle seine Lippen an meinem Handrücken. Ich fühle jedes seiner Worte.

»Hast du sie?«, will er wissen.

Ich starre ihn nur an und sehe ihm beim Leiden zu. Er leidet sich kaputt. Ich will nicht, dass er hier ist. Das ist Folter für ihn.

»Hast du sie?«, fragt er nochmal. »Seine. Seine Kette? Haben sie sie dir gegeben?«

Ich schüttle langsam den Kopf.

Mein Blick fällt auf Nathalie. Ich sehe sie erst jetzt. Sie drückt sich mit den Rücken an einen Baum, muss blind sein von all den Tränen, die ihr aus den Augen strömen. Sie sieht nicht zu mir, nicht zu Quentin, sie weint nur bitterlich.

»Seine Sachen sind … die Sachen, die sie uns gegeben haben, sind … in seinem … Zimmer.«

Es fällt mir erst jetzt auf, dass ich kaum sprechen kann. Nach jedem Wort fehlt mir der Atem. Als würde jemand die Luft aus meiner Lunge saugen.

»Ich hab … sie noch nicht … durchge-… wenn ich sie finde … dann … dann bringe ich sie dir. Ich … schwöre«, sage ich zu

Quentin, der meine Hand immer noch nicht losgelassen hat. Sie liegt an seinen Lippen.

»Du. Du. Du sollst sie haben. Ich will … ich will sie nicht«, stottert er, schluchzt laut auf und knurrt seine Tonnen an Schmerz dann für einen Moment in die Ecke seines Bewusstseins. Er räuspert sich. Reißt sich am Riemen.

»Ich will, dass du sie hast, Vincent. Seine Kette«, stellt er klar, dann fällt er wieder in sich zusammen. Sofort. Und ganz. Er lässt meine Hand los.

»Ich gehe. Ich gehe jetzt«, kündigt Quentin an.

Ich nicke.

Er soll gehen. So weit weg von hier wie möglich. Lorens ist nicht hier. Vor dieser Kirche. An diesem Friedhof. Hier gibt es nur zur Schau gestellte Trauer. Und eine Leiche.

Ich laufe davon. Und ich will, dass Quentin davonläuft. Irgendwohin, wo es irgendwann wieder schön für ihn sein kann. Auch ohne Lorens. Er hat all diesen Schmerz nicht verdient. Aber wir haben ihn bekommen.

HASS

Vincent

»Die Art, wie sich ihre Stimmen verändern. Und diese andächtig langsamen Gesten. Als könnten sie mich erschrecken, wenn sie nicht atemlos genug klingen oder mir die Hand zu schnell auf die Schulter legen. Aber was soll mich denn jetzt noch zusammenfahren lassen? Was soll mich denn erschrecken, wenn ich im Schrecken lebe?«

»Leute bekunden Mitleid auf diese Art. Die meisten würden das pietätvoll nennen. Das geht nicht gegen dich, Vincent. Aber es ist dir trotzdem im Moment zuwider. Das ist in Ordnung«, sagt der Doc und streift sich mit der hinteren Seite des

Kugelschreibers über den silbrig glänzenden, akkurat kurz gestutzten Bart.

Ich schüttle den Kopf.

»Es ist die Tatsache, dass sie so von sich eingenommen sind zu glauben, sie müssten vorsichtig mit mir umgehen. Aus Angst mich zu verletzen. Als ginge das noch. Als ließe sich das Unglück in mir steigern. Als hätten sie die Macht dazu. Niemand hat diese Macht über mich. Nicht mal ich selbst. Er hatte sie. Und nachdem er alles dunkel werden hat lassen, ist er verschwunden. Jetzt ist es wie es ist. Sie sollen normal mit mir reden. Es ändert doch nichts.«

»Ach, so meinst du das«, stellt der Doc fest und passt seine Notiz über mich an.

Ich bin mir sicher, irgendwo am Anfang dieser vielen, vollgeschriebenen Seiten über mich steht:

›*Vincent ist still*‹.

Ein Satz, der über meinem Leben schwebt, obwohl er mich falsch beschreibt.

In meiner ersten Woche hier, habe ich geschwiegen. Nicht weil Stillsein in meinem Charakter liegt, sondern weil ich der Welt nichts zu sagen hatte. Niemandem. Absolut niemandem. Ich hatte das Gefühl, dass der einzige Mensch, mit dem ich reden und den ich sehen wollte, vor mir davongelaufen ist. Ins ewige Nichts. Dorthin wo er mich niemals wieder hören wird, wo wir uns nie wiedersehen.

Reden erschien mir sinnlos. Worte waren leer. Alles, was er mir versprochen hatte, war bedeutungslos.

Ich habe Mama Angst gemacht. Große. Als ich nicht mehr geantwortet habe und vor der Treppe festgefroren war, hat sie die Ambulanz gerufen. Es tut mir leid, dass sie so leiden muss, aber ich kann nichts für sie tun. Ich kann sie nicht festhalten, sie kann mich nicht festhalten. Wir waren immer zusammen, jetzt sind wir allein.

»Es ist in Ordnung, dass du wütend bist, Vincent. Du bist wütend auf ihn, oder?«

»Ich hasse ihn.«

»Du kannst jemanden aus vollem Herzen lieben und trotzdem wütend auf ihn sein. Liebe schließt andere Gefühle nicht aus. Meistens verstärkt sie sie. Dann tut Liebe in Verbindung mit Verlust so weh, dass man sie Hass nennen muss, um sie aushalten zu können«, erklärt der Doc ruhig und lässt es mir offen, ob ich antworten möchte.

Ich möchte. Er hat recht. Ich bin wütend.

»Ich habe auch nicht behauptet, dass ich ihn nicht liebe«, blaffe ich. »Er wusste, dass ich das tue. Ich habe es ihm gesagt. Einen Tag bevor er … bevor es ihm egal war, dass ich ihn liebe. Wieso wollte er es so unbedingt hören, wenn es ihm nichts bedeutet hat? ›Ich liebe dich‹ zu sagen ist sinnlos. Es bewirkt nichts«, sage ich, weil ich es so meine.

»Bist du nicht froh, dass du es ihm noch sagen konntest?«, will der Doc wissen.

»Nein. Ich habe ihm nicht ›Ich liebe dich gesagt‹ damit er sterben gehen kann. Ich habe es ihm gesagt, damit er am Leben bleibt. Damit er weiß, dass es mir wichtig ist, dass es ihm noch lange gut geht. Es war ihm egal. Ich hätte es ihm lieber nicht gesagt. Vielleicht hätte er sich dann mehr angestrengt am Leben zu bleiben, damit er mir beweisen kann, dass er mich genauso liebt wie ich ihn. Taten sind nicht so leer wie Worte.«

»Dein Bruder hat dich sehr geliebt, Vincent«, behauptet er.

Wut.

»Woher wollen Sie das wissen?«, hinterfrage ich. »Weil Brüder sich immer lieben müssen? Weil es sich so gehört? Vielleicht hat er mich vergewaltigt. Misshandelt. Vielleicht war er manchmal richtig grob. Verlogen. Müsste ich ihn dann auch lieben?«

Der Doc lässt sich nicht provozieren.

Ich bin ihm dankbar dafür.

Ich will eigentlich nicht wütend sein.

Die Wut laugt mich aus.

»Wir müssen niemanden lieben. Aber manche Verbindungen sind von Natur aus stark«, erklärt er. »Deshalb hinterlassen sie auch umso größere Lücken, wenn wir sie plötzlich verlieren. Ich weiß, dass dein Bruder dich geliebt hat, weil ich diese klaffende Wunde an dir sehe, die tiefe Liebe reißt, wenn sie einem genommen wird. Dort wo der Schock sich eingenistet hat, die Leere, die Wut – in diesem Loch hat viel Platz, aber du kannst es nicht stopfen oder betäuben. Nur akzeptieren, dass es da ist. Akzeptanz ist das Ziel. Nicht Taubheit, nicht Ersatz, nicht Verdrängung. Trauer ist ein Prozess, der Zeit verlangt. Du schlägst dich gut, Vincent. Du bist ein außerordentlich tapferer, stolzer, kluger Junge.«

Der Doc blickt über sein Notizbuch hinweg und schmunzelt mich an.

Ich weiß nicht, was es ist, aber ich mag ihn. Er behandelt mich nicht wie ein dummes Kind, nicht wie ein kaputtes Wrack. Ich darf ihm widersprechen, ohne dass er wütend wird, er beantwortet jede meiner Gegenfragen, auch wenn sie noch so offensichtlich Provokationen sind, und er lässt mich schweigen.

›*Vincent ist still*‹ war kein Problem für ihn.

Die ersten zwei oder drei Sitzungen habe ich kein Wort gesagt, keine seiner Fragen beantwortet.

Er hat mich Stillsein lassen. Weinen.

Jetzt sehe ich wieder einen Sinn im Reden. Und darin die Braue hochzuziehen und ihn provokant anzuschnaufen.

»Tapfer und stolz …«, wiederhole ich, was er mir zugeschrieben hat und lege den Kopf schief. »Sie waren sich gerade einen Kaffee holen, als ich hier hysterisch weinend in der weißen Jacke reingetragen und aufgenommen wurde, nehme ich an. Oder vielleicht haben Sie mich auch nur gehört und dachten es wäre ein kleines Mädchen. Passiert manchmal. Am Festnetz nennen mich Leute, die bei uns anrufen, ›Kleines‹.«

Er lacht. Irgendwie freue ich mich darüber, dass ich ihn zum Lachen bringen konnte, dann fällt mir ein, dass ich nicht mehr weiß, ob ich weiß, wie sich Freude anfühlt.

»Der Stimmwechsel passiert für manche früher, für andere später. Ich selbst war über fünfzehn, aber ich war auch lange ein Kindskopf. Du bist geistig sehr weit, Vincent, aber ich verspreche dir, dein Körper zieht nach. Und was deine Ankunft betrifft«, sein Blick wird neutraler, nicht streng, nicht mitleidig, ich mag, dass ich keine Klischee-Gefühle in seinen Augen ablesen kann.

»Du wurdest als psychiatrisch zu überwachender Notfall eingestuft, da du nicht ansprechbar warst und solange dich niemand untersuchen konnte, musste ausgeschlossen werden, dass du dir selbst schaden kannst. Die Erfahrung war bestimmt sehr unangenehm und einschneidend. Wenn du möchtest, können wir beim nächsten Mal darüber sprechen«, bietet er an.

»Nein, danke. Meine Nachbarin hat bestimmt Fotos gemacht, das reicht fürs Erinnerungsalbum.«

»Haben dich die Sanitäter schon zu Hause fixiert?«, will er wissen.

»Ja. Ich wollte mich nicht bewegen. Ich konnte mich nicht bewegen. Als sie mir etwas spritzen wollten, bin ich … ich wollte keine Drogen. Ich weiß, sie haben mir vor der Beerdigung etwas gegeben, aber da hätte jeder alles mit mir machen können. Ich war nicht ich.«

»Verstehe. Es tut mir leid, dass du das erleben musstest. Ich nehme an, dass sie auf Nummer sicher gehen wollten, weil es im näheren Zusammenhang schon einen Suizid gab.«

In mir geht alles in Schmerz auf. Dann zieht er vorbei. Mittlerweile kommt die zerreißende Trauer, die sich nach Ohnmacht anfühlt, in kleineren Wellen. Der Schmerz ist noch genauso schlimm, aber er schwimmt schneller vorbei, bevor er mich das nächste Mal wegschwemmt.

»Wie geht es ihm?«, will ich wissen und höre, dass meine Frage merkwürdig klingt. Der Doc weiß aber, dass ich nicht nach Quentin frage.

Er ist Lorens ins ewige Nichts nachgelaufen.

Noch am Tag der Beerdigung, nachdem er sich mit einem ›Ich gehe jetzt‹ bei mir verabschiedet hat. Ich habe damals nicht verstanden, was er damit sagen wollte. Sonst hätte ich versucht, ihn umzustimmen. Jetzt gibt es keine Antwort auf die Frage ›Wie geht es Quentin?‹ mehr. Nie wieder.

Der Moment, an dem ich von seinem Selbstmord erfahren habe, war der Moment, an dem ich auf der Treppe versteinert und dann hier eingewiesen worden bin. Nichts ging mehr.

Der Doc schüttelt den Kopf. »Ich darf mit dir nicht über andere Patienten sprechen. Aber du kannst ihn selbst fragen, wie es ihm geht. Ihr malt zusammen im Aufenthaltsraum, oder?«

»Finn malt, ich sehe nur zu. Er will nicht reden«, entgegne ich und zucke mit den Schultern. Ich verstehe das eigentlich. Für ihn fühlen sich Worte noch immer leer und sinnlos an.

Er tut mir leid. Wir leiden denselben Schmerz, aber ich habe Lorens nur lebend in Erinnerung, Finn hat Quentin tot gesehen. Er hat ihn gefunden. Auf dem Dachboden.

Finn suchen Bilder heim, deshalb verarbeitet er sie wahrscheinlich auch in welchen. Er ist gut. Ich kann mir vorstellen, dass er daran festhält. Vielleicht muss er das auch.

Finn hat die Kunst für sich gefunden, ich weiß noch nicht, was ich finden werde.

LIEBE

Anna

»Liebe?«

»Nein!«

»Rosen!«

»Ja! Ja, genau!«

»Herzen!«

»Hochzeit?!«

»Nein! Braucht man dafür nicht!«

»Beziehung!«

»Ponys!«

»Was?!«

»Ficken!«

»Anders!«

»Sex!«

»Ja!! Genau! Das!«

Er hält stolz das beschriebene Blatt mit dem Wort hoch, das er auf das Whiteboard zeichnen sollte.

Jemand hat wirklich ›Sex‹ darauf niedergeschrieben. Das passiert, wenn man einen Haufen Jungs die Pictionary Begriffe selbst erfinden lässt.

Ich neige den Kopf, um mir die krakeligen Zeichnungen nochmal aus einer anderen Perspektive anzusehen. Aber auch seitwärts erkenne ich nur Herzen, Rosen, die ein bisschen wie Rosinen aussehen und zwei … Ponys. Gott, ich hoffe, dass das Ponys sind. Andererseits hoffe ich das, jetzt im Kontext der Lösung, aber auch irgendwie nicht mehr.

Eigentlich bin ich gut im Pictionary, aber es spielt wohl eine Rolle, ob man die Leute, deren Zeichnungen man rät, kennt und ob man annähernd gleich denkt.

»Das ist Sex?«, murmle ich noch immer irritiert vor mich hin und schäme mich im nächsten Moment dafür, weil alle mich anstarren.

Ich winke ab und versuche zu vertuschen, dass ich rot werde, indem ich mir beim Gestikulieren unauffällig die Hand vors Gesicht halte.

»Pff. Klar! Sex. So sieht das … aus. Klarerweise. Schön gezeichnet! Richtig viel … erotischer Kontext und ein bisschen abstrakt. So mag ich … Sexzeichnungen am liebsten.«

Ich kneife die Augen zusammen.

Manchmal glauben Leute, ich bin sarkastisch. Mein kleiner Bruder beschreibt es aber richtig: Anna ist nicht sarkastisch, Anna ist eine Pflaume.

Mein Versuch Unbeholfenheit und Unsicherheit zu überspielen, mündet oft erst recht in einem Konzert aus Peinlichkeit, in dem ich die erste Geige so lange spiele, bis mich jemand mit einem Vorhang bewirft.

Als ich, im Zuge einer Weihnachtsaufführung in der Grundschule, die Bühne betreten habe, während mein Rock hinten in der Strumpfhose gesteckt hat, habe ich – nachdem ich Erkenntnis über meine Situation gewonnen habe – eine lange, piepsige Rede darüber gehalten, dass wir alle einen Popo haben und dass das okay ist. Zu Hause musste ich mich dann übergeben.

Das beschreibt meine Art Problemlösung und Stressbewältigung zu betreiben gut: Mittenrein statt nur dabei. Und dann den Kopf über mich selbst schütteln, wenn ich begreife, wie peinlich ich gerade war. Gefolgt von Erbrechen. Manchmal.

Mein Vater meint, ich hätte einfach eine vorläufige Diskrepanz zwischen meinem extrovertierten Kommunikationsbedürfnis als bevorzugtes Vermittlungsinstrument meiner Gefühle und meinem doch eher introvertiert inspirierten Wunsch nicht aufzufallen. Er meint, diese beiden Seiten in mir, würden sich im Zuge meiner Persönlichkeitsentwicklung noch aufeinander zubewegen, was dann dazu führt, dass – Zitat: ›Du irgendwann ohne Brechen dazu stehst, eine schrullige aber überraschend kluge Rede über Popos gehalten zu haben und trotzdem noch über dich lachen kannst.‹ Zitat Ende.

Mein Vater hat aber auch ein Poster von Sigmund Freud in unsere Garage gehängt. Freud-Puristen sind manchmal anstrengend.

»Klar erkennt sie keinen Sex, will ja auch niemand mit ihr machen. Sieh dir das Gesicht an.«

Die beiden Jungs, die neben dem Fenstersims lehnen, lachen über mich.

Ich tue so, als würde ich nicht hören, was zwei Meter entfernt von mir gesagt wird. Das ist leichter, als darauf reagieren zu müssen.

Trotzdem frage ich mich, ob mein Gesicht heute besonders merkwürdig aussieht oder ob sie mich immer für hässlich halten würden.

Mit beidem müsste ich mich abfinden.

Böse bin ich ihnen nicht, weil ich weiß, dass die meisten Jugendlichen hier größere Probleme mit ihrem inneren Monolog, als mit ausgesprochenen Gemeinheiten haben. Und objektiv betrachtet, bin ich auch ehrlicherweise einfach nicht das hübscheste Mädchen der Welt. Stadt. Straße. Aber ich bin definitiv das hübscheste Mädchen im Aufenthaltsraum. Was ich nur festmachen kann, weil heute ausschließlich Jungs hier sind. Mindestens zwei davon wollen keinen Sex mit mir haben. Was seltsamerweise verletzend ist, weil es heißt, dass Jungs in diesem Alter nur Sex wollen, da ihr Hormonhaushalt sie dazu zwingt, oft daran zu denken und ihn in allem zu sehen.

Anscheinend auch in Ponys.

Bin ich hässlicher als ein Pferd? Erotisch gesehen?

Ist das der dümmste Gedanke, den jemals ein Mensch hatte?

Sie spielen um diese Zeit meistens irgendetwas im Aufenthaltsraum. Am frühen Nachmittag sind viele hier, weil auch die Jugendlichen, die ambulant behandelt werden, nach der Schule ihre Termine haben und sich die Zeit dazwischen gemeinsam vertreiben. Die, die stationär hier sind, tragen ein dunkelviolettes Plastikband am Handgelenk. Manchmal haben Jugendliche von außerhalb Berührungsängste und meiden die, mit den Handgelenksbändern, weil sie sie für verrückt oder gefährlich halten. Das stimmt aber nicht. Akute psychische Erkrankungen können jeden treffen, absehbar oder unverhofft – wie bei physischen Gebrechen. Und ebenso wie bei körperlichen Krankheiten, kann man mit Behandlungen, Therapien und Medikamenten vollständige Genesung erzielen. Nicht immer, aber doch oft.

Ich versuche niemanden hier abzustempeln. Niemanden anzustarren. Manchmal ist das schwer, weil man ihnen anmerkt, dass es ihnen nicht gut geht. Dann starrt man hin, weil man herausfinden will, wie man helfen kann.

Der Junge, der immer in der Ecke vor einer Staffelei sitzt, redet nicht. Auch wenn man ihn anspricht. Ich dachte, er wäre vielleicht stumm, aber jemand von den anderen hat mir versichert, dass er sprechen kann. Er will nur nicht.

Ich komme meistens nach der Schule und setze mich in den Aufenthaltsraum, wenn ich warten muss. Wenn sie Pictionary, Tabu oder Uno spielen, frage ich, ob ich mitmachen darf. Wenn gerade niemand Lust auf Spiele in der Gruppe hat, lese ich. Die meisten, die auf eine ambulante Behandlung warten, lesen und schotten sich ab, weil sie nichts mit den stationären Jugendlichen zu tun haben wollen. Ich versuche ihnen das Gefühl zu geben, dass es kein ›Ihr hier drin‹ und ›Wir da draußen‹ gibt. Obwohl viele wahrscheinlich trotzdem so empfinden.

Als die Tür aufgeht und *er* reinkommt, setze ich mich gerade hin. Dann fällt mir ein, dass es keine Extrapunkte in der Kategorie ›Körperhaltung wie ein Besen‹ gibt. Dann fällt mir ein, dass ich überhaupt keine Punkte bekomme. Maximal Stresspunkte im Gesicht, weil ich nervös werde, wenn ich *ihn* sehe.

Ich weiß nicht, was das ist. Ich habe mit sieben schon gerne analysiert, warum ich ein Kuscheltier lieber mochte als das andere, aber ich kann nicht festmachen, was mich so an ihm fasziniert, dass meine Hände schwitzen und mein Herz klopft, sobald er im selben Raum mit mir ist.

Vielleicht doch, es ist mir nur peinlich, weil es so oberflächlich ist: Er ist hübsch. Nicht auf die Art, wie Jungs in Serien hübsch sind. Er sieht nicht aus wie Randy aus ›Hör mal, wer da hämmert‹. Nicht so glatt, nicht lieblich. Aber in meinen Augen ist er der hübscheste Junge der ganzen Klinik. Straße. Stadt.

Ich finde seine Körperhaltung toll, seine Proportionen, den Schwung seiner Haare, das dunkle in seinen Augen. Alles an ihm ist schön für mich. Und faszinierend.

Ich bin noch nie einem Jungen begegnet, der so still ist, gleichzeitig aber so viel Selbstbewusstsein ausstrahlt wie er. Das ist eigentlich ein Widerspruch. Be ihm nicht.

Wenn er in einen Raum kommt, sehen alle hin, er muss nicht mal etwas sagen, er hat trotzdem diese einnehmende Präsenz.

Er kommt in den Aufenthaltsraum ohne Augenkontakt mit jemandem zu suchen. Das macht er nie. Er setzt sich auf den freien Stuhl neben den stummen Jungen an der Staffelei und greift sich das Buch, das neben mir auf dem Tisch liegt. Heute sitzt er so nahe, dass ich ihn riechen kann. Die meisten Jungs in unserem Alter riechen nach der Hälfte des Tages nach getragenen Schuhen und Schweiß. Hier meistens auch nach einem Hauch Desinfektionsmittel, weil überall Spender stehen, die man oft benutzen soll.

Er riecht so dezent gut und sauber wie ein frisch gewaschenes Laken. Ein richtig hübsches Laken. Aus schwarzem Leinen.

Ich weiß nicht, was ich da denke.

Ich weiß nur, dass ich aufhören sollte, ihn anzustarren. Manchmal passiert mir das. Ich denke aber, er merkt es nicht. Viele starren ihn an, weil er diese Wow-Aura hat, aber er ignoriert sie alle.

»Hey. Würdest du erraten, was das ist?«, will einer der anderen von ihm wissen, zeigt auf das Whiteboard und grinst.

Sie wollen ihm eine Reaktion zu dem Begriff abringen. Er neigt nur abschätzend den Kopf und zuckt dann mit den Schultern.

»Zwei kleine Pferde, die Rosinen fressen«, beschreibt er, was er sieht.

Oh Gott, wir sind Seelenverwandte!

Meine Gedanken sind Schwachsinn, aber sie machen mich glücklich und hibbelig. Weil wir dasselbe Ergebnis bei einem Rohrschachtest erhalten würden, der von einem emotional überforderten Teenager entworfen wurde.

Der Junge, der gemalt hat, lacht ihn aus.

»Du bist noch Jungfrau, das merkt man sofort! Dass dich noch niemand rangelassen hat!«, unterstellt er ihm.

Er zuckt nur mit den Schultern, wirkt ganz unberührt von dem, was ihm an den Kopf geworfen wurde, auch wenn es offensichtlich eine Beleidigung sein sollte.

»Ich erkenne zumindest absolut stumpfe Talentlosigkeit, wenn ich sie sehe«, sagt er, richtet den Blick wieder auf das Buch, obwohl er noch nicht fertig mit sprechen ist. Er würdigt den Pictionary Jungen nicht mehr mit Augenkontakt. »Lass das mit dem Zeichnen. Und sprich das mit den Sex-Pferden vielleicht auch irgendwann in der Gesprächstherapie an, vielleicht redet dir dort jemand die Sodomie aus.«

Ich verbiete mir zu lachen, weil ich, gemäß meines eigenen Moralkodex, keine Jugendlichen auslache, die hier stationiert sind – man weiß nie, was sie hergebracht hat.

Aber der Konter war sehr witzig.

Mit Sicherheit gemein. Man merkt, dass er klug ist. Und dass er keinen Wert darauf legt, von irgendjemanden gemocht zu werden. Das imponiert mir. Das ist das Gegenteil davon, wie ich mit anderen interagiere. Ich will alles erklären, richtigstellen, für jeden und alles einen Konsens finden. Er nicht.

»Ach, was weißt du denn schon übers Zeichnen? Nur weil du mit dem kleinen stummen Freak da abhängst, der irgendetwas hässlich in sein Skizzenbuch malt!«, giftet der eindeutig größere Junge und fuchtelt mit dem Stift vor seinem Gesicht herum.

Er hebt den Blick von seinem Buch.

Ganz langsam.

»Lass ihn in Ruhe. Halt dich von ihm fern. Und halt dein Maul. Verstanden?«

Ich bin schockiert, wie kalt er klingen kann, erbarmungslos ernst – obwohl seine Stimme eher hell ist. Noch nicht so tief, wie die des Jungen, der ihn angeschnauzt hat. Er braucht aber keinen tiefen Tonfall, um unmissverständlich klarzumachen, dass das, was er sagt, ernst gemeint und indiskutabel ist: In Ruhe lassen, Fernhalten, Maul halten.

Ganz direkt. Ganz ungeschönt.

Obwohl ich es eigentlich nicht mag, wenn jemand zu vulgäre Ausdrücke benutzt, bin ich Feuer und Flamme dafür, wie er den stummen Jungen verteidigt hat.

Mein Herz schlägt so fest, als würde ich gerade einen Adrenalinrausch bekommen.

Die anderen Jungs legen sich nicht weiter mit ihm an. Sie stecken sich mit nervösem Lachen an und tun dann so, als wäre nichts gewesen.

Ich verfange mich in seinem Profil, als er den Blick wieder auf das Buch richtet. Ich glaube meine Wangen haben vierzig Grad.

»Du kannst jetzt rein«, sagt er.

Ich schmunzle vor mich hin, weil ich ihn gerne sprechen höre.

Als er den Kopf hebt und mich ansieht, realisiere ich, dass er mit mir redet.

»Wie bitte?«, frage ich und setze mich so gerade hin, als hätte sich meine Wirbelsäule in eine Wasserwaage verwandelt.

»Du gehst immer nach mir rein. Zum Doc«, stellt er fest.

Ich nicke nervös.

»Ja! Ja! Klar! Auf in die Gesprächs-Hochburg! Lange Rede kurzer Therapie-Sinn!«

Gott, ich weiß nicht, warum ich so peinliches, wirres Zeug sage. Und auch noch so lächerliche Handgesten dazu mache. Als müsste ich spontan einen richtig schlechten Slogan fürs Radio erfinden, um Werbung für die Klinik zu machen.

Er sieht mich mit abschätzend geneigtem Kopf an, wie vorhin das Sex-Pony.

Ich wusste es; ich bin ein hässliches Pferd.

Bevor ich ihn in einer Übersprungshandlung anwiehern kann, springe ich auf und setze mich in Bewegung.

Ich platze mit hochrotem Kopf durch die Tür in den Therapieraum.

»Klopfen wir jetzt nicht mehr an? Habe ich verpasst, dass die Anarchie ausgerufen wurde?«

»Ja! Der Bundespräsident hat sich ein Megafon geschnappt und auf dem Marktplatz verkündet, dass sich alle Proletarier dieser Welt vereinigen sollen! Papa?«

»Ja?«

»Kannst du mir Medikamente gegen das Peinlich-Sein verschreiben?«

»Sicher. Hier.«

Mein Vater schmunzelt und schüttet eine Hand voll Smarties auf seinen Schreibtisch, bevor er mir den bequemen Stuhl neben dem Fenster anbietet.

Mir fällt auf, dass *er* vorhin darin gesessen hat. Ich muss lächeln. Und mich freuen, obwohl ich peinlich bin.

Victor

Wir halten auf die Bank zwischen den Weiden zu. Sie steht mitten im satten Grün der Parkanlage, zeigt weg von den Klinikgebäuden, von allem, was an Ärzte, Therapien und Krankheiten erinnert. Ich habe all das lieber im Rücken als vor der Nase. Vinc ist es egal. Ich weiß nicht, wie er so gut wegignorieren kann, wo er ist. Aber es scheint ihn kaum zu berühren, dass alle um ihn herum irre sind.

Das sagt man nicht. Ich weiß.

Ich versuche wirklich, die Fresse zu halten.

Meistens.

Manche Kinder und Jugendliche hier sind sicher nicht irre. Vielleicht sind sie einfach traurig. Und anders. Wie Vinc.

Oder auch nicht. Ich habe eigentlich keine Ahnung von diesem Scheiß. Ich weiß nur, dass ich nicht will, dass er nach dem ganzen Therapiekram, den er bis zum Nachmittag hat, immer allein oder mit den Problemschleudern abhängt, die hier gelandet sind, weil sie Kackfressen sind.

Das kann ihm unmöglich guttun. Er soll normal werden. Nicht angeklatschter.

Vielleicht bin ich auch ein blöder Idiot, der nicht rafft, was hier abgeht, aber ich finde es krass beklemmend. Irrenhäuser sind gruselig. Egal wie geil der Park um sie herum aussieht, wie viele süße Pferde sie an die Koppel am Hang stellen oder wie cool die Zimmer in den modernen Neubaukomplexen sind. Man sieht das Wort Psychiatrie trotzdem immer über allen aufleuchten. Man sieht es in den leeren Augen mancher Kinder, die alle irgendwie nach Desinfektionsmittel riechen, wenn sie an einem vorbeilaufen. Es ist einfach supermerkwürdig.

Vinc tut mir krass leid. Manchmal werde ich traurig, wenn ich abends an ihn denke. Während ich in meinem Zimmer, in meinem eigenen Bett liegen kann und alles in Ordnung bei mir ist. Nichts bei uns zu Hause riecht nach Desinfektionsmittel. Mein Vater riecht zwar immer nach Wein, aber das ist nur peinlich, nicht irre.

Ich bin nicht allein. Niemand hat mich weggesperrt. Niemand hat mir alles, was ich gernhabe, weggenommen. Von einem Moment auf den anderen. Das muss so scheiße sein. Grenzenlos scheiße. Scheiße hoch unendlich mal zwei.

Er schlägt sich eigentlich gut. Seit ein paar Tagen wartet er gegen fünf Uhr draußen vor dem großen, hellgrauen Gebäude, in dem er sein Zimmer hat, auf mich. Früher musste ich immer erst am Empfang nach ihm fragen. Bei der Frau von der Adams Family mit der weißen Haarsträhne. Ich schwöre, die arbeitet hier. Und sie hasst mich. Weil ich sie übel angeschnauzt habe, nachdem ich mich bei ihr vorgestellt hatte und gefragt habe, ob ich Vincent Christensen besuchen kann. Nachdem sie ›Ach so Junge! Du bist wahrscheinlich sein Bruder‹, zu mir gesagt hat, könnte es sein, dass ich ihr damit gedroht habe, ihr aufs Pult zu rotzen, wenn sie mich so bei Vinc ankündigt.

Nein, ich kann mich so richtig gar nicht benehmen, wenn die Alarmglocken in meinen Kopf zu schrillen beginnen. Aber ich konnte auch nicht zulassen, dass sie zu Vinc sagt: ›Dein Bruder möchte dich sehen.‹

Wenn er nach so einem Satz aus dem Fenster oder von einem beschissen hohen Dach springt, nur weil Mortisch Adams …?! Mortascha? Ich kann mir Namen so schlecht merken! Aber wenn er sich killt, nur weil Schwester Null-Hirn-Gruselhaar beschließt, dass wir verwandt sein müssen, weil wir beide schwarze Haare haben und unsere Nachnamen ähnlich ausländisch klingen, dann nehme ich den Laden auseinander! Unsere Eltern sind vielleicht dieselbe Art von Ausländer, aber auch wenn Dänemark klein ist, wir sind dort NICHT alle verwandt!! Denke ich.

Ich kann ihm Lorens nicht ersetzen. Allein der Gedanke macht mich wütend, weil es anmaßend, peinlich und scheiß dumm wäre so etwas überhaupt zu versuchen. Niemand ersetzt seinen Bruder. Vinc wird einfach nie wieder einen haben.

Ich habe vielleicht nicht viel Ahnung vom Leben und den großen, krass wichtigen Dingen, aber ich weiß trotzdem, dass sich diese Lücke in ihm nie wieder schließen wird. Er muss lernen damit zu leben.

Genauso scheiße ist das manchmal wahrscheinlich. Dann verschwindet der Mensch, den man am meisten geliebt hat für immer und ewig im Nichts. Und man bleibt mit dem Idioten zurück, mit dem man sich dienstags und donnerstags nach der Schule immer in einem Turnsaal mit den Füßen ins Gesicht getreten hat.

Er tut mir echt leid.

Das Kickboxtraining macht ohne ihn keinen Spaß mehr. Alle fragen mich, wie es ihm geht, aber ich weiß nicht, was ich ihnen sagen soll. Oder will.

Es geht sie nichts an. Mich eigentlich auch nicht. Ich weiß nicht mal, ob wir Freunde sind. Vinc und ich. Da gab es nie einen Moment zwischen uns, in dem wir beschlossen haben, dass wir jetzt gerne abhängen. Eigentlich haben wir keine Gemeinsamkeiten. Bis auf den Kampfsport. Und Dänemark. Also doch Gemeinsamkeiten. Aber echt lahme.

Ich weiß nicht, was wir sind.

Trainingspartner, die sich gerne boxen.

Freunde, die zu verschieden sind – eigentlich ist es furzegal.

Ich weiß, dass ich mich schlecht fühle, wenn ich nach der Schule nicht herkomme und nach ihm sehe. Weil ich das Gefühl nicht ausstehen kann, dass er allein hier versauert.

Die ersten zweimal, in denen ich hier war, ist er nicht runtergekommen. Beim dritten Mal schon. Jetzt wartet er meistens schon vor dem Gebäude, neben den Aschenbechern auf mich. Dort wo es sicher für ihn stinkt. Er raucht nicht. Aber er weiß, dass ich eine Zigarette in der Hand habe, wenn ich anrausche. Also steht er da und sieht unberührt von der Tatsache aus, wo er ist. Manchmal finde ich das gruselig. Dann denke ich aber, dass er vielleicht einfach die coolste Sau der Welt ist. Oder er spinnt. Ich kann es echt nicht sagen.

Es gibt Momente, da kommt Vinc mir abartig egoistisch vor und dann trottet er ganz selbstverständlich neben mir durch die

Wiese, obwohl er es nicht leiden kann, im Parkbereich in der offenen Sonne zu sitzen.

Er würde lieber drinbleiben, aber er weiß, dass ich mich im Freien wohler fühle und die Umgebung dort leichter ausblenden kann. Also halten wir weiter diskussionslos auf die Parkbank zwischen den Weiden zu. Dort, wo er in der Sonne austrocknen und zerbröseln wird, weil er mit ziemlicher Sicherheit ein Vampirjunge ist.

Heute ist er besonders blass. Ich frage nicht wieso. Gehört sich nicht.

Oder ich bin zu feige, um die Antwort zu hören, weil ich nicht damit umgehen könnte zu wissen, dass er jetzt auch körperlich krank geworden ist.

»Was ist das?«, will ich wissen, weil mir auffällt, dass er eine Mappe oder ein Notizbuch in der Hand hat.

Er hält es beim Gehen fest an die Hüfte gepresst.

Als er sich auf die Parkbank setzt, legt er die braune Mappe auf seinen Schoß.

»Die Skizzen, die er gemalt hat«, antwortet Vinc, als müsste ich wissen, was er meint.

Muss ich wahrscheinlich auch. Ich gebe zu, ich höre nicht immer zu hunderttausend Prozent hin. Bei niemandem. Manchmal habe ich Probleme, meine Aufmerksamkeit fokussiert zu halten. Deshalb bin ich schlecht in der Schule. Und habe kaum Freunde. Nicht weil ich ein faules, freches Arschlochkind bin, sondern weil ich ADIDAS habe. Oder so ähnlich. Ich habe dem Schularzt nicht lange genug zugehört, der Mann ist scheiße langweilig.

»Er?«, wiederhole ich, was Vinc gesagt hat und zucke ahnungslos mit den Schultern, während ich auf die sattelbraune Mappe gucke.

»Finn«, höre ich ihn sagen.

Mein Gesicht verzieht sich automatisch zur Grimasse.

»Ach, der kleine Grufti malt?«, entgegne ich genervt, weil mich alles an Finn nervt.

Angefangen mit seinem Namen, der nicht nach Namen, sondern nach dem Geräusch klingt, das eine Münze macht, wenn sie auf eine Glasoberfläche aufschlägt. Wenn wir jetzt jeden Trottel nach einem Geräusch benennen, ist die Welt bald voller Pings, Wuschs und Karl Heinz Kabumms.

Vinc mustert mich regungslos streng von der Seite.

»Ja, ich habe ich dir schon letzte Woche erzählt, dass er zu malen begonnen hat. Und nenn ihn nicht so«, verlangt er.

Vinc ist niemand mit einem Heldenkomplex, der kleinere, schwächere ständig verteidigt, auch wenn sie Idioten sind. Das macht er nur bei Finn. Ich weiß warum, aber ich darf es trotzdem scheiße finden.

»Dir ist schon klar, dass ich dir nicht zuhöre, wenn du über den kleinen Grufti redest, oder?«, maule ich zurück, weil ich mir den Mund nicht verbieten lasse und sehe ihn den Kopf schütteln.

»Machst du das eigentlich mit Absicht?«, will er wissen.

»Was?«

»Na, das penetrant Sein.«

»Ach das! Ja. Absicht. Kam nicht so rüber?«

»Doch. Ich wollte nur mal nachgefragt haben.«

Er schmunzelt mild, während ich laut genug für uns beide lache.

»Die Skizzen sind wirklich gut«, hakt er – nach einem kurzen Moment der Stille – wieder am Thema ein.

»Er hat enorm viel Talent«, bescheinigt er Finn.

»Echt? Zeig mal.«

Er öffnet die Mappe und hält sie mir hin. Ich neige beim Betrachten den Kopf.

»Schön, oder?«

»Schön?«, wiederhole ich. »Also wenn du das ›schön‹ findest, läuft deine Therapie in die entgegengesetzte Richtung. Die Schwarz-Rot-Scheiße ist garantiert nicht schön!«, stelle ich klar und werde dabei auch ein bisschen wütend, weil ich es kacke finde, dass Finn so eine düstere, hässliche Furzkacke malt und sie Vinc schenkt. Als würde er ihn da reinziehen wollen. In die Dunkelheit, die er sieht, weil er wirklich gestört ist. Nicht nur traurig. Verdreht.

Er hat Vinc, seit sie hier sind, viel Ärger gemacht. Als sie ihn aus der Abteilung entlassen haben, in der man ständig überwacht wird und nicht nach draußen darf oder Besuch empfangen kann, hat er ›*Tot sein ist schön*‹ auf ein Papier geschrieben und es unter Vinc' Kopfkissen gelegt. Die Krankenschwester hätte es am nächsten Morgen beim Bettenmachen gefunden und Vinc wäre garantiert wieder in Sicherheitsverwahrung gekommen – oder wie das heißt.

Zum Glück hat er den Wisch selbst zuerst entdeckt und verbrannt.

Als er mir davon erzählt hat, war ich richtig wütend.

Für uns beide. Vinc war nicht sauer auf Finn.

Er tut jeden Scheiß, den er abzieht, mit einem Schulterzucken ab. Lässt sich alles gefallen.

Das sieht ihm nicht ähnlich. Und ich denke auch nicht, dass Finn das verdient hat.

Jemand der anderen wehtun will, nur weil es ihm selbst auch irgendwo wehtut, ist kein guter Mensch.

Ich mag ihn nicht. Ich sehe ihm irgendwie an, dass er sich Vinc schnappen und für immer an sich ketten möchte. Damit sie ewig zusammen in einer dunklen Welt sitzen können.

Nicht, solange ich etwas mitzureden habe!

Und ich rede überall mit, ich kann mein Maul ganz schlecht halten.

»Ich meine die Perspektiven, die er malt, die Art wie er den Stift führt, das ist schön. Kunst eben«, erklärt Vinc mir.

Ich winke ab und stecke mir eine Zigarette an.

»Ah, so ein Mist! Weißt du, was wirklich schön ist? Ein Sonnenaufgang über dem See! Der schwarze Hengst, der drüben auf dem Hügel steht und immer so krass glänzt. Keine Sau steht morgens auf, geht zur Tür raus und sieht etwas, das dieser Scheiße, die Finn malt, auch nur ähnelt, und denkt sich ›Joa, das ist aber eine echt schöne schwarz-rote Todes-Grufti-Kacke hier!‹ Blumen, Bäume, so Vogel-Dinger, mit so … na ja Tiere eben! Das ist schön. Das macht Menschen fröhlich!«

»Das ist Kitsch, Victor. Kitsch macht mich nicht froh. Kunst schon.«

»Ich hasse manchmal, dass du so schräg bist«, werfe ich ihm ungeschönt an den Kopf und rümpfe die Nase. »Weißt du, dass du immer nach Desinfektionsmittel muffelst, seit du hier bist?«

Vinc lacht richtig ausgiebig. Er grinst mich lieb an. Manchmal kann er das.

»Ich weiß«, sagt er nur und zuckt verlegen mit den Schultern. Dann wechseln wir das Thema.

»Ist dir bewusst, dass da drüben ein Mädchen steht, das die ganze Zeit zu uns rüber sieht, während sie auf den Bus wartet?«, will ich wissen.

Ich bin eigentlich ein Null Checker, aber das Mädchen an der kleinen Bushaltestelle, das auf den internen Klinikbus wartet, der nur zu jeder vollen Stunde über das Gelände fährt, versucht so auffällig unauffällig zu vertuschen, dass sie uns beobachtet, dass es sogar mir ins Auge springt.

Ich glaube, sie hat eine leichte unkorrigierte Sehschwäche, sie muss nämlich die Augen zusammenkneifen, wenn sie ganz genau wissen will, ob wir lachen oder heulen – das liegt hier wahrscheinlich nah beieinander.

Vinc nickt. »Ja. Ich sehe sie.«

»Ich glaube, die steht auf mich«, stelle ich fest und setze mich etwas cooler auf die Bank, weil ich die Vorstellung toll finde.

Als ich zu Vinc sehe, fällt mir auf, wie finster er mich plötzlich von der Seite mustert.

»Was?!«, brumme ich.

»Sie steht auf *mich*. Okay?«, behauptet er und sieht dabei kampflustiger aus, als ich es in letzter Zeit von ihm gewohnt bin.

Ich mag die Emotionen in seiner Miene – das Knurren in seiner beschissen hohen Stimme klingt vertraut, weil es ihn wieder lebendiger wirken lässt. So, wie er früher war: Ein arrogantes Arschlochkind. Neuerdings mit der Illusion, dass Mädchen auf ihn stehen. Aber okay.

»Ich kenne sie«, gibt Vinc zu und sieht mich das Gesicht verziehen.

»Von hier? Okay. Welchen Knall hat sie?«, frage ich nach und höre ihn stöhnen, weil er es nicht mag, wenn ich ungefiltert sage, was ich Blödes denke. Ich mag es nicht, wenn er Bilder aus dem siebten Kreis der Hölle mit sich rumschleppt. Keiner kriegt, was er will. Das ist nur fair.

»Sie ist die Tochter meines Docs.«

»Wie meinst du das? Sie hält sich für die Tochter eines Doktors, oder …«

»Denkst du echt, alle hier sind absolut geisteskrank?!«, will Vinc wissen und gestikuliert mit den Händen herum.

Ich verstehe die Frage nicht so richtig, deshalb zucke ich nur mit den Schultern und reiße die Hände ebenso energisch nach oben wie er.

Nachdem er geseufzt hat, redet er weiter. Sieht zu ihr rüber, aber nur ganz kurz.

»Sie ist einfach seine Tochter. Ich glaube, sie bringt ihm Lunch. Nach der Schule.«

»Hmm. Und weiß sie, dass du weißt, dass sie die Tochter des Doktors ist.«

»Nein.«

»Schräg.«

»Wieso?«

»Ach, nur so. Vielleicht, weil ihr euch in der Klapse kennengelernt habt! Aber was weiß ich schon? Ich bin nur ›normal‹.«

Vinc hebt eine Braue. »Bist du sicher, dass du ›normal‹ bist? In dem Pornoheft, das du mir mit dem Süßigkeiten-Korb deiner Eltern eingeschleust hast, waren nur gefesselte Frauen und alle Typen hatten Masken auf und Peitschen in der Hand.«

»Hey!«, fauche ich ihn an und hebe drohend den Finger. Meine Stimme überschlägt sich kurz, weil mir das Thema peinlich ist. »Du hast versprochen, wir reden nicht darüber!«, erinnere ich ihn.

»Ich habe gar nichts versprochen«, meint Vinc und zuckt mit den Achseln.

»Doch! Nonverbal! Nonverbal haben wir uns am Tag danach in die Augen gesehen und abgemacht, dass wir einfach niemals darüber reden! Okay?! Das mit dem Heft war ein Versehen! Hab das Falsche reingepackt!«, erkläre ich energisch.

Vinc lacht leise.

Ich verschränke die Arme vor der Brust.

Noch während ich vor mich hinmurmle, dass ich das Heft gefälligst zurückwill, springt Vinc auf. Er legt Finns Mappe neben mich und streift sich den Pullover glatt.

»Was machst du?«, will ich wissen.

»Beweisen, dass sie mich ansieht. Nicht dich.«

»Wie denn?«, will ich wissen.

»Weiß ich noch nicht«, gibt er zu und läuft trotzdem los.

Anna

Ich weiß nicht, warum er plötzlich aufsteht und seinen Freund sitzen lässt, aber ich nehme an, er will zurück ins Gebäude und muss deshalb an mir vorbeilaufen.

Damit es nicht so wirkt, als würde ich ihn auf Schritt und Tritt beobachten, drehe ich ihm den Rücken zu und sehe mir mit großem Interesse das Stopp-Schild an der Bushaltestelle an. Wunderschöne Verarbeitung! Sehr lesbares Schriftbild!

Ich höre seine Schritte, horche, wann sie leiser werden, damit ich weiß, wann er weg ist und ich aufhören kann, den nächsten großen John Grisham Roman auf einem Verkehrsschild zu lesen. Seine Schritte werden aber nicht leiser. Nur langsamer. Dann bleibt er stehen.

»Hallo.«

Bevor ich darauf reagiere, kneife ich die Augen zusammen und stelle mich darauf ein, dass ich mich gleich umdrehe, er aber eigentlich jemand anderen angesprochen hat.

Als ich mich auf den Absätzen drehe, steht sonst niemand da. Nur er. Und ich.

Wenn er mir jetzt sagt, dass mein Rock in meiner Strumpfhose feststeckt, kotze ich umgehend eine ganze Packung Smarties.

»Ja, bitte?« Ich kann mir die Frage, warum ich wie eine Schaltermitarbeiterin bei der Bank klinge, sobald er mich anspricht, selbst auch nicht beantworten. Ich weiß nur, dass es mich nicht wundern würde, wenn er mich nur angesprochen hat, um bei mir eine Versicherung abzuschließen.

Man hat mir schon oft gesagt, dass ich etwas steif wirke und bieder – das ist kein Kompliment. Eigentlich bin ich nicht so, zumindest nicht mit Absicht. Die Unsicherheit lässt mich zugeknöpfter wirken als ich bin.

Zum Glück ist er cool genug für uns beide.

»Fährst du nach Hause?«, will er wissen.

»Ja. Ich habe abends immer noch Flötenunterricht. Klingt lahm, ist es aber eigentlich wirklich ni... es ist total lahm«, gebe ich zu, weil ich nicht weiß, wie ich diesen Satz noch retten kann.

Er nickt. Darüber, dass Flöten lahm sind, scheinen wir uns einig zu sein.

»Willst du mich etwas fragen?«, sagt er als nächstes und sieht mich erwartungsvoll an.

»Was? Wie kommst du darauf?«, entgegne ich.

Ich will ihn tausend Dinge fragen, aber das Teenager-Gesetzbuch, macht unter den Paragrafen Sieben und Fortfolgende unter dem Punkt ›Zuneigung‹ klar, dass diese, öffentlich zur Schau gestellt, eine Peinlichkeitsstrafe von bis zu zwei Wochen nach sich ziehen kann. Ich halte mich also an den Kodex und leugne ALLES.

Er mustert mich mit den dunklen Augen, die aus der Nähe unwirklich tief aussehen.

»Ich dachte, du siehst zu mir rüber«, meint er und deutet auf die Bank, auf der er vorhin gesessen hat.

»Nein. Ich habe mir das schwarze Pferd angesehen«, sage ich und deute zwar hinter ihn, in Richtung Bank, aber auf die Koppel.

Er grinst kurz, aber wirklich nur kurz.

»Er heißt Victor. Anscheinend hatte er recht.«

»Das Pferd heißt Victor?«, frage ich. Hätte ich eine Sekunde länger nachgedacht, hätte ich verstanden, dass er seinen Freund meint und nur Scherze macht.

Bevor er es kann, bessere ich mich selbst aus. »Entschuldige. Selbstverständlich meinte ich den Hengst da hinten.«

Ja, ich höre, was ich gesagt habe. Er auch. Er verzieht die Lippen und schüttelt dann den Kopf.

»Nein, das macht es nicht besser«, schätzt er ab.

Ich stimme ihm zu. »Nein, das macht es wirklich nicht besser. Ich sollte aufhören zu reden. Für gewöhnlich werden meine Ansprachen länger, wirrer und am Ende peinlicher, wenn man mich zu lange ungebremst zu Wort kommen lässt«, warne ich ihn unbeholfen.

Er zuckt mit den Schultern.

»Ich riskiere das. Rede weiter«, meint er.

Ich lache ihn an. Weil er das so lieb gesagt hat, dass sich meine Glücksgefühle in irgendetwas manifestieren müssen.

»Mein Name ist Anna«, verrate ich ihm.

»Wie heißt du?«, will ich wissen und sehe ihn die Hände in die Hosentaschen stecken. Sein Ärmel rutscht dabei ein Stück nach oben.

»Vincent«, nennt er mir seinen Namen.

Mein Blick und meine Gedanken hängen aber an etwas anderem fest.

»Hast du da … ein …« Ich strecke meine Hand nach seinem Unterarm aus, dann fällt mir ein, dass ich mich gar nicht traue, ihn anzufassen. Muss ich auch nicht. Er folgt meinem Blick und schiebt dann den Ärmel seines dunkelgrauen Pullovers nach oben.

»Ist das echt?«, will ich wissen, weil das Tattoo nicht geklebt aussieht. Die schwarzen Federn wirken, als hätte sie jemand in seine Haut gestochen.

»Das ist es. Echt. Stört es dich?«

Ich sehe ihn mit großen Augen an, weil ich nicht weiß, wie ich ihm diese Frage beantworten soll.

»Es ist ungewöhnlich. Du bist so … jung«, sage ich und mustere sein Gesicht. Er ist bestimmt nicht älter als ich. Noch ein Schüler. Ich weiß nicht, warum er hier ist, aus welchen Verhältnissen er kommt und warum er Hilfe braucht. Mir ist aber klar, dass er unheimlich klug ist. Nachdenklich. Dass er niemand zu sein scheint, der unüberlegt spontan Dinge tut, die er später bereut – so wirkt er zumindest nicht. Er wirkt, als würde er sehr viel nachdenken. Sicher auch über die Tinte in seiner Haut, die für immer dort sein wird.

»Ungewöhnlich. Ich weiß. Aber es war mir wichtig, es machen zu lassen«, sagt er.

»Ich verstehe. Okay.«

Ich verstehe nicht, wieso es ihm wichtig war, aber ich begreife, dass es große Bedeutung für ihn hat – das sehe ich ihm an. Eine ausführlichere Erklärung schuldet er mir im Moment gar nicht. Das ist schon viel.

Ich schrecke hoch, weil ich merke, dass meine Finger noch immer neugierig über seinen Arm schweben.

»Möchtest du mal anfassen?«, fragt er mich und schmunzelt so, wie ich noch nie einen Jungen schmunzeln gesehen habe. Ich ziehe die Finger verlegen weg.

Mein Körper überschüttet mich mit Endorphinen.

Er kommt einen Schritt näher und fährt sich selbst mit den Fingerspitzen der anderen Hand über den Unterarm. Ich beobachte ihn dabei so gebannt, dass ich erst merke, dass ich mir auf die Lippen beiße, als sich sein Blick an meinem Mund verfängt.

»Gib mir deine Hand«, sagt er.

Er fasst mein Gelenk sanft, trotzdem landen meine Finger sofort dort, wo er sie haben möchte. Wo ich sie haben wollte, hätte ich mich getraut.

Man fühlt die Tinte auf seiner Haut nicht, auch wenn man darüberstreift. Was ich stattdessen fühle, wenn ich über seinen Unterarm streichle, verbalisiere ich für ihn.

»Ganz warm. Hart.«

Gott, ich höre, wie ich klinge!

Ich blinzle mit verlegenen Augen und bin bereit hier und jetzt eine Rede darüber zu halten, warum Zweideutigkeiten immer eine noch schmutzigere Vorstellungskraft des Empfängers als des Absenders voraussetzen. Bevor ich irgendetwas sagen kann, zieht er aber seinen Arm weg.

Ich denke, ich habe es vermasselt.

Vielleicht sieht er gerade das Pferd in mir oder …

»Möchtest du mit mir ins Kino gehen?«, fragt er.

Ich beginne zu nicken. Ich höre gar nicht mehr damit auf.

»Ja. Klar! Heute habe ich die Sache mit der lahmen Flöte. Morgen habe ich lange Schule, aber…«

»Ich kann nicht so bald«, unterbricht er mich und blickt zu dem Gebäude hinter uns.

»Ja, natürlich. Ist klar!«, rufe ich verlegen, weil ich ausgeblendet hatte, wo wir sind. Wo er ist.

Ich hatte das dunkelviolette Band an seinem Gelenk nicht mehr gesehen, obwohl es eindeutig da ist. Er darf nach dem Abendessen nicht mehr raus.

»Wie lange bist du denn noch hier?«, frage ich vorsichtig, weil mir klar ist, dass das ein sensibles Thema ist. Ich weiß nicht, wie viel er mir erzählen will.

»Es dauert noch, bis wir ins Kino können«, gibt er zu.

»Schon gut, ich warte gerne. Also nicht gerne, ich würde gerne *nicht* warten, aber es geht natürlich vor, dass du …«

»Ich will nicht so lange warten«, sagt Vincent plötzlich.

Noch bevor ich mir seinen Satz durch den Kopf gehen lassen und ihn interpretieren kann, beugt er sich zu mir.

Ich behalte die Augen sperrangelweit offen, als er mich küsst. Das ist merkwürdig. Und trotzdem bleibt es der schönste Moment, den ich jemals erlebt habe.

Vincent hat alles richtig gemacht. Er hat die Augen geschlossen, öffnet sie ganz langsam wieder und sieht in mein perplexes Gesicht. Er legt mir die Hand auf die glühende Wange.

»Hattest du die Augen offen?«, will er wissen.

»Ja. Entschuldige. Ich bin nicht gut in Dingen, die ich noch nie gemacht habe. Ich bin eher … sehr lernfähig nach einer gewissen Anzahl an Wiederholungen. Gib mir etwas Zeit, du hast mehr Erfahrung.«

Er schmunzelt.

»Ich habe das auch noch nie gemacht«, sagt er und sieht für einen Moment so verlegen aus, dass ich ihm sogar glaube. Obwohl er der coolste Junge der Welt ist.

»Dein erster Kuss?«, frage ich und wippe nervös auf der Stelle.

»Ja.«

»Danke für die Ehrlichkeit«, entgegne ich, weil er auch flunkern und erfahren spielen hätte können.

Er muss sich aber gar nicht mehr cooler machen als er ist.

Ich nehme mir ein Beispiel an seiner Ehrlichkeit.

Es gibt da ein Missverständnis zwischen uns beiden, das ich nie aufgeklärt habe, weil ich Angst hatte, dass er mich dann meidet. Vielleicht will er das auch jetzt. Nachdem ich es ihm gesagt habe.

»Du solltest etwas wissen …«

»Ja?«

»Mein Vater ist dein … Psychotherapeut.«

Vincent sieht mich mit großen, schockierten Augen an. Dann schmunzelt er schief, streichelt mir mit dem Daumen über die Wange.

»Ich weiß. Mach die Augen dabei zu«, verlangt er. Dann erleben wir unseren zweiten Kuss gemeinsam.

Victor

Ja. Okay. Sie hat doch mit ziemlicher Sicherheit Vinc angesehen. Er knutscht mit ihr.

Ich will brummen. Aber ich muss mich freuen. Und ein Danke nach oben, in die Wolken schicken.

Das ist genau das, was er braucht, um wieder zurückzufinden. Dorthin, wo das Leben nicht nur Schwarz ist.

ENGEL

Anna

»Hat Papa die Tür zugemacht?«, rufe ich in den Flur, weil es sich anfühlt, als würde Zugluft durchs Haus wehen.

»Weiß nicht!«, lautet die überhaupt nicht hilfreiche Antwort meines kleinen Bruders.

Unsere Eltern fahren heute Abend mit Freunden zu einer Veranstaltung.

Zum ersten Mal, seit den zwanziger Jahren. Zumindest hat mein Vater so getan, als hätte seine letzte Party beim großen Gatsby stattgefunden.

Ich stehe vor meinem Kleiderschrank und versuche zu eruieren, ob Karomuster lahm sind und wo genau in meinem

Kleiderschrank der äquivalente Punkt aus dem Mode-Koordinatensystem liegt, an dem ich mich x (cool kleide) und y (noch bewegen kann).

Beim letzten Mal gab es ein Schuhdebakel – die Schuhe waren schön, meine Füße das Debakel. Dass Mutter-Evolution es nicht vorgesehen hat, dass Menschen die Fähigkeit auf Absätzen zu laufen, dank irgendeiner Form von Instinkt und damit ohne Übung beherrschen, musste ich auf die harte Tour verinnerlichen. Nachdem ich festgestellt hatte, dass man Laufen in einer neuen Höhe auch neu lernen muss und Treppen dabei nicht hilfreich sind, hat mein Knie geblutet. Die schwarzen Stöckelschuhe haben allerdings weiterhin hervorragend zu dem Rotton des Blutes gepasst, das mir über das Schienbein gelaufen ist.

Das Date war trotzdem toll. All unsere Dates sind das, einfach weil Vincent dabei auftaucht und anwesend ist. Mehr muss nicht passieren, um mich glücklich zu machen.

Ich kann das Gefühl, bei ihm zu sein, schwer beschreiben, aber es ist ein bisschen wie fliegen. Nicht nur, wenn ich mir das Knie nach einem missglückten Flugmanöver aufschlage – immer. Egal, ob wir durch die Innenstadt spazieren, ins Kino gehen oder ob er mich nur von der Schule abholt und nach Hause bringt.

Mir fällt ein, dass ich das mit den Karos lieber seinlassen sollte. Vincent geht auch auf eine Privatschule, da ist man meistens übersättigt von Mustern, die auch nur entfernt an Tartan erinnern. Wobei, das in einer reinen Jungenschule auch wieder anders ist. Ich hatte vergessen, dass er die meiste Zeit über keine Röcke sieht.

Allgemein fällt es mir schwer, so auszusehen, wie ich gerne für ihn aussehen würde.

Manchmal habe ich das stechende Gefühl, dass ich nicht zu ihm passe. Dass er eine ganz andere Art von Mädchen treffen könnte, eine, die macht, dass sich Leute nach ihnen umdrehen, einfach weil sie diese Wow-Ausstrahlung teilen, die Vincent sowieso hat.

Dann sage ich mir aber die Tatsache vor, dass er sich nicht so viel Mühe um mich geben würde, würde er lieber ein anderes Mädchen daten.

Vincent ist sehr charmant, höflich – nicht immer, aber man merkt, dass er gute Manieren anerzogen bekommen hat. Er interessiert sich für Kunst, er schreibt nur gute Noten und er hält sich nicht damit auf, Everybody's Darling zu sein.

Vincent kann auch sehr kühl auf andere wirken, dann scheint er gleichgültig und empathielos in seiner Interaktion, aber ich denke, so ist er nur zu Leuten, die ihm aus irgendeinem Grund zuwider sind. Weil er seine Energie eben nicht damit verschwendet, jeden glücklich zu machen und zufriedenzustimmen dem er begegnet.

Ich kenne keinen Jungen, der klüger ist als er – nicht nur was Schulwissen betrifft, auch auf eine smarte, lebenserfahrene Weise. Er denkt viel nach. Über was, weiß ich nicht immer – wir reden, aber er ist niemand, der seine Gefühle und seine Gedanken ständig auf einem Silbertablett serviert.

Ich weiß viel über ihn. Denke ich. Dass sein Leben diesen großen, schwarzen Fleck hat, weiß ich. Warum er noch immer einmal die Woche zur Therapie geht, ist mir auch klar.

So etwas lässt einen nicht einfach los. Selbst dann nicht, wenn man einen Weg in einen neuen Alltag gefunden hat.

Papa sagt, große Verluste sind so einschneidend, dass sie Lebenswege mitbestimmen, Zukunftsentscheidungen beeinflussen – lange über den Punkt hinaus, an dem man das Gefühl haben könnte, dass man Frieden mit der Vergangenheit geschlossen hat. Es geht gar nicht um Frieden. Sondern darum, wie die Zeiten, die eben nicht friedlich waren, einen zeichnen. Das bleibt. Wie bei einem Baum, in den der Blitz einschlägt. Er erholt sich vielleicht davon, wächst weiter, aber er wird immer ein bisschen anders aussehen als vor dem Einschlag.

Vincent redet nicht viel über seinen Bruder. Mit mir. Mit meinem Vater hoffentlich schon. Ich wünsche mir manchmal, er würde mir mehr erzählen, aber vielleicht ist es auch anmaßend von mir zu glauben, ich könnte ihm dabei helfen schneller zu heilen, nur weil er mich mehr einbezieht. Ich will ihm helfen, aber ob ich das wirklich kann, weiß ich nicht.

Ich entscheide mich für ein schlichtes schwarzes Kleid und ein paar schwarze Pumps. Unser letztes Date ist über drei Wochen her. Seither hatte ich Zeit zu üben, in hohen Schuhen zu laufen. Durch den Flur im Haus, hinten im Garten, dort wo wir Pflasterstein gelegt haben. Ich sollte gewappnet sein. Interessanterweise läuft mein kleiner Bruder besser in High Heels als ich – mein fehlendes Talent in Zusammenhang mit Stöckeln scheint also nicht genetisch kodiert zu sein.

Ich lege etwas Lippenstift auf und schiele dabei prüfend auf das Magazin auf meinem Schreibtisch.

Die Frau darauf sieht sehr gut aus – ich versuche ihren Look zu imitieren. In der Natur heißt es Mimikry, in der Vogue: Sieben Tipps, um so auszusehen wie Julia Roberts.

Ich bin nervös.

Das bin ich meistens, bevor ich mich mit Vincent treffe, aber das letzte Mal ist schon so lange her, dass ich das bisschen Coolness, das ich mir aus der Erfahrung der Routine, ihn oft zu sehen gezogen hatte, eingebüßt habe.

Er hatte Pfeiffersches Drüsenfieber. Das ging auch schon in meiner Schule herum, ich lag im letzten Jahr zwei Wochen flach und sah danach plötzlich wieder aus wie zwölf, weil mein Körper alles an weiblichen Kurven im Fieber verbrannt hat. Es hat viele Packungen Smarties und Zeit gebraucht, bis ich wieder so weit war, dass sich mein kleiner Bruder nicht mehr aus Versehen mit den Worten ›Tut mir leid, Anna!‹ bei dem Kehrbesen in der Ecke entschuldigt hat, wenn er ihn nachts beim Gang ins Badezimmer umgestoßen hat.

Ich summe den Whitney Houston Song mit, den sie im Radio spielen, und versuche herauszufinden, welche Weste am besten zu meinem Kleid passt. Während ich die lange schwarze und die kurze graue abschätzend mustere, wird mir seltsam zumute.

Ich will mich umdrehen und umsehen, aber da sind plötzlich Hände, die mich von hinten festhalten. In einer Sekunde bin ich mir noch sicher, dass sich gleich alles aufklärt, in der nächsten bin ich mir sicher, dass ich sterbe.

»Du siehst schön aus«, brummt mir die Stimme eines erwachsenen Mannes ins Ohr, die ich noch nie gehört habe.

Ich lasse einen spitzen Schrei los, winde mich, mit so viel Kraft ich kann, und schaffe es nur dank des Adrenalinrausches freizukommen. Ich will ihn mit dem Kleiderbügel schlagen, aber ich werfe ihm nur die Strickweste an den Kopf, sie sich zum Glück, dank des Hakens am Bügel, in seiner Kleidung verfängt, sich über seinen Kopf legt und ihn blind macht.

»Was zur Hölle …«, knurrt der alte Mann und stolpert über das Kabel meiner Stereoanlage.

Emil kommt in mein Zimmer gerannt, noch eine Tüte Chips in der Hand, aber aufgeregt.

»Bleib weg!«, rufe ich meinem kleinen Bruder zu.

»Was ist denn?!«, will er wissen und sieht, dass da jemand auf dem Boden liegt und versucht sich die Weste vom Kopf zu reißen.

»Ist das echte Wolle?! Ich bin allergisch gegen …«

Emil schreit auf, weil er die Stimme auch noch nie gehört hat.

»Ahhh! Fremder! Wer ist das?!«, brüllt er, schleudert die Packung Chips auf ihn und greift dann meine Hand.

»Ruf die Polizei!«, kreischt mein kleiner Bruder, während wir durch den langen Gang in Richtung Haustür hetzen. Ich will erstmal nur hier raus!

Ich höre das dunkle Husten, das bedrohliche Räuspern hinter uns lauter werden.

»Hey! Hey, bleibt stehen! Ich bin es! Anna! Flash Dance!«

»Wieso bleibst du denn stehen?! Bist du verrückt?! Anna! Komm!«, fleht Emil mich an und will mich weiterziehen, weil er Angst hat.

Flash Dance ist mein Lieblingsfilm. Das verrate ich aber niemanden, weil es peinlich ist auf Achtzigerjahre Streifen zu stehen.

Ich habe es ihm trotzdem erzählt, weil ich das Gefühl hatte, dass ich ihm ein Geheimnis schulde, nach all dem, was er mir anvertraut hat. Er weiß, dass das sonst niemand weiß.

Als ich mich umdrehe und irritiert, aber noch immer ängstlich, um die Ecke schiele, die zu meinem Zimmer führt, steht Vincent im Gang.

Er reißt die Arme in die Luft. In einer Hand die Tüte Chips, in der anderen meine Weste, die ihn zum Husten bringt.

»Mit Chips könnt ihr mich nicht töten, aber mit diesem Schaf schon«, gibt er zu und klingt dabei noch immer wie ein völlig Fremder.

Mein Bruder drückt sich an mir vorbei. Seine Angst verfliegt, die Neugier gewinnt Überhand.

»Vincent? Wieso klingst du wie Joe Cocker?«, will er von ihm wissen.

Vincent räuspert sich, wirft die Weste, gegen die er ganz offensichtlich allergisch ist, in mein Zimmer und kommt auf uns zu.

»Ich dachte, ich hätte eine Kehlkopfentzündung, zusätzlich zum Drüsenfieber. Alles war geschwollen und kratzig. Als ich wieder sprechen konnte, habe ich so geklungen. Mama hat sich auch erschrocken«, gibt er zu und schmunzelt dann so breit, wie ich ihn noch nie schmunzeln gesehen habe.

»Ich wollte dich nicht erschrecken«, brummt er mir zu, genießt den unglaublich tiefen Bass in seiner Stimme.

Ich bin noch immer perplex. Weil es ungewohnt ist, ihn so zu hören. Ich habe ihn zwar eine ganze Weile nicht gesehen, aber man rechnet trotzdem nicht damit, dass jemand sich in so kurzer Zeit so stark verändert.

Vincent hat auch schon früher älter gewirkt als er war – jetzt klingt er sogar erwachsen.

»Wow«, verbalisiere ich meine Verblüffung und sehe zu ihm hoch. Irgendwie wirkt er auch größer. Etwas ausgelaugt von der langen Krankheit, aber er hatte Muskelreserven vom Kickboxen, an denen sein Körper zehren konnte, deshalb ist er nicht abgemagert.

»Das ist ja cool!«, flötet Emil, der nun doch begeistert ist, dass hier jemand wie ein Erwachsener klingt.

»Jetzt kannst du Telefonstreiche machen und dich für einen Lehrer ausgeben! Oder für einen Polizisten!«

»Das wäre kriminell«, mache ich ihn aufmerksam. »Vincent würde nichts Kriminelles machen, nur weil er die Möglichkeit dazu hätte.«

Emil verzieht den Mund, weil er die Idee mit den Telefonstreichen lustig gefunden hätte. Er ist zwölf, er denkt solche Dinge nicht zu Ende.

»Eure Haustür stand offen«, erklärt Vincent. »Ich habe mich angekündigt, aber du hast Musik gehört und du hattest den Fernseher laufen«, erklärt er.

»Papa hat sie offengelassen. Er ist manchmal zerstreut«, sage ich.

»Sind eure Eltern nicht hier?«, will Vincent wissen.

Ich schüttle den Kopf. »Nein. Sie sind mit Freunden ausgegangen. Da fällt mir ein: stell das Wasser nicht an, solange ich im Kino bin, du kommst allein nicht an den Hauptwasserhahn im Keller, falls das Rohr wieder spinnt«, erkläre ich meinem kleinen Bruder. Er nickt.

»Wir können hier bleiben«, bietet Vincent an und reicht Emil die Chipstüte, mit der er ihn vorhin beworfen hat.

»Du willst nicht ins Kino?«, frage ich und sehe ihn mit den Schultern zucken. Er sieht an mir vorbei. Ich weiß nicht wohin. Hinter mir hängt nur eine Kopie von Van Goghs ›Krähen über Weizenfeld‹, die er bestimmt schon mal gesehen hat, als er hier war.

»Lass uns zu Hause bleiben. Dann muss dein Bruder nicht allein sein, wenn es dunkel ist und die Tür kaputt ist«, meint Vincent.

Ich stutze.

Emil auch.

»Papa hat sie nur offengelassen. Wie kommst du darauf, dass unsere Tür kaputt ist?«, will ich von Vincent wissen.

Es sieht kurz so aus, als würde er aus einem Gedanken hochschrecken. Dann zuckt er mit den Schultern und macht einen Schritt auf mich zu. Diesmal habe ich keine Angst vor seiner Berührung. Diesmal sehne ich mich sehr danach, ihn nach so langer Zeit wieder zu küssen.

»Ekelhaft«, kommentiert Emil frech und wirbelt auf den Socken herum, um sich wieder dem Fernseher im Wohnzimmer zu widmen.

Ich verschwinde mit Vincent in meinem Zimmer. Kaum sind wir durch die Tür, küsst er mich wieder.

Wir landen nicht zum ersten Mal in meinem Bett. Aber sonst sind meine Eltern immer hier. Sie lassen uns zwar Privatsphäre, aber es hat sich noch nie richtig angefühlt.

Heute ist das irgendwie anders.

»Wolltest du deshalb hierbleiben?«, frage ich atemlos, als er mir kurz Luft lässt.

Er weiß, was ich fragen will, aber mich nicht direkt zu sagen traue, weil meine Wangen jetzt schon rot sind. Mein ganzer Körper ist warm, mein Herz schlägt ganz fest.

Vincent brummt mir ins Ohr. Seine Stimme bereitet mir Gänsehaut, aber nicht mehr, weil ich sie nicht mit ihm assoziieren kann. Der tiefe Bass bringt etwas in mir zum Zittern, das sich zitternd gut anfühlt.

»Wenn ich es darauf angelegt hätte, mit dir schon früher allein zu sein, hätte ich dich zu mir nach Hause bringen können. Meine Mutter arbeitet immer«, meint er.

Ich glaube ihm.

Vincent klingt immer ehrlich, wenn er sich entschließt zu antworten. Manchmal will er das nicht, aber gar nichts zu sagen, ist nicht dasselbe wie lügen.

Er beugt sich wieder über mich und küsst mich. Seine Hände gleiten über meinen Bauch, hinunter zu meinen Beinen. Er streift mein Kleid hoch, stoppt aber in der Bewegung und sieht mich an.

»Ich will Sex mit dir haben«, stellt er unmissverständlich klar.

Für den Fall, dass ich nicht weiß, was Sex ist? Und jetzt Informationen dazu einholen möchte?

Ich dachte es wäre klar, wo das hier gerade hinführt.

Ich bin etwas irritiert. Und wuschig.

»Okay. Ja, bitte«, sage ich und nicke wie die wollüstige, aber immer noch höfliche Bankmitarbeiterin, zu der ich werde, wenn er mich nervös macht. Ich bin sehr nervös. Aber auf eine gute Art. Auf eine sehr gute Art.

»Hast du auch Lust?«, fragt er nochmal nach, hält mein Gesicht fest und spricht mir gegen die Lippen.

»Mhm«, piepse ich und will ihn küssen. Er stoppt mich.

»Willst du, dass ich mit dir schlafe, weil du gerade zu erregt bist, um es auszuschlagen oder weil du mich wirklich gern magst?«

»Das ist eine sehr, sehr seltsame Entweder-Oder-Frage«, entgegne ich. »Beides? Ich bin … ich meine. Ich …«

»Entschuldige«, raunt Vincent mir plötzlich ins Ohr und schließt die Augen. »Ich weiß nicht, was ich da rede. Ich bin … ich will dich, ja?«

»Ja«, sage ich. Jetzt darf ich ihn küssen.

Dass die Situation für uns beide neu und im ersten Moment ein bisschen überfordernd ist, ist sicher normal. Wahrscheinlich ist jeder beim ersten Mal etwas durch den Wind.

Vincent atmet durch und legt sich neben mich. Ich drehe mich zu ihm, will fragen, ob es ihm zu viel wird und er aufhören möchte, aber ich sehe ihn plötzlich Grinsen.

»Gib mir deine Hand«, sagt er.

Er fasst mein Gelenk sanft, trotzdem landen meine Finger dort, wo er sie haben möchte. Wo ich sie haben will, wäre ich ein bisschen mutiger.

»Was fühlst du?«, will er wissen.

Ich erinnere mich an den Moment, an dem er mir dieselbe Frage gestellt hat, als ich zum ersten Mal sein Tattoo anfassen durfte.

Obwohl meine Verlegenheit und meine Nervosität mich stumm halten wollen, verbalisiere ich für ihn, was ich fühle, während ich ihn streichle:

»Warm. Hart.«

Vincent raunt. Er klingt dabei viel älter als er ist. Als würde ein erwachsener Mann neben mir liegen.

Seltsamerweise macht mir das keine Angst.

Ich liebe diesen Moment. Mit ihm. Ich will mich für immer daran erinnern.

»Willst du ein Glas Wasser?«

»Nein, danke«, meint er und legt sich den tätowierten Arm entspannt auf die Stirn.

»Hast du Hunger?«, frage ich.

»Mm.«

»Soll ich das Fenster aufmachen? Denkst du, Frischluft wäre gut?«

»Anna?«

»Ja?«

»Bleib liegen. Ich brauche nichts. Und wir ersticken nicht, versprochen.«

»Sicher? Ich meine, dass du nichts brauchst. Dass wir nicht ersticken, liegt klarerweise auf der Hand«, fasle ich vor mich hin. »Kann ich dir nichts holen?«

»Jetzt wo du es sagst …«, meint Vincent, schiebt sich den Arm vom Gesicht und mustert mich mit müden, aber entspannten Augen. »Kannst du mir ein Steak braten und Orangensaft auspressen?«

»Hast du echt … ?«

»Nein!! Komm her. Bleib liegen!«, brummt er anweisend und ich höre auf, ihm irgendetwas geben zu wollen. Er zieht mich zu sich, in seinen Arm, an seine Brust.

Im Radio läuft etwas von Roxette. ›Spending my time‹. Ich mag den Song. Und ich mag Vincents Körper. Alles daran ist schön, eben, hart, warm.

Dass ich ihm so unbedingt irgendetwas aufdrängen wollte, war meinem nörgelnden Gewissen geschuldet. Es sagt mir, dass Vincent gerade neunzig Prozent mehr dazu beigetragen hat als ich, dass unser erstes Mal großartig wurde. Ich war irgendwie nur anwesend, und habe alles genossen, was er mir angeboten hat. Ich konnte mich fallenlassen. Er hat die Planung, die Ausführung und die Nachbearbeitung übernommen. Wäre das ein Partnerprojekt in der Schule, würden wir zwar eine Bestnote bekommen, aber ich hätte viel weniger dafür getan als er.

»Geht es dir gut?«, will er wissen und drückt mir einen Kuss auf die Wange.

»Ja. Sehr.«

»Dass es dir wehtut, geht vorbei. Sagen alle«, meint er.

Ich nicke, weil ich das auch so gehört habe.

»Tut es euch eigentlich auch ein bisschen weh? Beim ersten Mal«, frage ich, obwohl ich die Antwort kenne.

Ich hatte Sexualkunde, Biologie, ich bin kein Idiot, ich will nur mit ihm darüber reden, was wir gerade getan haben, einfach weil es schön ist. Dass ich meinen Wunsch, ihn über das Thema sprechen zu hören, als Fragen tarne, sieht mir ähnlich.

»Männern tut es nicht weh«, erklärt er, ganz ruhig und ernst, so als würde er über meine Frage nachdenken.

»Mir hat es beim ersten Mal wehgetan«, sagt er plötzlich.

Er blinzelt ganz müde, kämpft gegen den Drang an einzuschlafen.

So gern ich ihn auch habe, er darf jetzt nicht einschlafen. Ich muss nochmal nachfragen.

»Habe ich mich blöd verhalten? Ich meine gedreht? Ich meine angefühlt? Ich meine, kann ich etwas tun, dass es dir nicht wehtut, wenn wir …«

Vincent lässt die Augen doch noch groß werden und mustert mich fragend.

»Das hier war nicht mein erstes Mal. Das hier war schön. Mit dir. Du musst gar nichts anders machen, du fühlst dich gut an. Vor allem kurz bevor du kommst«, raunt er am Ende und schmunzelt mich mit seinem Teufelsjungenlächeln an.

Ich werde zwar rot, aber auch weil es seltsam zu stechen beginnt. In meiner Brust.

»Du hast mich angelogen«, stelle ich fest und weiß nicht, wie ich darauf reagieren soll.

Der festen Überzeugung zu sein, jemand würde nicht lügen und dann das Gegenteil zu erfahren, ist schlimm.

»Was redest du da? Du hast mich nie gefragt, ob ich schon mal Sex hatte«, erinnert er mich und verfinstert den Blick. »Nenn mich nicht Lügner. Ich bin keiner.«

»Ja? Also hattest du irgendwann zwischen unserem ersten Kuss und heute Sex. Nicht mit mir …«, murmle ich.

»Was redest du da, Anna?«, brummt er verwirrt und richtet sich auf.

»Ich rede davon, dass du mir gesagt hast, dass das auch dein erster Kuss war! Damals, vor der Klinik. Wenn du also nicht gelogen hast, hast du seither einfach mit einer anderen geschlafen! Was ist es? Hast du damals gelogen oder lügst du jetzt?«

Er tut etwas, mit dem ich nicht gerechnet hätte. Ich dachte, er würde vielleicht aufspringen oder wütend werden.

Aber Vincent legt sich wieder hin.

Er lässt den Oberkörper nach hinten kippen, schließt die Augen und seufzt.

»Du warst das erste Mädchen, das ich geküsst habe«, behauptet er. »Aber ich hatte schon mal Sex. Bevor wir uns kannten. Das liegt eine ganze Weile zurück. Diese Nacht. Seither nicht mehr. Bis heute.«

Ich plustere die Backen auf und mache ein abfälliges Geräusch. »Sicher. Kein normaler Mensch hat *zuerst* Sex und *dann* erst seinen ersten Kuss! So fängt doch niemand mit Intimität an«, behaupte ich und denke, dass ich seine Ausrede damit ad absurdum geführt habe.

Er schmunzelt nur freudlos. »Kein ›normaler‹ Mensch, ja?«, wiederholt er, was ich gesagt habe. »Es hat sich auch nicht ›normal‹ angefühlt. Die Situation damals.«

Alles in mir, was bis eben noch misstrauisch, echauffiert und verletzt war, weil ich dachte er lügt, verkriecht sich beschämt in die hinterste Ecke meines Bewusstseins.

Nach vorne tritt ein seltsam beklemmendes Gefühl von Ahnungslosigkeit. Und Mitleid.

»Was meinst du mit ›nicht normal‹?«, frage ich so vorsichtig ich kann.

Mir wird bewusst, dass es schon Situationen geben könnte, in denen jemand noch nie geküsst, aber penetriert wurde. Die Beispiele, die mir dazu in den Kopf schießen, sind aber alle nicht schön.

»Sie wollte nicht, dass ich sie küsse. Ich hätte sie gerne geküsst. Aber sie wollte nur ficken.«

Es erschreckt mich kurz, wie leicht ihm das Wort über die Lippen kommt. So leger, als hätte er es früher öfter gesagt. Oder gehört.

»Sie?«, wiederhole ich leise fragend.

Er sieht mich verwirrt an, dann verfinstert er den Blick. »Ja. Sie. Wieso stellst du das in Frage? Denkst du, dass ich dir auch verschwiegen habe, dass ich bi bin?«

»Nein. Ich dachte nur …«

»Du dachtest, ich wurde vergewaltigt«, unterstellt Vincent mir und schmunzelt ohne einen Hauch von Fröhlichkeit in der Miene.

Ich zucke vorsichtig mit den Schultern. »Das klingt für mich nach …«

»Es hat mir Spaß gemacht! Ich bin gekommen, ja? Die Umstände waren merkwürdig … aber ich mag Sex! Sie war das schönste Mädchen der Welt, aber sie wollte eben einfach nur ficken!«

»Okay«, entgegne ich, weil ich nicht weiß, was ich sonst sagen soll.

»Das ist lange her. Als wäre es in einem anderen Leben passiert«, sagt er nur noch dazu. Dann ist er still.

Ich bin erleichtert, dass er anscheinend kein Trauma davongetragen hat und dass er seine Sexualität trotzdem genießt. Aber ich kann nie mehr vergessen, dass es da draußen vielleicht jemanden gibt, der so furchtbar zu ihm war. Ohne, dass er es realisieren konnte. Weil er noch ein Kind war.

Auch der schönste Mensch der Welt, kann furchtbare Dinge mit einem tun.

TEUFEL

Victor

»Warum?! Warum zur Hölle muss ich wissen, warum so ein alter, reicher Sack mal Schmuck gefälscht hat, um seine Söhne zu verarschen?«, maule ich vor mich hin und knalle meinen Kugelschreiber gegen die Wand mit den Postern hinter meinem Schreibtisch.

Ich bin müde vom Lernen. Sauer, weil ich nichts mehr schnalle. Und enttäuscht, weil Summer aus Baywatch jetzt einen dicken blauen Klecks aus meinem Füller am roten Badeanzug hat. Mitch rügt sie garantiert, wenn sie so zu ihrer Schicht am Strand von Malibu kommt. Ich würde sie rügen.

Na toll! Jetzt bin ich auch noch geil!

Ich werfe den Kopf genervt stöhnend in den Nacken und mache eine halbe Drehung auf meinem Schreibtischstuhl.

Als ich den Kopf wieder anhebe, trifft mich ein gewohnt dunkler, aber ungewohnt ahnungsloser Blick.

»Ein alter reicher Sack der Schmuck fälschst? Lernst du noch für die Matura oder regst du dich über Lokalnachrichten auf?«, will Vinc wissen.

Sein Blick wirkt immer ein bisschen kalt, weil das Braun in seinen Augen so dunkel ist, aber ich habe längst aufgehört, seine Stimmung darin ablesen zu wollen.

Er ist nicht immer ein angepisster Dämonenjunge, er sieht nur wie einer aus, aber dafür kann er nichts.

»Na, ich rede von diesem Scheiß aus dem Reclam!«, erkläre ich und reibe mir über die Nase.

Mein ganzes Gesicht juckt von den beschissenen Büchern. Ich bekomme Ausschlag vom vielen Lernen.

Abschluss-Krätze!

»Lessing«, schlussfolgert Vinc und richtet den Blick wieder auf das Buch, das er über seinem Gesicht schweben lässt. Er lieg auf meinem Bett, meinen Nirvana Pullover unter dem Kopf, weil er allergisch gegen mein Daunenkopfkissen ist. »Hast du Probleme mit der Ringparabel?«

»Nein!«, maule ich zurück, weil er ätzend gelangweilt und super hochnäsig klingt, wenn er nur mit einem Ohr zuhört. »Ist doch alles super easy und logisch, oder?! Wenn man ein beschissener Vollstreber ist, der nie lernen musste, weil ihm alles zufliegt! Steh auf und lauf ein paar Mal gegen meine Faust, dann siehst du mal, wie das ist, wenn das Hirn beim Denken wehtut! Ich schwöre dir, ich kloppe dich so blöd wie ich. Mich?«

Vinc sieht wieder zu mir. Weitgehend unbeeindruckt davon, dass ich ihm angedroht habe ihn dumm zu schlagen und mich Grammatik überfordert.

Ich merke selbst, dass ich wie ein gereizter Idiot klinge. Hauptsächlich deshalb, weil es mich reizt ein Idiot zu sein.

»Ich habe nie behauptet, dass Lessing einfach zu verstehen wäre«, sagt Vinc und beginnt den Kopf zu schütteln. »Verstaubte Formulierungen für Moralkonstrukte, die bis heute in tausend Varianten erzählt wurden. Spannenderen Varianten, verständlicheren Varianten. Du bist nicht dumm Victor, das Bildungssystem ist nur darauf ausgelegt, akademische Hochnäsigkeit im Ausdruck zu vermitteln. Deshalb lernen wir Kant anzubeten, obwohl uns die X-Men-Zeichentrickserie im Grundsatz modernere Ansätze zur Gleichheit aller Menschen liefern würde.«

»Vinc?«

»Hm?«, summt er und klingt verwirrt, weil er sich nicht erklären kann, warum ich ihn gerade noch angepisster anfunkle als vorhin.

»Wenn du noch einmal ungefragt was über Kant erzählst, stecke ich deinen Kopf in mein Kissen und sehe zu, wie du von einer längst abgekratzten Gans gekillt wirst. Also; halt's Maul. Ja?«

Er lacht auf und sieht beschämt zur Seite. Das passiert selten. Ich muss auch lachen.

Mein Blick fällt zum ersten Mal bewusst auf das Buch, das Vinc in der Hand hat, seit wir mit Mathe durch sind und ich das

Literaturlehrbuch aufgeschlagen habe. Wir lernen in letzter Zeit oft zusammen. So ganz kurz vor dem Abschluss.

Ich lerne. Vinc hängt hier rum.

Er mag das Smörrebröd meiner Mutter. Und er ist nicht gerne bei sich zu Hause. Noch immer nicht. Nach all der Zeit. Entweder ist er hier oder bei Anna.

»Was liest du da?«, will ich wissen, neige den Kopf und versuche den Titel abzulesen, der in goldenen Buchstaben auf einem violetten Einband steht.

»Sklavin der Lust – Ekstase für immer«, verrät Vinc, ebenso trocken wie er den zu klugen Scheiß über Moral-Kacke rausgehauen hat.

Er hat öfter mal ein Buch dabei. Meistens liest er Krimis. Manchmal Fantasy.

Letzte Woche hatte er ›Herr der Ringe‹ am Start. Wann daraus ›Herr der Dinger‹ wurde, weiß ich nicht.

»Dein Buch klingt wie ein Porno«, stelle ich fest und grinse.

Vinc sieht mich wieder entgeistert an.

»Ist es auch. Da wird alle zehn Seiten zwanzig Seiten lang gefickt – der Plot drum herum ist unrealistischer als warmes Eis aber die Sexszenen sind explizit und vor allem realistisch beschrieben – hat man mir versichert.«

Ich falle beinahe vom Schreibtischstuhl, weil ich mich so schnell so weit zu Vinc beuge. Als mein Blick über Buchstaben gleitet, komme ich mir wie ein Idiot vor, der wegen ein paar ›A's‹ und ›O's‹ eine Querschnittlähmung riskiert hat, weil er spontan dachte, er könnte Möpse sehen.

Ich grunze genervt in Richtung bilderlose Buchstaben und schüttle dann den Kopf über Vinc. Manchmal macht er ultra schräge Dinge. Einfach so.

»Alter, du weißt schon, dass es Pornos zum Gucken gibt, oder? Wieso liest du denn …«, Ich wedle mit der Hand vor dem kitschigen Einband herum. »Wieso liest du denn ›Schatten der Leidenschaft der alten, notgeilen Leute‹?!«

Vinc lässt das Buch sinken und sieht mich mit hochgezogener Braue an. »Die Protagonistin ist eine neunzehnjährige Theologie-Studentin, die zur Sexgespielin ihres Professors und seines Bruders wird. Der Teil der Geschichte um die Vergangenheit des BDSM verrückten Bruders ist langatmig, aber die Sexszenen dazu sind ungewöhnlich und spannend. Interessiert mich nicht wirklich, aber wäre etwas für dich«, unterstellt er mir und schmunzelt wissend.

»Mit Fesselfantasien lässt sich wirklich viel anfangen, hätte ich nicht gedacht«, gibt er zu.

Ich blinzle eindeutig zu oft für jemanden, der sich nicht ertappt fühlt.

Meine Gedanken stehen mir kurz ins Gesicht geschrieben, dann schlucke ich all die Bilder, die ich später allein nochmal abrufen will, runter und deute wieder auf das krasse Schweinkram-Buch, das Vinc mit sich herumträgt, als wäre es eines unserer Schulbücher, das er für die Matura durchgehen muss.

»Wieso liest du sowas? Du kannst doch Sex haben, wenn du willst! Du hast eine Freundin! Die krass verrückt nach dir ist! Und alles mit dir machen würde!«

»Ich weiß«, entgegnet er einfach und zuckt mit den Schultern. »Sie will nur tun, was ich möchte. Immer wenn ich frage, was sie möchte, sagt sie mir, dass es mit mir immer perfekt ist, egal was ich mache.«

Ich bin kurz davor, Vinc das fette Mathebuch gegen die Eier zu werfen.

»Und was daran ist ein *Problem*, du undankbarer Voll-Freak?!«, hake ich nach und höre ihn seufzen.

Er sieht wirklich aus, als würde ihn etwas beschäftigen. Er ist so seltsam!

»Ich will sie nicht immer nur ficken. Ich will sie gut ficken. Richtig gut. Besser als es jeder andere könnte. Aber wenn sie mir nicht sagt oder nicht weiß, was sie will, kann ich nur durch Zufall besser werden. Pornofilme sind unrealistischer Scheiß! Keine Frau stöhnt, weil sie einem einen blasen darf. Ich will keine anderen ficken. Aber ich brauche Erfahrungen. Das Buch wurde von einer Frau geschrieben, um Frauenfantasien zu befriedigen. Und ich will das draufhaben. Verstehst du?«

Ich lache mich schlapp.

Vinc sieht ultra ernst aus.

Er meint es auch genau so.

»Dass du einen ganz speziellen, total individuellen Oberknall hast? Klar, verstehe ich! Ich wälze Mathe und du ›Vögeln für Perfektionisten‹. Streber bleibt Streber, was?«

Er verdreht die Augen, weil er nicht will, dass ich ihn so nenne. Er behauptet, er sei kein Streber, er sei nur klug und dafür entschuldigt er sich bei niemandem. Als er das zu mir gesagt hat, ist mir mal wieder klargeworden, dass er ein arrogantes Arschlochkind ist. Obwohl wir keine Kinder mehr sind.

»Scheiße. Komm schon, Hirn!«, sporne ich mich selbst an, weil ich mich zur Konzentration zwingen will.

»Mach mal fünfzehn Minuten Pause«, schlägt Vinc vor und zeigt auf den Teller mit dem Smørrebrød.

»Du kan spise det lort alene. Fuck fedt. Din nørd!«, brumme ich.

»Hey. Deine Aussprache ist tatsächlich richtig gut geworden. Übst du heimlich? Ich meine, dein ›Fick dich‹ war schon immer fabelhaft, aber der Rest …«, Vinc nickt mir anerkennend zu und zeigt mir einen Daumen nach oben.

Ich zeige ihm den Mittelfinger.

»Ich kann keine Pause machen. Ich habe die ganze Oberstufe lang Pause gemacht! Jetzt muss ich das hier durchziehen! Verstehst du, wie wichtig mir das ist?«, frage ich und stehe auf, um meine Rede zu halten.

»Einen guten Abschluss zu haben, ein Zeugnis, das alles widerspiegelt auf das man stolz sein kann, weil man sich das Wissen über Jahre erarbeitet hat! Eine Fahrkarte in die Zukunft!«

»Gibt dir deine Großmutter noch immer 30.000 Franken, wenn du alles beim ersten Mal bestehst?«, fragt Vinc, unberührt von der fadenscheinigen Theatralik meiner Ansprache.

»Jap!«, rufe ich und setze mich wieder hin.

»Weißt du, was du mit dem Geld machen willst?«

Ich zuckte mit den Schultern. »Irgendetwas richtig Geiles! Wir könnten nach Thailand fliegen! Bangkok! Über den Sommer. Was sagst du?«

Vinc sieht nachdenklich aus. Das passiert in letzter Zeit oft. Wir sind an einem Punkt in unserem Leben, an dem uns jeder fragt, was wir für immer wollen. Plötzlich muss man wissen, was man mit dem Rest seines Lebens anfangen will, ohne jemals etwas anderes gesehen zu haben als die Schule

»Außer du hast im Sommer schon was vor. Mit Anna. Oder ihrem Vater«, mutmaße ich vor mich hin, weil ich denke, dass es für Vinc schon einen Plan gibt. Für das große ›Für immer‹.

»Weiß nicht, was man so als zukünftiger Oberklugscheißer-Student tut, aber vielleicht baust du ja schon mal Krankenhäuser für die Armen? Oder wirst du auch so ein Seelenarzt? Was baut man dann für die Armen? Therapie-Sofas?«

Er lacht nicht. Er denkt nur nach. Oder sieht in seine Zukunft. Ich weiß es nicht.

»Ich habe im Sommer nichts vor«, meint er schließlich. »Thailand klingt toll. Aber es ist dein Geld. Du musst mich nicht einladen.«

»Ja, klar. Halt die Fresse, ich mache Urlaub mit wem ich will.«

WEIß

Anna

Der Zug ist so voll, dass wir keinen Sitzplatz mehr bekommen. Ich stehe aber gerne, wenn ich mit Vincent fahre. Mich dicht vor ihn zu stellen und zu ihm aufzusehen, fühlt sich schön an. Als ich das damals zum ersten Mal gemacht habe, war er ein Stück größer als ich. Jetzt überragt er mich so deutlich, dass ich meinen Kopf an seine Brust drücken und die Welt dabei an mir vorbeiziehen lassen kann.

Ich bin überschwemmt von Glücksgefühlen. Heute ist ein Tag, an dem ich ganz genau sehen kann, wo alles hinführt, wie alles zusammenpasst.

Das berühmte ›Große Ganze‹ tut sich vor mir auf, und kündigt eine neue Lebensphase an, die ich kaum erwarten kann.

»Freust du dich?«, will ich wissen, weil es manchmal schwer ist, solche Gefühle in Vincents Miene zu entdecken, obwohl sie da sind.

Seine Augen sind immer dunkel, aber dahinter liegen keine Schatten, nur viele Gedanken, die er oft besser verbalisieren als in gezeigte Emotionen verpacken kann.

»Auf was?«, will er präzisiert haben.

Ich muss lachen. Weil ich seine Frage im ersten Moment für einen Witz halte. Er ist grundsätzlich niemand, den man als Spaßvogel beschreiben würde, aber manchmal lässt er es sich nicht nehmen, ein bisschen schwarzen Humor oder Ironie durchblitzen zu lassen.

»Ich dachte, du freust dich vielleicht, weil wir unsere Abschlusszeugnisse in der Hand halten. Weil quasi eine Ära zu Ende geht. Und eine neue beginnt. Das ist ein großer Tag, hast du nicht das Gefühl?«, will ich wissen.

Vincent nickt. »Doch. Das Gefühl habe ich auch«, meint er und wird wieder still.

Ich denke, er ist erschöpft. Das bin ich auch. Die letzten Wochen waren anstrengend. All die Abschlussprüfungen, das Warten auf die Ergebnisse. Die Zeugnisübergabe, die bestimmt auch in seiner Schule groß zelebriert wurde. Danach haben wir uns noch im Kunst-Café im Stadtpark getroffen, um mit meinen Freunden anzustoßen. Der Rum-Eistee hat Vincent nicht geschmeckt, aber ich bin ihm dankbar, dass er gekommen ist. Meine Freunde sind nicht wirklich sein Fall, aber er kommt mir zuliebe. Das weiß ich sehr zu schätzen.

Jetzt fahren wir nach Hause. Zu mir.

Papa schmeißt eine abendliche After-Abschluss-Party, weil auch die Kinder einiger seiner Kollegen in diesem Jahr maturiert haben.

»Ich weiß, das wirkt vielleicht alles ein bisschen förmlich, aber ich denke, das wird trotzdem toll«, mutmaßte ich über den Rest des Abends. »Papa nennt es zwar ›Abschluss-Party‹, aber eigentlich ist es vielmehr eine ›Alte Doktoren brauchen einen Vorwand, um mal wieder den teuren Wein aufzumachen‹-Party.« Ich schmunzle zu Vincent hoch. »Es gibt auch Kuchen. Und der Dekan der Med.-Universität wird da sein – Papa kennt ihn vom Akademiker-Stammtisch. Er stellt dich bestimmt vor. Ach, und du musst ein bisschen aufpassen. Der Dekan hält absolut nichts von Fäkalsprache, das ist durchaus schon zwanghaft prätentiös und lächerlich. Sogar mein Vater sagt manchmal ›Scheiße‹, aber pass auf, dass es dir heute nicht rausrutscht, ja?«

Vincent blinzelt mich an und schüttelt den Kopf. »Wie bitte? Wohin soll ich nicht scheißen?«

Der Zug hält und wir drängen uns nach draußen. Wir müssen am Hauptbahnhof umsteigen. Nachdem es dunkel geworden ist, ist die Gegend nicht ungefährlich, obwohl sie belebt ist. Ich bin froh, dass Vincent bei mir ist und meine Hand hält.

Um den nächsten Zug zu erwischen, bleibt uns nicht viel Zeit.

Während wir zum richtigen Bahnsteig hetzen, entschuldige ich mich für das, was ich vorhin gefaselt habe.

Ich bin ein bisschen durch den Wind, berauscht von allem, was passiert ist und nervös, weil sich gerade so viele Weichen für uns stellen.

»Entschuldige. Das meinte ich nicht vorwurfsvoll«, sage ich zu Vincent. »Ich weiß, du drückst dich immer toll aus«, stelle ich klar. »Du bist der klügste Maturant, den ich kenne, ich bin mir sicher, der Dekan merkt das sofort. Ich weiß nicht, inwiefern er Einfluss auf die Vergabe von Stip... Vincent?«

Er ist stehengeblieben. An der Stelle festgefroren.

Ich folge seinem Blick, bin mir aber nicht sicher, an was er haftet.

»Alles in Ordnung?«, frage ich, weil ich langsam Angst bekomme. Er sieht seltsam aus. So als hätte er einen Geist gesehen.

»Vincent, wir kommen zu spät«, sage ich eindringlich und zeige auf den Bahnsteig, dort wo der Zug gerade einfährt.

»Wenn wir es nicht pünktlich schaffen, dann sieht das vielleicht aus, als ob es uns egal ...«

Vincent greift mich am Arm und zieht mich zum Zug.

»Steig ein! Ich komme nach!«, meint er und schiebt mich durch die Tür.

»Was?! Wohin gehst du?! Was machst du?!«

Er beantwortet keine meiner Fragen. Drückt mich nur in den Zug, springt selbst aber im letzten Moment zurück auf den Bahnsteig und sieht sich gehetzt um. Als er wieder etwas mit dem Blick fokussiert und losläuft, fährt der Zug auch los. In dieselbe Richtung, in die das Mädchen am Bahnsteig läuft, dem er offenbar hinterherhastet.

Vincent

Ich hetze den Bahnsteig entlang, in die Richtung, in die sie gelaufen ist.

Wie ich sie so plötzlich aus den Augen verlieren konnte, verstehe ich nicht. Vielleicht spielt mir mein Verstand einen Streich – meine Erinnerung. Aber ich habe sie in all der Zeit, die vergangen ist, nie gesehen. Wir sind uns nicht ein Mal über den Weg gelaufen. Ich habe mir nie eingebildet, sie rauchend an einer Straßenecke zu sehen oder sie hinter den verspiegelten Scheiben eines Wagens vermutet.

Als ich die Treppe zum Ausgang nach oben hetze, schweift mein Blick über den Platz vor dem Bahnhof. Ich habe eigentlich keine Chance, sie zwischen all den Passanten von hinten zu erkennen, aber ihre Haare haben noch immer die Farbe von Weizen im September, kurz bevor er geerntet wird.

»Nathalie!«, rufe ich und schließe zu ihr auf. Sie dreht sich zuerst in die falsche Richtung. Dann entdeckt sie mich neben sich. Und geht einfach weiter.

»Warte!«

Ich hole sie wieder ein und halte mit ihr Schritt. Sie ist schnell unterwegs, obwohl sie hohe Schuhe trägt.

»Scheiße, lass mich verfickt nochmal in Ruhe! Ich habe keine Zeit!«, knurrt sie.

Sie hat immer besonders viel geflucht, wenn ihr kalt war. Ich sehe ihr an, dass sie zittert. Sie trägt keine Jacke, keine Weste, nur ein kurzes schwarzes Kleid und rote High Heels.

Ich packe sie am Handgelenk und bremse sie aus, weil ich glaube, dass sie nicht erkennt, wer ich bin, solange sie mich nur aus dem Marschschritt anfaucht.

»Hey! Lass mich! Ich hab' doch gesagt, ich …!« Sie stutzt. Ihr Blick verfängt sich in meinem Gesicht. Dann schmunzelt sie. »Okay. Hundert. Für die Stunde. Achtzig, wenn du mit dem Auto hier bist und mich danach in die Stadt fährst.«

»Ich will dich nicht kaufen«, entgegne ich, weil ich verstehe, was sie sagt. Und weiß, was sie tut. Anscheinend noch immer.

Ich habe es damals schon geahnt, als sie zu all diesen Männern ins Auto gestiegen ist und um drei Uhr nachts zur Arbeit musste. Ich wollte dem Ganzen aber keinen Namen geben, nicht darüber nachdenken und ich wollte Lorens glauben, als er mir versichert hat, dass Nathalie schon klarkommt. Nathalie kam nie klar. Heute nicht. Damals nicht. Mein Bruder war nur ein guter Lügner. Und ich ein verzweifelt naives Kind.

»Erkennst du mich?«, frage ich sie und lasse ihr Zeit, mich nochmal zu mustern.

Ihre Augen sind trüb. Ihre Mundwinkel offen. Man sieht ihr auch jetzt noch an, dass sie das schönste Mädchen der Welt war. In einem anderen Leben.

Eigentlich ist sie noch jung – sie müsste jetzt Anfang zwanzig sein. Aber sie wirkt verlebt. Als hätte sie den Schmerz aus fünf Leben in das erste Viertel ihres einen Lebens gepackt.

»Sorry, aber wenn du glaubst, ich merke mir den Namen von jedem scheiß Freier, den ich bediene, dann bist du …«

»Vinc«, falle ich ihr ins Wort, damit sie aufhört, mich für einen ihrer Kunden zu halten. »Ich bin Vincent. Christensen.«

Sie starrt zu mir hoch.

Ich lasse ihre Hand los, weil sie nicht mehr vor mir weghetzen will. Und schäle mich aus meinem Jackett, damit ich es ihr um die Schultern legen kann. Ihr ist noch immer kalt. Nach Jahren friert sie noch immer.

»Sort …«, beschwört sie die Erinnerung mit einem tonlosen Hauchen.

Ihre Stimme klingt vertraut und trotzdem fremd.

Ich nicke. Hinter Nathalies Augen sammelt sich die Vergangenheit. Sie starrt an mir vorbei, als würde sie einen Film sehen. Als sie mich wieder ansieht, schmunzelt sie. Ihr Mundwinkel zittert dabei.

»Du bist groß geworden. Gar nicht so hässlich, wie ich dachte, dass du wirst«, meint sie und legt mir die Hand auf die Wange. Sie ist eiskalt. »Aber noch immer nicht so hübsch wie dein Bruder. Sort ist hübscher«, sagt sie.

Ich korrigiere ihren Satz nicht. Ihr ist klar, dass er tot ist. Sie sagt es nur genau so, wie sie es mir beim ersten Mal gesagt hat. Auf dem Dachboden.

»Ich weiß«, entgegen ich und höre sie raunen.

»Was für eine geile, geile Stimme. Wann ist das denn passiert?«, fragt sie. Als wüsste sie doch nicht, wie viel Zeit vergangen ist.

»Vor einer ganzen Weile. Nathalie.«

Sie schmunzelt mich mit trüben Augen an, dann zuckt sie plötzlich zusammen, als wäre ihr etwas eingefallen.

»Scheiße, ich muss noch … warte mal. Hey! Du klingst wie ein … Wolf«, stellt sie fest und grinst.

Ich weiß nicht, ob sie weiß, wie sie dabei aussieht. Nicht mehr wie ein Engel.

Der Engel in ihr ist tot. Wie die anderen.

»Du tust mir einen Gefallen, Vinc. Ja?«, will sie mir die Antwort schon in den Mund legen.

Diese Eigenart, Feststellungen, statt Fragen zu formulieren, hatte sie schon als Jugendliche. Sie wollte immer ihren Willen durchbringen, ihre Idee von dem, was man tun oder sagen sollte – konnte sie meistens auch, weil sie eine Art von Anziehungskraft hatte, die man schwer beschreiben kann, wenn man es noch nie erlebt hat. Quentin hätte es beschreiben können.

»Was brauchst du?«, frage ich Nathalie.

Sie schmunzelt so stolz wie damals. Aber ich biete ihr meine Hilfe nicht an, weil sie noch diese Art von Macht über mich hat. Der Bann ist lange gebrochen. Jeder Zauber verflogen. Alle Lügen sind erzählt.

Ich biete ihr Hilfe an, weil ich das dem dummen Jungen in mir schulde. Er hat genug gelitten, ich will ihm nicht wehtun, indem ich die Vergangenheit mit Füßen trete, die ihm mal so viel bedeutet hat.

Ich denke, sie fragt mich nach Geld, Drogen – ich habe meine Naivität in das Loch geworfen, in das sie meinen Bruder gelegt haben. Trotzdem überrascht sie mich.

»Komm mit, Vinc!«, sagt sie, nimmt meine Hand und läuft mit mir zu einer der Telefonzellen. Wir drücken uns gemeinsam in die kleine Kabine, dann zeigt sie auf das graue Gebäude auf der anderen Seite der Straße.

»Siehst du das Hotel da drüben?«, sagt sie. »Die Zimmer sind billig. Wir mieten uns dort meistens für eine ganze Nacht lang ein, dann können wir Freier bedienen, ohne uns von ihnen weiß Gott wo hinschleppen zu lassen.«

Sie klingt zwar genervt, aber nicht so angsterfüllt, wie sie die Tatsache stimmen sollte, dass sie fremde Männer ›weiß Gott wo hinschleppen‹ können.

»Und was soll ich hier tun?«, will ich wissen.

Nathalie knirscht mit den Zähnen. »Ein paar der Typen halten sich nicht an Abmachungen. Sie überziehen die Zeit, die sie bezahlt haben und verschwinden einfach nicht mehr aus dem Zimmer. Sie lassen einen auch nicht raus. Ein Mädchen, das ich kenne, steckt da drin schon seit zwei Stunden fest. Er macht die Tür einfach nicht auf.«

»Ruf die Polizei, wenn sowas passiert!«, knurre ich, weil ich nicht verstehe, wieso sie das noch nicht in Erwägung gezogen hat.

Nathalie faucht mich an. »Wir sind Nutten! Okay?! Die Polizei kümmert sich einen Scheiß darum, ob wir sicher sind oder nicht! Das Einzige, das sie tun, ist *uns* einsperren und dann ficken sie dich am Ende noch in der scheiß Zelle!«

»Was soll ich machen?«, will ich von ihr wissen, weil ich keine Ahnung habe, wie sie sich meine Rolle in ihrer Welt vorstellt.

»Du klingst wie ein verdammter Wolf. Ruf in dem Zimmer an. Sag,, du bist ihr Zuhälter und dass du die Scheiße aus ihm rausprügelst, wenn er sie nicht gehen lässt. Das zieht!«, versichert sie mir.

»Und wieso habt ihr keine Zuhälter, wenn euch das Sicherheit geben würde?«

»Weil niemand in dieser verfickten Branche wirklich auf uns aufpassen will! Du checkst gar nichts! Sie wollen deinen Körper, dein Geld, am Ende bleibt dir gar nichts, außer das verfickte Heroin, mit dem sie dich anfixen!«

Ich schließe für zwei Sekunden die Augen, damit ich erwachsen bleibe – nicht wieder zu dem Kind werde, das jetzt den Boden unter den Füßen verlieren würde.

»Sind alle in eurer Branche verdammte Drogendealer oder Kriminelle?! Du nimmst hundert die Stunde – du verdienst doch hunderte von Franken in einer Nacht. Und ihr findet niemanden, der das als normales Geschäft sieht und im Gegenzug wirklich auf euch aufpasst?«

»Stell nicht so beschissen dumme Fragen. Halt dein Maul und telefonier!«, meint Nathalie nur und reicht mir den Hörer.

Ich erspare uns beiden die Anmerkung, dass ich schlecht mein Maul halten UND telefonieren kann.

Eigentlich rechne ich nicht damit, dass er den Hörer abnimmt, aber der Idiot geht tatsächlich ran.

Ich höre das Mädchen im Hintergrund nervös sagen, dass sie jetzt wirklich gehen muss, weil ihre Freunde bestimmt warten.

»Du hast zwei Minuten«, beginne ich das Gespräch. Und beschwöre die Dunkelheit in meinem Ton so gut es geht. »Ich gebe dir zwei Minuten, dann verschwindest du aus diesem Zimmer, lässt mein Mädchen in Ruhe und legst das Geld auf den Tisch. ALLES, was du ihr bis jetzt schuldest. Wenn du das nicht tust, rate ich dir zu laufen. Schnell zu laufen. Raus aus der Stadt. Es wird nämlich keinen Ort hier geben, an dem ich dich nicht finde und zur Rechenschaft ziehe. Hast du mich verstanden?«

»Ja! Wir haben nur noch … ich habe mich angezogen, okay?«

»Eine Minute dreißig«, knurre ich in den Hörer. Dann lege ich auf.

»Wow! Wo kam das denn her?«, fragt Nathalie und grinst mich an.

Ich kann ihr die Frage auch nicht beantworten. Ich weiß nur, dass ich mich schon lange nicht mehr so klar fühlen konnte wie gerade.

Die letzten Wochen vor dem Abschluss waren betäubend. Die Prüfungen waren mir gleichgültig, was danach kommt, wusste ich nicht.

Ich weiß es noch immer nicht. Ich weiß, was ich will, aber nicht, wie ich es erreichen kann. Mir wird nur klar, dass passiv zu sein und Dinge einfach geschehen zu lassen, nicht in meiner Natur liegt. Mein Leben. Meine Entscheidungen. Ich will die Kontrolle darüber nicht abgeben. Niemandem.

Nathalie und ich verlassen die Telefonzelle. Sie zündet sich einen Joint an. Es ist Jahre her, seit ich diesen Geruch in der Nase hatte. Ziegenarsch.

Als da, nach ein paar Minuten, tatsächlich ein Mädchen aus dem Hotel gelaufen kommt, fühle ich mich nützlicher als nach jeder dummen, nichtssagenden Prüfung, die ich in den letzten Wochen geschrieben habe. Nathalie winkt sie zu uns.

»Hey, danke! Das hat mir den Arsch gerettet!«, stöhnt das Mädchen erleichtert. Sie ist nicht älter als ich. Vielleicht sogar jünger. Ich will gar nicht wissen, ob sie schon volljährig ist. Wenn es nach mir ginge, würde niemand unter einundzwanzig anschaffen, weil jeder der Kinder und Jugendliche ficken will, sowieso kastriert werden sollte. Mit solchen Leuten würde ich keine Geschäfte machen wollen.

Nathalie hält die Hand vor der anderen Stricherin auf und funkelt sie an. »Ja, ja, komm schon. Du schuldest mir noch Geld von gestern!«, meint sie.

Mir hätte klar sein müssen, dass Nathalie niemanden aus reiner Nächstenliebe rettet. Ich habe es vorhin selbst festgestellt; der Engel in ihr ist lange tot. Oder er hat gar nie existiert. Das klingt realistischer. Der Junge in mir will es nur nicht hören.

Das Mädchen gibt ihr mehrere hundert Franken – mit denen sie einfach so herumläuft. Dann dreht sie sich zu mir. »Danke fürs Anrufen.«

Sie hält mir zwanzig Franken vor die Nase.

»Behalt dein Geld«, sage ich ihr.

Nathalie zupft es ihr trotzdem aus der Hand. »War meine Idee!«, meint sie.

Die Stricherin verschwindet und ich bleibe mit dem zurück, was vom schönsten Mädchen der Welt übrig ist.

»Was willst du als Dankeschön, Vinc?«, fragt Nathalie mich und kommt auf mich zu. Der Schleier, der ihre blauen Augen bedeckt, ist etwas dichter geworden – das macht das Gras, wahrscheinlich ist da auch noch etwas anderes in ihrer Zigarette.

Ich halte sie an der Schulter zurück, bevor sie sich an mich drücken kann.

»Ja, du schuldest mir etwas«, pflichte ich ihr bei.

Sie schmunzelt und leckt sich über die Lippen.

»Wo und wie willst du es denn? Ich war deine Erste, oder? Denkst du noch oft daran? Du wirst mich nie vergessen, oder? Quen konnte mich auch nicht vergessen.«

»Sei still«, brumme ich und halte die Hand vor ihr auf, mit der ich sie nicht auf Abstand halte.

»Gib sie mir«, verlange ich und ignoriere alles, was sie über Sex und die Vergangenheit sagt. Deshalb bin ich ihr nicht hinterhergerannt. Mir war klar, dass ich keine Absolution darin finde, mit ihr über früher zu reden. Keinen Trost. Ich will etwas anderes von ihr. Etwas, das ich schon am Bahnsteig stumpf glänzen gesehen habe, bevor ich ihr Gesicht erkannt habe.

Nathalie zuckt mit den Schultern.

»Ich weiß nicht, was du meinst«, behauptet sie.

Hält sich aber die Faust vor den Hals, als würde sie etwas darin festhalten.

Ich verfinstere den Blick.

»Gib. Sie. Mir.«

»Ich weiß nicht, was du willst, du kleiner Wichser!«, faucht sie und schlägt nach meiner Hand, als ich nach ihrem Hals greife.

»Du hast sie! Du hattest sie die ganze Zeit über!«, knurre ich ihr ins Gesicht, während ich ihr die Kette vom Hals reiße.

Ich war mir sicher, sie ist weg. Für immer verschwunden. Im Chaos ihres Ablebens.

»Gib her! Das gehört mir!«, schreit sie mich an und will mir nochmal stehlen, was ich so lange verlorengeglaubt habe.

»Wag noch einmal zu behaupten, dass sie *dir* gehört und ich vergesse mich! Du Miststück!«, knurre ich. »Du hast neben uns gestanden! Auf Lorens Beerdigung standest du neben uns, als Quentin zu mir gesagt hat, dass sie mir gehört! Dass ich sie nehmen soll, wenn ich sie finde!«

»Ja, aber du hast sie nicht gefunden ...«, entgegnet Nathalie und grinst plötzlich. Als wäre das alles ein dreckiger Witz.

Die Kette war nicht unter Lorens persönlichen Gegenständen, die uns vom Bestatter übergeben wurden.

Ich dachte lange, Quentin hätte sie mit ins Grab genommen. Aber Finn hat mir geschworen, dass er sie nicht getragen hat. Als er ihn gefunden hat.

»Weißt du, warum du sie nicht gefunden hast?«, fragt Nathalie und spuckt dabei Gift und Galle. »Weil ich sie Sort vom Hals genommen habe! Aber keine Sorge, es war ihm egal, er war schon tot.«

Sie beginnt zu weinen. Und zu lachen. Ich fasse in meine Hosentasche, in mein Portemonnaie und ziehe die Visitenkarte heraus, die ich irgendwann mal eingesteckt habe.

»Ruf dort an, wenn du älter als fünfundzwanzig werden willst«, sage ich zu ihr und stecke ihr die Karte zu.

Ich weiß, von Annas Vater, dass sie seit Kurzem auch Suchttherapien und Entziehungskuren für Jugendliche und junge Erwachsene anbieten. Ein hartes Programm. Aber der einzige Weg, wenn sie leben will.

»Ach, fick dich doch, du kleine Schwuchtel! Weißt du, dass er in der Wohnung eines Freiers gestorben ist?! Dass dein Bruder auch eine Nutte war?! Am Ende war Sort eine Nutte! Wie ich! Was sagst du dazu?! Du kanntest Sort doch gar nicht!«

Nein, ich kannte Sort nicht. Ich kannte nur Lorens. Aber es spielt keine Rolle, sie sind jetzt beide tot.

Ich sage gar nichts mehr zu Nathalie. Nie wieder. Ich lasse die silberne Kette mit dem Rosenanhänger in meiner Hosentasche verschwinden und lasse sie stehen.

Ich denke nicht, dass Nathalie alt wird.

SCHWARZ

Vincent

Die Einfahrt ist voll mit Autos. Ein Mercedes reiht sich an den nächsten, vor dem Tor steht ein Jaguar. Mir war nicht klar, dass die Party, die der Doc geplant hat, so groß sein würde. Anna hat zwar darüber gesprochen, aber ich war selbst in Gedanken über die Zukunft, während sie mir hiervon erzählt hat.

Mir schwirrt der Kopf. Die Begegnung mit Nathalie hat nicht nur den kleinen Jungen in mir mitgenommen – etwas anderes zu behaupten, wäre dumm.

Ich lüge mich vorzugsweise nicht mehr selbst an, wenn es sich vermeiden lässt. Immer lässt es sich nicht vermeiden, aber ich versuche schon lange, alte, schlechte Muster loszuwerden, um mir niemals wieder einreden zu können, Junkies wären ›nur Leute mit einem schlechten Immunsystem‹. Wie dumm ich mich gestellt habe, wurde mir erst viel später klar. Nach und nach. Selbst heute noch.

Nathalie wiederzusehen, hat mich daran erinnert, wie sehr ich versucht habe, mir einzureden, sie wären ›normal‹. Das einzig Normale und Schöne, war ihre Liebe zueinander, ansonsten waren mein Bruder und Quentin am Ende einfach Junkies, die alles für einen Schuss getan hätten. Prostitution liegt da nahe. Es schockiert mich nicht, zu wissen, dass er sich für Geld verkauft hat – es hat mich mehr schockiert, dass er sogar bereit war, Mama und mir Geld zu stehlen. Ihr Portemonnaie, das Geld aus der Ausdrucks-Kasse – das hat mir wehgetan.

Sich zu prostituieren war seine Entscheidung, dass er dabei vielleicht Angst hatte, weil auch niemand auf ihn aufgepasst hat, berührt mich aber sehr. Mich zu fragen, ob er noch leben würde, wenn jemand für ihn da gewesen wäre, erspare ich mir aber. Es gibt nie eine befriedigende Antwort auf diese Frage, weil er am Ende immer tot bleibt. Das hat mir der Doc gesagt, in irgendeiner unserer Sitzungen.

Ich will den Doc suchen, laufe aber nur einem Haufen älterer Männer in karierten Sakkos vor die Füße.

»Ach, Sie sind der Romeo in Spe, oder?«, fragt man mich.

»Bitte was bin ich?«, blaffe ich, weil ich gerade keine Kraft dafür habe so zu tun, als würden mir Shakespeare-Anspielungen nicht am Arsch vorbeigehen.

Ich bin nicht Romeo. Gerade war ich noch ein Zuhälter.

Jetzt bin ich wieder der, mit dem toten Junkie Bruder. Alles eindeutig nicht von Shakespeare.

Ich will eine entschuldigende Geste machen und mich davonstehlen, aber Anna läuft mir plötzlich entgegen. Sie hat sich umgezogen.

Sie sieht schön aus in dem Kleid. Biedere Sachen stehen ihr. Die reiße ich ihr am liebsten runter, bevor ich sie ficke.

Meine Gedanken hängen noch in der Vergangenheit fest. Oder einfach in dem Teil meines Charakters, den ich in letzter Zeit viel zu oft unterdrücken wollte. Ich weiß gar nicht warum. Irgendwann war es mir mal egal, was andere von mir denken. Da war ich einfach ich, auch wenn mir immer bewusst war, dass ich keiner von den ›Guten‹ bin.

»Vincent! Alles in Ordnung?«, fragt Anna mich und mustert mich besorgt.

Ich weiß nicht, ob sie mitbekommen hat, dass ich einem Mädchen hinterhergelaufen bin, aber sie weiß, dass wir das Gespräch hier nicht vertiefen können.

»Ehm … ja. Darf ich Ihnen Vincent Christensen vorstellen?«, fragt sie die Shakespeare-Fan-Boys.

Die Antwort bekommt sie aber von mir.

»Nein, darfst du nicht«, entgegne ich und versuche ihr klar zu machen, dass ich gerade nicht der Vincent sein kann, den sie hier haben möchte.

»Können wir bitte in dein Zimmer gehen?«, flüstere ich ihr eindringlich zu.

Sie schüttelt nur kurz den Kopf und stößt mir in die Seite.

»Vincent, das ist der Dekan der Medizinischen Universität«, meint sie und deutet auf einen der Männer.

»Aha. Vor Ihnen darf ich nicht scheißen?«, platzt es schamlos kühl aus mir heraus.

Ich glaube, der Mann braucht gleich selbst einen Arzt. Er fasst sich an die Brust, mustert mich, als hätte ich eine rassistisch motivierte Parole gerufen und nicht nur einen derben Witz gemacht.

»Sind Sie immer so vulgär, junger Mann? Anna meinte, sie wollen Arzt werden, das sehe ich nicht unbedingt mit so einem Vokabular.«

»Aha. Meinte Anna das? Und mein Vokabular ist gar nicht so schlecht. Kannten Sie zum Beispiel schon das Synonym für Proktologie? Es lautet: Arschbohrerei! Nicht zu verwechseln, mit der art- aber nicht sinnverwandten ›Arschkriecherei‹. Aber damit kennen Sie sich sicher aus.«

»Vincent, hast du einen Nervenzusammenbruch?!«, piepst Anna. Sie klingt aber eher grenzenlos peinlich berührt von meiner Art als wirklich besorgt.

Plötzlich können wir doch in ihr Zimmer verschwinden. Sehr schnell sogar.

Als die Tür hinter uns in die Angel fällt, reißt sie die Hände in die Luft.

Sie gestikuliert selten wild. Heute schon. Sie weiß sich nicht mehr zu helfen.

»Was ist denn mit dir los!?«, will sie wissen und sieht mich an, als würde ich neben mir stehen. Das mache ich nicht. Ich stehe seit langem wieder dort, wo ich hingehöre. Hinter mir selbst.

»Ich weiß, das sind oberspießige Pappnasen, aber Vincent! Du könntest dir da draußen heute ein Stipendium sichern! Für dein ganzes Studium! So eine Gelegenheit bekommt man nicht zweimal im Leben! Wieso ergreifst du sie denn nicht?«

Ich verenge den Blick und neige irritiert den Kopf.

»Entschuldige«, setze ich an und hebe die Hände. »Ich habe den Teil des Gesprächs verpasst, in dem ich gesagt habe, dass ich ein Stipendium brauche. Dass ich studieren will.«

Anna sieht mich perplex an. Als wäre sie sich so sicher gewesen, dass sie weiß, was ich will, dass sie jetzt aus allen Wolken fällt.

»Du hast immer gesagt, dich fasziniert, was mein Vater macht. Dass du dich für das Feld interessierst«, rechtfertigt sie ihre gelebten Tagträume darüber, dass ich später mal nicht nur ihr Vincent bin, sondern ihr Doktor Vincent Christensen.

»Ich interessiere mich auch für Kunst, Anna«, entgegne ich und verfinstere den Blick, weil mir bewusstwird, wie taub ich in letzter Zeit war. »Aber davon, dass ich Maler werden will, gehst du nicht aus, oder?! Weil ich wollen soll, was du für mich willst! Weil ich sein soll, wie du mich haben willst!«, werfe ich ihr an den Kopf, was sie nicht hören will.

Sie tut sich schwer damit zu sehen, dass ›gutgemeint‹ auch scheiße sein kann.

Ihre Miene spannt sich an, ihr Blick wirkt wütend und verzweifelt.

»Was willst du denn, Vincent?! Was ist dein persönlicher, großer Plan, den ich dir nicht ›aufdränge‹?«

Ich bleibe kurz still. Mir fällt auf, dass ich nie mit ihr darüber gesprochen habe. In all der Zeit. Nicht ein Mal.

»Einen Club aufmachen.«

»Was?«, fragt Anna nach. »Du willst einen Club kaufen?«

»Ja.«

»Das kostet enorm viel Geld.«

»Ich weiß.«

»Wie willst du so viel Geld verdienen? Ich meine, wenn du nicht studieren willst. Wenn du kein Arzt werden willst. Du bist so wahnsinnig klug, wirf das doch nicht einfach so weg! Einen Club aufmachen; das klingt wie der Plan eines Idioten, der nicht weiß, was er sonst machen soll. Oder wie etwas, das Kriminelle tun, um Geld zu waschen.«

»Halt dein Maul«, knurre ich sie an und lasse alles los, was mich davon abgehalten hat, ihr nicht das Herz brechen zu wollen.

»Was?«

Sie bekommt wässrige Augen. Ihre Lippen beben.

»Du hast mich schon verstanden, Anna«, sage ich und drehe mich um.

»Vincent! Was … wohin gehst du?!«

»Ein Verbrecher werden. Alles Gute, Anna.«

EVIG ROSES

Vincent

»Arschbohrerei?«

»Ja.«

»Das hast du echt gesagt?«, will Victor wissen, während er neben mir den Weg durch unseren Garten entlangläuft. Er hat mich gestern abgeholt. Ich durfte bei ihm übernachten, musste nichts erklären, nicht reden, konnte ausschlafen. Jetzt hat er mich nach Hause gefahren. Und wir reden.

»Warte mal, ist Proktologie die Sache mit dem Hals oder die, mit dem Darm?«

»Darm.«

Victor grinst und setzt sich auf die Treppe, die zu unserer Tür führt. Sie ist noch immer kaputt. Mama hat keine Zeit sie reparieren zu lassen.

»Okay, ja, aber dann war der Spruch witzig! Und niemand hat gelacht?«

»Niemand«, versichere ich und lasse mich neben ihm auf den Stufen nieder.

»Hm. Sage ich ja: Keiner kann dich leiden. Arschlochkind«, erinnert er mich an etwas, das er immer schon gewusst hat, das ihm aber auch immer egal war. Er ist trotzdem mein Freund geworden. Und geblieben.

»Hat Anna geweint?«, will er wissen.

»Wahrscheinlich. Ich weiß es nicht. Ich bin gegangen.«

»Tut dir das nicht leid?«

»Dass ich so sein will, wie ich bin, und nicht, wie sie mich haben will? Nein. Ich mochte sie. Aber sie mochte mich nicht. Zumindest nicht so, wie ich wirklich bin.«

»Ich meinte, ob es dir nicht leidtut, dass du sie traurig gemacht hast. Wegen der Sache mit dem gebrochenen Herzen und so …«

»Wir machen Menschen alle mal traurig«, sage ich etwas zu Victor, das man auch mal zu mir gesagt hat. Vor vielen Jahren.

»Stimmt schon«, meint er, seufzt und kramt in seiner Hosentasche.

»Scheiße. Kippen zu Hause vergessen«, knurrt er.

»Warte mal«, sage ich, raffe mich auf und laufe ins Haus. Als ich wiederkomme und ihm die Packung Marlboro zuwerfe, blinzelt er überrascht.

»Hey cool! Danke! Raucht deine Mutter neuerdings?«

»Nein.«

»Du?«

»Nein.«

»Schmecken ein bisschen komisch«, stellt er fest, nachdem er sich eine angesteckt hat.

»Das kann gut sein. Sie haben einige Jahre in einem Schirmständer verbracht.«

»Lorens' Zigaretten?«, will Victor wissen.

»Ja.«

»Schön«, meint er und lächelt.

»Ja, schön. Rauch aber lieber langsam, kann auch sein, dass sie seltsam schmecken, weil sie voller Heroin sind.«

»Der war schwarz!«, kommentiert Victor meinen Scherz und lacht.

Lorens hätte den Witz gemocht. Er mochte schwarzen Humor.

»Ich weiß jetzt, was ich machen will. Nach dem Militärdienst«, wechsle ich das Thema und sehe Victor interessiert nicken.

»Die Sache mit dem Club?«, mutmaßt er.

Ihm habe ich davon erzählt. Oft. Irgendwann nicht mehr, aber er weiß es trotzdem noch.

»Das kostet dich gut und gerne eine Million. Vielleicht mehr, ich habe keine Ahnung von Geld. Aber ich weiß, was scheiße viel ist«, meint er.

»Ich weiß, dass ich Geld brauche«, gestehe ich und warte, bis er nicht mehr an der Zigarette zieht und wieder Augenkontakt mit mir hält.

»Gibst du mir ein Darlehen?«

»Wie bitte?«

»Dein Abschlussgeld. Wenn du es mir leihst, schwöre ich dir, dass ich es verdopple. Gib mir ein … gib mir zwei Jahre«, verspreche ich. »Gib mir zwei Jahre und du bekommst alles zurück. Mehr als das.«

»Nimm es«, meint Victor und zuckt mit den Schultern. »Dir ist aber schon klar, dass 30.000 nicht reichen. Für den Club, der dir vorschwebt.«

»Ich weiß, ich will etwas anderes mit dem Darlehen machen.«

»Was denn?«

Ich ziehe die silberne Kette mit dem Rosenanhänger aus der Tasche und richte meinen Blick darauf.

»Erkläre ich dir später. Du bekommst auch noch einen Businessplan und einen Vertrag für das Geld, das du mir leihst« kündige ich an.

Victor winkt ab und mustert die Kette, die ich gerade wieder in der Hosentasche verschwinden lassen wollte.

»Ist schön.«

»Ja. Was hältst du von ›Evig Roses‹?«, will ich wissen und sehe Fragezeichen in seinen Augen leuchten.

»Was ist das? Ein neuer Genesis-Song? Du und deine ätzende Musik!«

»Nein, kein Song. ›Evig‹ – da steckt etwas Dänisch drin. Und Roses. Wegen des Anhängers.«

»Aha. Und was soll so heißen?«

»Die Agentur, die ich gründen will, braucht einen Namen«, erkläre ich.

»Evig Roses«, murmelt Victor vor sich hin und verzieht den Mund. »Scheiß Name. Werden alle für immer falsch schreiben und seltsam aussprechen. Ist dir das klar?«

»Niemand wird es falsch schreiben, sobald wir uns einen Namen in der Branche gemacht haben. Ein Jahr und wir sind etabliert. Zwei Jahre, dann habe ich genug Geld für den Club verdient.«

»Wir?«, hakt Victor dort ein, worüber er gedanklich gestolpert ist.

»Suchst du keinen Job mehr?«, will ich wissen.

»Doch, aber nicht mit dir als Boss!«

Er lacht. Ich will ihm versichern, dass er sein eigenes Büro bekommt, aber meine Aufmerksamkeit wird umgelenkt. Zu einer starrenden, uralten Frau, die gerade ihre Terrasse fegt.

»Guten Tag, Frau Widmer!«, rufe ich und sehe, wie sie zuerst Victor mustert, dann mich. Sie schüttelt den Kopf. »Es gibt einen Platz in der Hölle für Männer wie euch!«, wirft sie mit religiöser Liebe um sich.

»Ich weiß schon, wie mein Platz in der Hölle heißt, danke«, sage ich und schmunzle. »Man nennt es ›Thron‹.«

Die alte Widmer rettet sich vor dem Teufel, der ich bin, ins Haus. Victor lacht.

»Reizende Nachbarin. War sicher immer einfach mit der schwulenfeindlichen Schachtel nebenan.«

Ich zucke mit den Schultern. »Lorens hat sich nicht groß daran gestört. Er hatte ein dickes Fell.«

Victor ist kurz still. Dann schnippt er die Zigarette in Frau Widmers Begonien und sieht mich an.

»Darf ich dich etwas fragen?«

»Ja.«

»Er hat dich ›Lys‹ genannt. Lorens. Oder?«

Ich nicke.

»Wieso?«, will Victor wissen.

»Ich war ein Kleinkind. Und konnte nur Dänisch. Wenn ich nachts Angst im Dunklen hatte, bin ich zu Lorens gelaufen und habe ›Lys‹ gerufen. Anscheinend oft. Das hat sich bei ihm eingebrannt.«

»Er hat dich ›Licht‹ genannt«, stellt Victor fest und schmunzelt breit.

»Ja.«

»Darf ich dich auch so nennen? Lys? Ich mag den Klang.«

»Mach das nicht«, bitte ich ihn.

»Erinnert es dich zu sehr an …«

»Nein. Aber es ist Vergangenheit. Jetzt habe ich keine Angst mehr im Dunkeln.«

»Er war euer Sort, aber er war mein Lorens.
Ich war sein Lys, jetzt bin ich für immer Vincent.«

ÜBER DIE AUTORIN

Jasmin Romana Welsch wurde 1989 in Graz geboren und lebt auch heute noch mit ihrem Freund und ihrer Hündin Yuki in der Steiermark. Obwohl sie bereits im Teenageralter das Schreiben für sich entdeckte, begann sie ein Jurastudium. Erst nach der Veröffentlichung ihres ersten Romans widmete sich die junge Autorin gänzlich der Schriftstellerei. Aus ihrer Feder stammen mehrere Jugendbücher, in denen sich fast immer humoristische, aber auch dramatische Akzente wiederfinden.

Kontakt
Homepage: www.jasminromanawelsch.com
Facebook: www.facebook.com/ JRWelsch

Evig Roses

Jasmin Romana Welsch

Evig Roses

8 Bände

New Adult Liebesroman

Als Taschenbuch

Ich heiße Emma und ich möchte eine Rose werden.

Klingt erst mal nach spirituellem Selbstfindungstrip, aber ich habe andere Beweggründe. Da ist diese dicke Rechnung, die ich in die Sofaritze gestopft habe und von der die Zukunft meines bescheuerten kleinen Bruders abhängt. Außerdem hatte ich Sex mit einem Typen im Bienenpullover. Das tut jetzt nicht zwangsläufig etwas zur Sache, aber ich erwähne es gern für den Fall, dass jemand glaubt, ich wäre eines dieser unschuldigen Mädchen, die in Erotikromanen einem dominanten Kerl vor die Füße stolpern und dann dahinterkommen, dass sie sich gern bumsen lassen. Nö. Ich meine: Ja! Aber ich hatte schon Flittchen-Tendenzen, bevor ich an die Tür des einschüchterndsten Mannes der Welt geklopft habe. Er heißt Vincent und leitet eine Escort-Agentur namens Evig Roses. Dass ich versuche, Teil seiner verruchten exklusiven Welt zu werden, darf niemand erfahren. Schon gar nicht mein Bruder.

Ich heiße Emma und ich möchte eine Rose werden. Na? Klingt jetzt anders, oder?

Im selben New-Adult-Universum spielend

Jasmin Romana Welsch

Be with us Band 1 + 2

12. April 2019, Sternensand Verlag

580 Seiten, broschiert

€16,95 [D]

New Adult Liebesroman

Als Taschenbuch

Lena ist eine ganz durchschnittliche Studentin: Von Prüfungen gestresst und besorgt, dass sie trotz Diplom irgendwann hinter dem Tresen einer Fast-Food-Kette landet. Außerdem hat sie sich gerade von ihrem Freund getrennt, der nicht nur ständig an der Playstation herumgedrückt hat, sondern auch an seiner Dozentin.

Zum Glück läuft Lena Simon in die Arme, der nicht weiß, wie gutaussehend er geworden ist, seit sie als Kinder Tür an Tür gewohnt haben. Der charismatische, nie fluchende Architekturstudent benimmt sich aber plötzlich seltsam. Lena soll nicht auf die Party seines besten Freundes kommen, weil ... ja, warum eigentlich? Kein Zweifel, der hübsche Unschuldsengel hat etwas zu verheimlichen. Was das ist, kann Lena nur herausfinden, wenn sie sich auf ein Spiel mit einer mehr oder weniger einfachen Regel einlässt: Wer sich verliebt, fliegt!

Auch im stylischen Schuber erhältlich!

(Nur im Online-Shop: www.sternensand-shop.ch)

Vorgeschichte zu Evig Roses

Jasmin Romana Welsch

Teach me Love: ONCE & TWICE

Einzelband

New Adult Liebesroman

Als Taschenbuch

Ein dekadentes Internat, zwei junge Lehrer und eine Studentin, die verspricht, diskret zu sein

Es gibt viele Gründe, um auszuziehen. Du hast einfach Lust auf einen Tapetenwechsel, dein Nachbar möchte plötzlich Death-Metal-Schlagzeuger werden oder dein Freund entdeckt seine Leidenschaft für gynäkologische Untersuchungen an anderen Frauen.

Ich würde wirklich gern den Death-Metal-Typen als Grund vorschieben, aber um bei der Wahrheit zu bleiben: Ich bin wegen der Sache mit dem Gynäkologie-Hobby ausgezogen.

Jetzt bin ich vorübergehend heimatlos. Wobei, ganz ohne einen Platz zum Schlafen muss ich nicht auskommen. Es gibt da diese Übergangslösung – eher unkonventionell, aber doch spannender als vermutet. Und heißer. Was hauptsächlich dem unwirklich attraktiven Französischlehrer zuzuschreiben ist, der verblüffend viel hinter dem höflichen Lächeln versteckt hält. Ein wenig trägt auch der knurrende Sportlehrer zu meinem reizvoll-frivolen Abenteuer bei, aber der Mann hat ein Dominanzproblem. Außerdem ist er ein Arschloch. Teilweise. Manchmal. Ich kann ihm trotzdem nicht aus dem Weg gehen, weil ich anscheinend einen Knall habe. Verknallt bin ich aber nicht! Das ist alles nur lockerer Spaß, den wir geheim halten müssen, da die beiden natürlich einen Ruf zu verlieren haben.

Remos Geschichte

Jasmin Romana Welsch

Teach me Love: ONCE & TWICE

Einzelband

New Adult Liebesroman

Als Taschenbuch

Die meisten nennen mich Versager, Nichtsnutz oder Straßenjunge. Aber eigentlich heiße ich Remo und so scheiße bin ich gar nicht – hoffe ich zumindest. Klar, ich wohne in einem Loch, kann mir kaum genug zu essen leisten, aber ich habe Gründe, nach denen niemand fragt, und eine Geschichte, die niemand hören will.

Der einzige Mensch, dem ich etwas bedeute, ist das Mädchen, das immer, ohne zu klopfen, in meine Wohnung platzt, mir Cola mitbringt und mit mir vögelt. Claire ist meine beste Freundin und ohne sie würde ich kaputtgehen.

Ich kann keine Liebesgeschichte erzählen, in dem all der Mist, der passiert, am Ende keine Rolle mehr spielt, weil geknutscht und geheiratet wird, aber etwas zu erzählen habe ich trotzdem. Drogendealer, Zuhälter, Sex, Nachtclubs und ein Hang zu dummen Sprüchen und schwarzem Humor, der mich am Leben hält – für einen jungen, dummen Ghetto-Köter hat meine Geschichte viele Facetten und Kapitel. Und wenn jemand zuhören möchte, erzähle ich sie auch …

Weitere Bücher der Autorin:

Küss mich (Sammelband)
13. Juli 2017, Sternensand Verlag
530 Seiten, broschiert
€ 14,95 [D]
Liebesroman
Als Taschenbuch

Absolution: Wie man eine Sünde überlebt
28. Februar 2016, Sternensand Verlag
224 Seiten, broschiert
€ 12,95 [D]
Urban Fantasy
Als Taschenbuch und E-Book

Krieger des Lichts Reihe
20. Oktober 2017, Sternensand Verlag
616 Seiten, broschiert
€ 16,95 [D]
Urban Fantasy
Als Taschenbuch

C. M. Spoerri & Jasmin Romana Welsch
Conversion (Band 1): Zwischen Tag und Nacht
28. August 2016, Sternensand Verlag
424 Seiten, broschiert
€ 12,95 [D]
Jugendroman-Dystopie
Als Taschenbuch und E-Book

Weiteres aus unserem New Adult Sortiment

C. M. Spoerri

Angel: Dein Weg zu mir

2. April 2021, Sternensand Verlag

472 Seiten, broschiert

New Adult Liebesroman, Gay Romance

Klappentext:
Als Angel de Flores eine Kreuzfahrt im Mittelmeer bucht, will er nur eines: Frieden mit seinen inneren Dämonen schließen und damit die traumatischen Bilder jenes Tages loswerden, der seinem Leben als Navy SEAL ein brutales Ende setzte. Doch schon am ersten Tag an Bord begegnet er dem jungen Kunsthändler Hannes Schmidt, der ebenfalls aus New York stammt und mit seiner Chefin Kate durch Europa reist. Der blonde Sonnenschein droht mit seiner fröhlichen Art Angels Dasein als einsamer Wolf ein Ende zu bereiten. Obwohl der Ex-Soldat keinen Kopf für eine neue Liebe hat und ihn Hannes' Annäherungsversuche nerven, muss er sich eingestehen, dass der quirlige Mitpassagier ihn nicht so kaltlässt, wie er es gerne hätte. Aber reicht die Sonne Griechenlands aus, um die Dunkelheit einer gequälten Seele zu durchdringen? Und kann man wirklich ein normales Leben – oder gar eine Beziehung – führen, wenn der Alltag aus Abgründen besteht, in die man jederzeit fallen könnte?

C. M. Spoerri

Unlike: Von Goldfischen und anderen Weihnachtskeksen

12. Dezember 2016, Sternensand Verlag

348 Seiten, broschiert

€12,95 [D]

New Adult Liebesroman

Als Taschenbuch und E-Book

Klappentext:
Evan hat in seinem Leben schon viel Mist gebaut, doch seit fünf Jahren ist es ihm gelungen, nicht mehr auf die schiefe Bahn zu geraten. Er wohnt in New York, hat einen Job, eine Wohnung, keine nervigen Freunde … alles wäre eigentlich so weit in Ordnung – abgesehen von der bescheuerten Weihnachtszeit, die gerade in vollem Gange ist. Und ausgerechnet jetzt mischt sich auch noch der schwule Nachbar in sein Leben ein. Dieser kann nicht mehr mit ansehen, wie Evan sich abkapselt, und plant deswegen über eine Single-Plattform ein Date für ihn. Sara, eine Londoner Studentin, wird für eine ganze Woche anreisen. Allerdings in der falschen Annahme, dass sie mit Evan gechattet hat und er sich auf ihren Besuch ebenso freut wie sie. Als wäre das nicht schon verheerend genug, ist Sara auch noch das komplette Gegenteil von ihm. Sie LIEBT Weihnachten und kommt einzig und allein nach New York, um hier den romantischsten Urlaub ihres Lebens zu verbringen – zusammen mit Evan.

C. M. Spoerri

Emilia: Dein Weg zu mir

1. Mai 2016, Sternensand Verlag

328 Seiten, broschiert

€12,95 [D]

New Adult Liebesroman

Als Taschenbuch und E-Book

Klappentext:
Partys. Reisen. Flirten. Das bestimmt den Alltag von Emilia dos Santos – bis sie vom plötzlichen Tod ihrer Eltern erfährt. Mit einem Mal ist ihr sorgloses Leben vorbei. Sie soll nach alter Familientradition das Weingut im Napa Valley weiterführen und sieht sich damit einer Verantwortung gegenüber, der sie sich nicht gewachsen fühlt. Ganz und gar nicht. Da hilft es auch wenig, dass ihr Jugendfreund Alejandro wieder auftaucht und sie unterstützen will. Denn seine Nähe verwirrt und verunsichert Emilia nicht nur, sondern stellt sie zusätzlich vor die unangenehme Aufgabe, ihren bisherigen Lebensstil zu hinterfragen ...

Besucht uns im Netz:

www.sternensand-verlag.ch

www.facebook.com/sternensandverlag